山川如此多娇

——中国北方生态保护屏障

祁翠花　著

团结出版社

UNITY PRESS

图书在版编目 (CIP) 数据

山川如此多娇 / 祁翠花著 .—北京：团结出版社，
2024.3

ISBN 978-7-5234-0898-8

Ⅰ.① 山… Ⅱ.① 祁… Ⅲ.① 报告文学 – 作品集 – 中
国 – 当代 Ⅳ.① I25

中国版本图书馆 CIP 数据核字（2024）第 073558 号

山川如此多娇

出版发行：团结出版社

　　　　　（北京市东城区东皇城根南街 84 号）

电　　话：（010）65228880　　65244790

网　　址：http://www.tjpress.com

E—mail：655244790@163

经　　销：全国新华书店

印　　刷：武汉鑫佳捷印务有限公司

开　　本：170mm × 240mm　　1/16

印　　张：14.25

字　　数：228 千字

版　　次：2024 年 3 月第 1 版

印　　次：2024 年 3 月第 1 次印刷

书　　号：978-7-5234-0898-8

定　　价：98.00 元

版权所有　　盗版必究

上篇　祁连山中

※ 脱兴福 摄

※ 脱兴福 摄

第一章　祁连山脉

※ 脱兴福 摄

※ 樊年林 摄

※ 赵志刚 摄

※ 脱兴福 摄

第二章　英雄部落

※ 朗文瑞 摄

※ 朗文瑞 摄

※ 朗文瑞 摄

※ 尚吉永 摄

第三章 黄金草原

※ 樊年林 摄

※ 朵新胜 摄

※ 姚帜 摄

※ 脱兴福 摄

※ 樊年林 摄

※ 郑耀德 摄

※ 朗文瑞 摄

※ 姚帜 摄

第四章 红润皇后

第五章 绿色宝石

※ 姚帜 摄

※ 朗文瑞 摄

※ 王政德 摄

※ 脱兴福 摄

※ 樊年林 摄

※ 朗文瑞 摄

※ 樊年林 摄

※ 朗文瑞 摄

第六章　在那遥远的地方

第七章 裕固家园

※ 朗文瑞 摄

※ 王政德 摄

※ 樊年林 摄

※ 脱兴福 摄

下篇　祁连山下

※ 脱兴福 摄

※ 吴玮 摄

第一章 河西走廊

※ 樊年林 摄

※ 朵新胜 摄

※ 郑耀德 摄

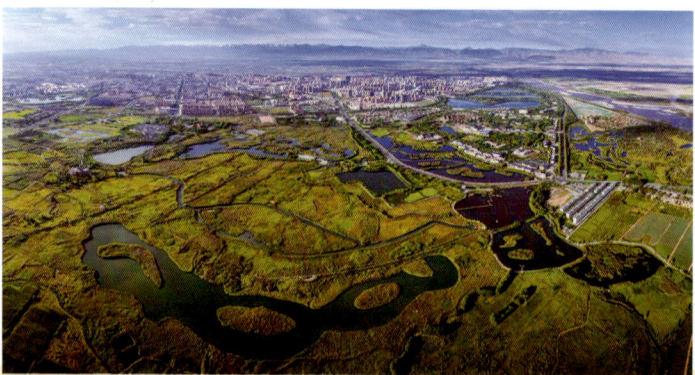

※ 脱兴福 摄

※ 朵新胜 摄

※ 尚吉永 摄

※ 尚吉永 摄

※ 尚吉永 摄

第二章　银武威

第三章 镍都金昌

※ 樊年林 摄

※ 尚吉永 摄

※ 朗文瑞 摄

※ 张习武 摄

※ 朵新胜 摄

第四章　金张掖

※ 脱兴福 摄

※ 张习武 摄

※ 朗文瑞 摄

第五章 夜光杯故乡

※ 朗文瑞 摄

※ 朗文瑞 摄

※ 樊年林 摄

※ 樊年林 摄

※ 朗文瑞 摄

第六章 天下雄关

※ 朗文瑞 摄

※ 樊年林 摄

※ 樊年林 摄

第七章 戈壁绿洲

※ 朗文瑞 摄

※ 张赫凡 摄

※ 姚帜 摄

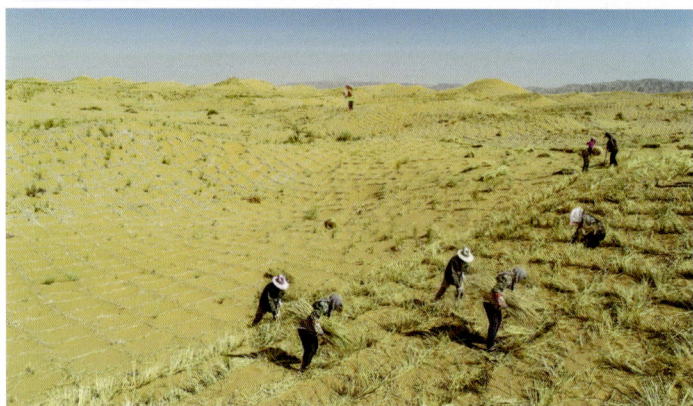

※ 樊年林 摄

序

保护好生态环境是国之大者

甘肃省文学艺术界联合会党组书记、主席　王登渤

　　初夏时节，作者出了样书，并与我联系，盛情请我作序。其情殷殷，其意切切，令我深为她的担当意识和写作精神所感染，同时也被作品"中国北方生态安全屏障祁连山、河西走廊"这一主题所吸引，于是欣然应允。呈现在我面前的是一部标题为《山川如此多娇·中国北方生态安全屏障祁连山、河西走廊》的报告文学。此后，我忙里抽暇认真翻阅这部样书，被书中的人和事所感动，也为作者辛勤努力所取得的成绩而高兴。

　　作者祁翠花，一位有着中国作家协会会员身份的文友。她是祁连山草原牧民的女儿，从小酷爱读书学习，成年后在牧村学校从事教育教学工作三十多年，知书达礼，爱岗敬业。在做好本职工作的前提下，辛勤笔耕，写出了不少美文佳作，也出版过反映祁连山草原故事的小说和展现祁连山人文历史的几部专著。现在，她在各级党委政府的关怀支持下，焚膏继晷，精益求精，写成了这部记述祁连山生态的报告文学，可喜可贺。

　　作品分为上篇和下篇两部分内容，上篇分七章写了祁连山中各地美景和守护美景的动人故事，包括甘、青两省具有代表性的天祝、门源、山丹马场、祁连、海晏、肃南。下篇也分七章写了祁连山下河西绿洲中的人和事，包括河西走廊的武威、金昌、张掖、酒泉、嘉峪关、敦煌。作品二十多万字，图文并茂，通过描写中国西部生态安全屏障祁连山、

河西走廊,反映绿水青山就是金山银山的生态理念和人与自然和谐共处的生动内容。

作者以高度的责任感和强烈的使命感,不辞辛劳,深入采访,从冷龙岭到当金山口,从河西走廊到青海湖,广泛搜集第一手资料,同时认真研读有关文献资料,字斟句酌,历时近四年,创作了这部报告文学。作品涉及地域辽阔、时间跨度颇长、典型事迹较多、篇幅内容广大。为普通劳动者塑像、为北方山川放歌、为崭新时代喝彩。

在历史长河中,祁连山孕育了多民族共融、多元文化并存、人文资源丰厚的特殊地域文化特色。回归到祁连山本源,纵览其生态文化,这里一座座高耸的山峰拦截了水汽,因而孕育了积雪和冰川,成为了伸向荒漠区的湿岛,奠定了祁连山从东到西,从南到北不同的自然风貌。同时,祁连山因气候影响,形成了从上到下垂直植被分布带,进而有了典型的高山冻原、森林、灌丛、草原、荒漠景观。

从自然到地理,这里东到秦岭西部,西到阿尔金山的当金山口,北到河西走廊南部,从柴达木盆地东北部一直沿着青海南山、日月山、拉脊山以东的区域,山连着山,沟连着沟,沟壑纵横、蜿蜒延绵,如山的海洋,磅礴雄伟。这座由西北—东南走向的山脉组成的巨大山系,中间的宽谷就是中国最美草原——祁连山草原。当北坡的雪山冰川养育了河西走廊,当南麓的雪山融水成为柴达木北缘部分城镇和绿洲的生命之源,祁连山,宛如一幅延绵不断的青色屏障,矗立在中国北方大地之上。

习近平总书记在广西考察时深情地说,让人民生活幸福是"国之大者"。美好生活包含了人民对良好生态环境的需求。没有哪个人不需要呼吸空气、饮水吃饭、食用瓜果蔬菜;没有哪个人不需要生活在地球上、不受生态环境影响。生态环境是人类生存和发展的前提基础和根本保障,保护好生态环境就是当今的"国之大者"。

保护祁连山,保护河西走廊是我们共同的信仰。在一带一路建设中,祁连山、河西走廊是幕后也是前沿。2000 多年前，祁连山引领中国人由河西走廊走向帕米尔高原甚至更远，催生了历史上的玉石之路、丝绸之路，是中国的生态之门，也是中国文明的根。今天，它托举和实践的还有伟大中国梦。它不单单是甘肃、青海的，更是中国的。在这里，人们能够找到中国文化的根，也能找到中国人的自信。

一个拥有生态文化的民族是幸福的民族。构建生态文化体系，需要广泛宣传，提高人们对生态文化的认识、关注和对祁连山生态文化的兴趣，有利于保护生态环境良性循环。

高天流云，牧草如茵。祁连山国家公园是中国首批设立的 10 个国家公园体制试点之一，总面积 5.02 万平方公里中，甘肃片区 3.44 万平方公里，青海片区 1.58 万平方公里。在这样广袤的土地上，我们需要以各种生态文化教育为抓手，着力打造"生态文化高地"，全面挖掘整理祁连山历史文化、地理文化、自然文化、军事文化、农耕文化、民族文化、边塞文化等资源，形成祁连山国家公园的文化体系，为国家公园的试点和建设提供文化支撑。我们需要充分吸纳社会力量和相关专业人才参与祁连山国家公园宣传教育推广、生态文化研究展示。我们需要挖掘文化根源，提炼文化核心，研究传统历史文化、地理和自然文化，进一步解读新时代生态文明建设、国家公园建设理念、政策、制度等，全面总结祁连山生态文化内涵，使祁连山生态文化体系化、专题化，积极对外传播研究成果，并将成果植入国家公园体制试点工作当中。

"像保护眼睛一样保护生态环境，像对待生命一样对待生态环境"，胸怀"国之大者"，实现祁连山的绿色蝶变，践行绿水青山就是金山银山的生态理念，我们就一定能让中华大地天更蓝、山更绿、水更清、环境更优美，就一定能为子孙后代留下美丽家园，为中华民族赢得美好未来。

这部书视野开阔，不单纯为写人而写人，写事而写事，写景而写景，而是将人和事放在所处的大背景中，景中有情，情中有事，娓娓叙述，既让我们看到了祖国山川的壮美，又让我们看到了普通劳动者的感人故事。本书着重介绍了甘肃省、青海省近年来为保护祁连山生态做出的努力和取得的成绩。作者行程万余里，以亲历和见闻的方式走遍祁连腹地，走遍河西走廊，从文化历史的角度全方位解读了祁连山、河西走廊在大西北乃至全中国、全人类生态环境中的地位。将人文地理、生态意义等融入相应篇章，突出了真实感、动态感、厚重感。可以说是向北方大地所献的一份厚礼，也是中国北方生态研究领域中一个可喜的新收获！

　　是为序。

王登渤

目 录
CONTENTS

上篇

祁连山中

第一章　祁连山脉

～～～ 一 ～～～

　　我从小生活在祁连山北麓的临松薤谷中，那里海拔 2700 多米，在云杉、鞭麻、怪石、河水间穿行，走不了多远，就能听见挂在山腰的瀑布的轰鸣声，抬头看，我已经到了雪山脚下。从小看惯了的雪山，其实就是祁连山，人们习惯上叫南山，因为山峰在河西走廊南部，地理书上称走廊南山，与走廊北部的合黎、龙首等山脉相望，所以那里的山脉就叫作北山。童年时的我，望着高耸入云的山峰，心里总在想：祁连山就是一道长长的山岭，翻过山岭，那边就应该是平地了，祁连山就没有了。可是四十多年前的那个夏天，我从河西走廊的张掖出发，沿着 G227 公路，经过民乐，穿越被古人称为"大斗拔谷"的险关要隘——扁都口，登上了海拔 3685 米的俄博岭哑口，这里也是俄博岭公路经过的最高点。站在祁连山的山脊线上，眼前的情景完全颠覆了我的认知，祁连山原来不是我想象中的那样，在我近处，绵延起伏的祁连山，峻峨险隘，奇峰耸立，峭壁突兀，怪石深树，悬崖峻峰，俨然间丘壑峥嵘。远处，山连着山、岭连着岭，像起伏着波浪的海洋，千山万岭的山脊一浪一浪向远方绵延而去了。

　　再看眼前的俄博岭，这里是典型的祁连山丘陵草原风光，在哑口向两边张望，一片片草原开阔碧绿，非常好看。哑口所在的俄博镇是丝绸之路上的古镇，"元时筑，今遗亘尚存"的古堡城，位于青海省门源县，也是《中国国家地理》评选的"中国最美丽的草原"之一的祁连山草原的所在地。

那一天，我在俄博镇一间简陋的旅馆住下，为的是拜访这座元时建在祁连山顶的古堡。"俄博"实际上就是草原上藏族、蒙古族等民族用石头堆起的高高的石堆。草原上的牧民对俄博十分崇拜，凡是经过俄博的牧民，都要围着俄博转上几圈，再取来石头堆在俄博上，于是俄博越堆越高。

我坐的镇边的山坡上，与一位牧民阿妈搭上了话，她望着脚下望不到尽头的俄博草原，说，俄博是茫茫草原上重要的方向标，有了俄博的指引，即使是在阴雨连绵、大雾弥漫的天气里，牧人也不会迷失方向。

那个夏季，我在祁连山中，行走了更多的地方，看见祁连山腹地，金灿灿的小麦和青稞颗粒饱满，田野间五彩斑斓的色彩，宛若"大地油画"。雪山、森林、草原、湿地、峡谷、河流各类景观应有尽有。从此，便喜欢并爱上了那里的山山水水。后来，从冷龙岭到当金山口，从河西走廊到青海湖，几十年走过十几遍，对真正意义上的祁连山，就有了全新的认识。

~~~~~ 二 ~~~~~

祁连山一名是古代匈奴语，意为"天之山"。迄今为止，游牧在祁连山北麓的匈奴直系后裔——尧熬尔人仍然叫祁连山为"腾格里大坂"，意思也是"天之山"。祁连山中生活着各族人民，藏语又叫它"多拉让毛"。

"明月出天山，苍茫云海间。长风几万里，吹度玉门关。"唐代伟大诗人李白的这首《关山月》，写尽巍巍天山、苍茫云海、万里关山、浩荡长风的雄奇与豪迈，诗中的"天山"就是今天的祁连山。

地理意义上的祁连山脉位于中国青海省东北部与甘肃省西部边境。由一群西北东南走向的高山与宽谷盆地平行排列组成，自北而南包括8个岭谷带，其间夹杂有湖盆、河流和谷地。

因位于河西走廊南侧，走廊人民又称它为南山。东西长800公里，南北宽200—400公里，海拔4000—6000米，共有冰川3306条，面积约2062平方公里。西端在当金山口与阿尔金山脉相接。东端至黄河谷地，与秦岭、六盘山相连。长近1000千米。属褶皱断块山。最宽处在酒泉市与柴达木盆地之间，达300千米。自北而南，包括大雪山、托来山、托来南山、野马南山、疏勒南山、党河南山、土尔根达坂山、柴达木山和宗务隆山。山峰多在海拔4000—5000米，最高峰疏勒南山的团结峰海拔5808米。海拔4000米以上的山峰终年积雪，山间谷地也在海拔3000—3500米之间，高山积雪形成了硕长而宽阔的冰川地貌。

祁连山的北侧与南侧分别以明显的断裂降至平原。北坡与河西走廊间相对高度在2000米以上，而南坡与柴达木盆地间仅1000余米。

海拔高度在4000米以上的地方，称为雪线，一般而言，冰天雪地，万物绝迹。然而，祁连山的雪线之上，常常会出现逆反的生物奇观。在浅雪的山层之中，有名为雪山草甸植物的蘑菇状蚕缀，还有珍贵的药材——高山雪莲，以及一种生长在风蚀的岩石下的雪山草。因此，雪莲、蚕缀、雪山草又合称为祁连山雪线上的"岁寒三友"。

狭义的祁连山仅指最北一列。它是黄河和内陆水系的分水岭。山间的谷地、河谷宽广，面积约占山地总面积的三分之一以上，是个水草丰美的牧场。地势较低的大通河谷、湟水谷地，更是青海省的重要农业区。

祁连山地多雪峰、冰川，虽然冰川规模不大，但是由于山地广，水量多，河流可直下河西走廊的干燥地区。

据1962年统计，祁连山有1619条冰川，面积约1316平方公里，多属大陆型冰川，冰面表碛小，移动慢。但从蓄水量来说，却不算小，如祁连八一冰川，长约30.5公里，冰层厚80米，储水量为1.5亿立方米。祁连山地年降雨总量约500亿立方米，流出只有150亿立方米，因此，融冰化雪，增加冰水，是当地山下发展农业必要的措施。早在清代末期，已有群众上山化冰融水的活动。

祁连山脉的野生动植物资源十分丰富。在深山峡谷和林海栖息有鹿、麝、豹、熊、猞猁、野牛、野驴、旱獭、黄羊、盘羊、岩羊、蓝马鸡、雪鸡、天鹅、鱼鸥、棕头鸥、斑头雁、鸬鹚等30余种珍禽异兽。驰名中外的青海湖鸟岛每年春末有数万只候鸟上岛繁衍生息、传宗接代，已成为著名的旅游胜地。祁连山中中药资源丰富，不仅种类繁多，而且储量很大。鹿茸、大黄、冬青、秦艽、红景天、白芍、枸杞子、冬虫夏草、雪莲、手掌参、柴胡、黄芪、党参、羌活、麻黄、沙棘等300余种珍贵药材已被采集利用。祁连县的"黄蘑菇"，门源县的"人参果"等誉满全国。

祁连山区，除山北的走廊地区及河湟谷地以汉族为主外，其他地区皆以藏族、哈萨克族、蒙古族、裕固族等牧业民族为主。畜牧业是祁连山地区的主要产业。早在秦汉时期，这里就是月氏、匈奴等游牧民族的驻牧地，汉武帝时期，开始设官马场。因此匈奴被逐出河西走廊时才有"失我祁连山，使我六畜不蕃息"的哀叹。自汉至今，祁连山一直是中国养马业的重地。后来这些地区也一直分别为藏族、蒙古族、哈萨克族、裕固族等游牧民族的牧场。特别是南麓的海西州各县、甘肃肃北、肃南、阿克塞、天祝等县，大都是纯牧业县。门源县境内各类草场面积686.4万亩，其中可利用草场583万亩，畜牧业在全县大农业总产值的比重中占到近50%，是省州现代高效畜牧业示范基地和牛羊育肥贩运基地。

刚察县是青海省环湖重点牧业大县之一，可利用草场6546.04平方公里。

肃南县拥有各类草原2677.55万亩，其中可利用面积2091.9万亩，畜牧业收入约占农牧民收入的65%以上，是甘肃省牛羊产业大县和全省优质高山细毛羊基地。

祁连山的每一个山峰都显得气势雄伟，人称"石骨峥嵘，鸟道盘错"。这些由冰雪和石头凝成的奇形怪状、棱角分明的脉脊，是祁连山的筋骨，也是天然的高山牧场。

祁连山的四季从来不甚分明，春不像春，夏不像夏。古人有诗这样表述："祁连别是一天涯，草木峥嵘云笼纱。二三可见桃杏柳，四五六月赏雪花。"所谓"祁连六月雪"，就是祁连山气候和自然景观的写照。北坡的雪山冰川养育了河西走廊，南麓的雪山融水成为柴达木北缘部分城镇和绿洲的生命之源。

三

一山有四季，十里不同天。祁连山的景观多姿多彩，令人叹为观止。森林、草原、荒漠是祁连山地区的水平地带性分布特点，这主要是由它的气候也就是降雨量所决定的。祁连山是雪峰林立的高山带，海拔4000米以上的山地面积占整个山区的三分之一，因此祁连山的景观分布还强烈地受到垂直地带性的控制。在水平地带性和垂直地带性的双重控制下，祁连山的景观呈现出千姿百态的变化。譬如即使是在季风吹不到的西部祁连山，由于山高，也会在某一海拔高度形成一个降雨带，在这一降雨带内则形成了森林。在西部祁连山的南面或北面你都会看到这种奇异的景观：在一片光秃秃的大山的半山腰上好像玉带缠腰一样分布着一条森林带，那森林带中的树木主要是四季常青的祁连圆柏。尤其是在冬季，当山坡上铺满了白雪，那半山腰上的林带却墨玉般地深绿，然而，祁连山的三面却被沙漠包围，它的北面是巴丹吉林沙漠、西面是库姆塔格沙漠和塔克拉玛干大沙漠、南面是柴达木荒漠。在来自太平洋季风的吹拂下，祁连山就成了伸向沙漠中的一座湿岛。没有祁连山，内蒙古的沙漠就会和柴达木盆地的荒漠连成一片，沙漠也许会大大向兰州方向推进。正是有了祁连山，有了极高山上的冰川和山区降雨才发育了一条条河流，才养育了河西走廊，才有了丝绸之路。

作为青海和甘肃的界山，就面积而言，祁连山在青海境内要多一些，但就知名度而言，似乎甘肃的祁连山知名度要高一些。

匈奴称天为"祁连"，祁连山也是"天山"之意。这条山脉号称"天"，实不为过。东西八百余公里长，南北二三百公里宽。在祖国西北大地一矗，挡住了西面的库姆塔格沙漠，拦住了北面的巴丹吉林和腾格里沙漠。她是中国第一、二地理阶梯分界线，也是200毫米等降水量线，以此区分半干旱区与干旱区。从她的胸前流出的石羊河，孕育了武威绿洲；黑河，孕育了张掖、酒泉绿洲；疏勒河，孕育了敦煌绿洲。祁连山，孕育了河西走廊。

巍峨磅礴的祁连山，位于青藏高原、黄土高原、内蒙古高原交汇地带，是我国重要的生态功能区、甘肃河西地区三大内陆河重要的水源涵养地，是西北地区重要的生物物种资源库和野生动物迁徙的重要通道。

作为一个巨大完整的生态系统，祁连山与河西绿洲共同构成了阻止巴丹吉林沙漠、腾格里沙漠南侵的防线，构成了拱卫青藏高原乃至"中华水塔"三江源生态安全的重要屏障，祁连山是我国生物多样性保护优先区域，国家早在 1988 年就批准设立了甘肃祁连山国家级自然保护区。

<div align="center">~~~~~ 四 ~~~~~</div>

祁连山是河西走廊、河湟地区、青海湖盆地、柴达木盆地重要的淡水供给基地，生态地位十分重要。这座伸向西北干旱区的湿岛，是我国极其重要的冰川和水源涵养生态功能区，是维护青藏高原生态平衡、维持河西走廊绿洲稳定、保障北方地区生态安全的天然屏障。

为保护祁连山地区的生态环境，国家于 1980 年确定祁连山水源涵养林为国家重点水源涵养林区。

1986 年 10 月 15 日，甘肃省人民政府向原林业部请示，呈请将祁连山保护区划分为国家级自然保护区。

1987 年 10 月 24 日，甘肃省人民政府批准祁连山自然保护区为省级自然保护区。

1988 年 5 月 9 日，国务院发布《关于公布第二批国家级森林和野生动物类型自然保护区的通知》，标志着祁连山自然保护区已经成为国家级森林和野生动物类型自然保护区之一。

1988 年在祁连山北部的中东段设立甘肃省祁连山国家级自然保护区，跨越张掖、武威、金昌三市。甘青两省开展祁连山国家公园体制试点。

1988 年成立的"祁连山国家级自然保护区"是甘肃省面积最大的森林生态系统和野生动物类型的保护区，地处甘肃、青海两省交界处，东起乌鞘岭的松山，西到当金山口，北临河西走廊，南靠柴达木盆地。地跨天祝、肃南、古浪、凉州、永昌、山丹、民乐、甘州八县（区）。下设 22 个保护站，155 个护林站（点），3 个木材检查站，1 个森林公安局，21 个森林公安派出所，全区共有林业职工 1466 人。区划面积 272.2 万公顷，林业用地 60.7 万公顷，分布有高等植物 1044 种、陆栖脊椎动物 229 种，森林覆盖率 21.3%，境内有冰川 2194 条、储量 615 亿立方米，是中国西北地区重要的水源涵养林区，每年涵养调蓄石羊河、黑河、疏勒河三大内陆河 72.6 亿立方米水源。

1990 年 4 月 25 日，甘肃省林业厅批复祁连山国家级自然保护区所属单位的自然保护站（古城、东大河、西营河等 21 个保护站、东大山、昌岭山自然保护区名称不变）。

1992 年 2 月 3 日，甘肃省林业厅批准成立山丹龙首山自然保护站，划归祁连山保护局统一管理。

2000 年，保护区被确定为国家天然林保护工程区。

2002 年 12 月 24 日，甘肃省林业厅批复东大山、龙首山、昌岭山自然保护区加挂甘肃祁连山国家级自然保护区东大山、龙首山、昌岭山自然保护站牌子的批复。

2004 年，保护区森林被认定为国家重点生态公益林。

2006 年，祁连山国家级自然保护区辖昌岭山保护站、东大河保护站、大河口保护站、大黄山保护站、东大山保护站、古城保护站、哈溪保护站、华隆保护站、康乐保护站、隆畅河保护站、龙首山保护站、马场保护站、马蹄保护站、祁丰保护站、祁连保护站、十八里堡保护站、上房寺保护站、寺大隆保护站、森林公安分局、乌鞘岭保护站、夏玛保护站、西水保护站、西营河保护站 23 个保护站。

2008 年，在国家环保部公布的《全国生态功能区划》中，将祁连山区确定为水源涵养生态功能区，将"祁连山山地水源涵养重要区"列为全国 50

个重要生态服务功能区之一。

2017年6月26日上午习近平总书记主持召开中央全面深化改革领导小组第三十六次会议。会议指出，祁连山是我国西部重要生态安全屏障，是黄河流域重要水源产流地，也是我国生物多样性保护优先区域。开展祁连山国家公园体制试点，要抓住体制机制这个重点，突出生态系统整体保护和系统修复，以探索解决跨地区、跨部门体制性问题为着力点，按照山水林田湖是一个生命共同体的理念，在系统保护和综合治理、生态保护和民生改善协调发展、健全资源开发管控和有序退出等方面积极作为，依法实行更加严格的保护。要抓紧清理关停违法违规项目，强化对开发利用活动的监管。

2017年9月，中共中央办公厅国务院办公厅印发了《祁连山国家公园体制试点方案》，确定试点建立祁连山国家公园，主要职责为保护祁连山生物多样性和自然生态系统原真性、完整性。公园总面积5.02万平方公里。其中，甘肃省片区面积3.44万平方公里，占总面积的68.5%，涉及肃北蒙古族自治县、阿克塞哈萨克族自治县、肃南裕固族自治县、民乐县、永昌县、天祝藏族自治县、凉州区等7县（区），包括祁连山国家级自然保护区和盐池湾国家级自然保护区、天祝三峡国家森林公园、马蹄寺省级森林公园、冰沟河省级森林公园等保护地和中农发山丹马场、甘肃农垦集团。青海省境内总面积1.58万平方公里，占国家公园总面积的31.5%，包括海北藏族自治州门源县、祁连县，海西州天峻县、德令哈市，共有17个乡镇60个村4.1万人。包括1个省级自然保护区、1个国家级森林公园、1个国家级湿地公园，其中祁连山省级自然保护区核心区面积36.55万公顷，缓冲区面积17.51万公顷，实验区面积26.17万公顷。仙米国家森林公园面积19.98万公顷，黑河源国家湿地公园面积6.43万公顷。

甘肃祁连山国家级自然保护区总面积265.3万公顷，区域范围为97°25′-103°46′，北纬36°43′-39°36′。其中，核心区面积为802261.6公顷。甘肃祁连山国家级自然保护区地跨武威、金昌、张掖三市的凉州、天祝藏族自治县、古浪、永昌、甘州、山丹、民乐、肃南裕固族自治县 8 县（区）。缓冲区面积为 470625.2 公顷，实验区面积 1380136.2 公顷。

五

"失我祁连山，使我六畜不蕃息。"对于大多数人来说，听说祁连山这个名字，并不是从地理书上学来的，而是从这首汉代的《匈奴歌》里知道的。

匈奴人称祁连为天，祁连山是他们的天山。对于今天的我们来说，同样不能失去祁连山。

忆往昔，2 亿多年前，祁连山所在的地方还是一片汪洋，喜马拉雅造山运动，让祁连山与青藏高原一同隆起。作为青藏高原东北侧的边缘，中国的地形在这里又上了一个台阶。

看今朝，与同样作为青藏高原边界的昆仑山、喜马拉雅山、横断山等知名山脉相比，祁连山似乎是一个名不见经传的小兄弟，但它其实一点都不"渺小"。海拔超过 4000 米的区域占到了祁连山面积的三分之一，单是海拔 5000 米以上的高峰就有 26 座。

自太平洋上远道而来的东南季风，裹挟着暖湿的水汽，在祁连山的阻拦下耗尽了最后的力气。我国东部季风区与西北干旱区的分界线，就在祁连山的中部。

祁连山，两千里冰雪连天，亿万年风云迭变。沿着祁连山的山体，自东南向西北一路行进，降水量逐渐减少，周围的景色也从森林逐渐过渡到草原，最后是戈壁荒漠，从田园风光，到草原牧歌，再到塞外的满目荒凉，让人豪迈之心油然而生——山川如此多娇。

第二章 英雄部落

～～～一～～～

有一个美丽的地方，好似祁连山东端臂弯里的明珠，有一个美丽的地方，传说着祁连山英雄的故事，它就是天祝。

天祝，藏语称华锐，意为英雄的部落。地处甘肃省中部、武威市南部、祁连山东端，素有河西走廊"门户"之称，是周恩来总理命名的全国第一个少数民族自治县。

天祝草原四周雪山环绕，一片银白，地上的羊群和牦牛，以及喝的羊奶、穿的皮袄、戴的毡帽，也都是白色。这里的人民视白色为理想、吉祥、胜利、昌盛的象征。

相传在很久以前，这里的一个部落，在一次战斗中被敌方重重包围。敌方限期部落头领必须在天亮之前投降，否则就要将整个部落的人全部杀光。眼看东方露出了鱼肚白，天就要亮了，难道真要投降吗？正在这生死存亡关头，突然从敌方背后杀来一队骑白马、穿白衣、戴白帽、手持银剑的人马，杀得敌方丢盔弃甲、四处逃散。部落头领一看，这队人马正是他两天前派出去打猎的 13 对男女健儿。他们为了靠近敌方而又不让敌方发现，就骑上与雪山冰峰一样颜色的白马、穿上白衣、戴上白帽，勇敢地袭击敌人，拯救了自己的部落。部落头领为了表彰他们的英雄壮举，就规定：只有部落英雄才能骑白马，穿白衣，戴白帽。从此，白色就成了这个部落最崇拜的颜色。天祝藏族同胞，便是这个部落的后裔。

天祝藏族自治县（以下简称天祝县）坐落在武威市境内，紧邻兰州市和青海省门源县，是河西走廊的起始，巍峨绵延的祁连山，海拔3600米的乌鞘岭横贯县域。境内群山环抱，峰峦叠嶂，有郁郁葱葱的苍茫林海，终年积雪的雪山大川和碧草如茵的广阔草原及大小10多条河流，属大陆性高原气候，空气清新，环境优美，因而也被誉为"高原金盆"。

这里是以藏族为主体民族的多民族聚居地。天祝藏族自治县藏族祈祷仪式最常见的是磕长头、转嘛呢桶、转佛塔、手持念珠等。人们通过祈祷来坚守自己的信仰，并通过祈祷来求得健康平安、净化心灵。

天祝藏族自治县境内风景如画。西有马牙雪山、卡洼掌高原，主峰大雪山是甘青界山，也是天祝最高峰。天祝三峡是国家级森林公园。中部有乌鞘岭，与冷龙岭相依，主峰大洼顶海拔约3562米，是典型的高山草场。

在这样的草原上，还有一种让人见之忘俗的动物。它就是天祝的白牦牛。民谣唱："世上白牦牛，唯独天祝有。"天祝白牦牛，全身毛色纯白，性情温良，是一种肉毛兼用的牦牛品种。

二

2020年深冬，我第一次来到天祝高原，去炭山岭镇的窑街煤电集团公司看望一位朋友。在朋友的陪同下，我去了那里的矿区。煤矿场区内，来来往往的工人们穿梭在上班的路上。场区对面的山上，竖立着醒目的标语：绿水青山就是金山银山。

朋友介绍说，在全面落实祁连山自然保护区生态环境问题整改各项要求后，企业经历了绿色变革的洗礼，走向人与自然和谐相处，这家始建于1952年的老字号煤企，自此重获生机，走上绿色发展之路。

三九寒天，我和朋友来到地面埋深360米的窑街煤电集团天祝煤业公司三采区3200采煤工作面。不闻机器轰鸣，不见煤炭外运。20多名矿工正按操作规程，分工协作，拆卸一台巨大的采煤机。拆卸下的零部件摆放整齐，等待外运。带班作业的综采二队队长马斌说，60多名矿工三班倒，已经奋战1个多月，计划2月18日前完成采煤机解体，运输皮带回撤。

这里是天祝煤业扣除式退出的最前沿。从2017年7月开始，从地上到井下，一场祁连山自然保护区生态环境整治和修复的专项会战，给企业带来了脱胎换骨式的变革。还是在井下，我在2400作业面内看到，等待外运的设备正在有序拆除，这套设备过去专为三采区服务。在2240大巷，轨道右侧的运输皮带已经全面停运。据介绍，三采区回撤共分解安排了8个大系统、16个步骤，按照先掘进、后采煤、再系统，从里到外、由上向下的顺序排序进行。

地面上，离矿口不远的菜籽湾村沿公路两侧，是大片被平整过的土地，覆盖着农田土壤。相关图片显示，半年前，这里还是天祝煤业三号井工业广场，大批工业和民用建筑鳞次栉比。3个月内，投资680万元，拆除、覆土、绿化全面完成，自然生态基本恢复。

同行的天祝煤业公司党委书记、董事长李滋荣说，2017年公司共完成治理面积20.92万平方米。到今年年底，三采区所有设备、轨道和线缆都将按计划有序撤出，实现彻底封闭。一、三采区地面建筑物将全部拆除并覆土绿化，矸石山和储煤场将进行平整、覆土绿化及种植树木。矿井水处理、锅炉房除尘系统改造升级等相关工作也逐项积极稳妥推进，企业将及早实现地面零存放、环境零污染。

天祝煤业的"绿色重生"来之不易。刚刚过去的一年，天祝煤业经历了生死攸关的转折。甘肃省祁连山自然保护区生态环境问题整改时，涉及全省144个探采矿单位，天祝煤业公司名列其中。一时间，企业能不能继续生产，成为1万多名职工和家属高度关注的问题，大家忧心忡忡。机电一队党支部书记楚文喜当时愁得饭都吃不下。"煤矿工人技术单一，再就业难度太大了，瞬间感觉整个家里的担子都压在肩上，让人喘不过气来。"如今，他和工友们正常上下班，工资照常发放，家里人也不再担心了。

如何在坚决退出祁连山自然保护区生产活动的前提下,既推进生态环境保护,又实现企业脱困发展,成为摆在省市县各级党委政府和窑街煤电集团面前的紧迫问题。经过各级坚持不懈的努力,2017年12月,天祝煤业公司的生存发展问题就得到了根本解决。省国土资源厅根据扣除式退出范围,核发了新的采矿许可证;甘肃煤监局核发了新的煤矿安全生产许可证;省安监局对矿井生产能力进行了核定批复;省环保厅下达了环评批复。在扣除位于祁连山自然保护区内的60万吨产能后,天祝煤业目前的采煤区,全部在祁连山自然保护区之外的区域。

煤矿重获新生,让天祝煤业干部职工从心底里对于绿色发展的极端重要性有了全新的认识。公司环保部部长刘君贤说,祁连山自然保护区生态环境问题整改前,大家的环保意识普遍比较弱,那时认为搞好矿井周边环境卫生、管好排污就是环保。经过此次彻底整改后,大家才认识到,环境保护是关系企业生死存亡的大事。

天祝煤业公司总经理刘建荣介绍,目前企业已经开始着手向绿色开采转型。在回采率93%左右的基础上,企业将进一步改进工艺,提升煤矿装备水平,提高开采效率,确保实现矿业绿色发展和生态环境保护协调发展。

还和朋友一同去了天祝县千马龙煤矿的原址。

千马龙煤矿位于祁连山自然保护区古城保护站,已于2018年5月24日全部完成地面设施设备的拆除并完成覆土复绿,如今已经成为绿色的大地。千马龙煤矿于20世纪70年代由当地村民自行组织开采,1984年兰州煤矿设计院完成初步设计,1986年开始建设,1991年建成投产,原属县办国有企业,2006年改制为有限责任公司,名称变更为天祝县千马龙煤炭开发有限责任公司,属民营企业。矿区面积1.0235平方公里,矿区位于祁连山自然保护区古城保护站,实验区面积1.0174平方公里,占矿区面积的99.4%,外围保护地带0.0061平方公里,占矿区面积的0.6%。

2017年8月,天祝县对千马龙煤矿上部矿区进行拆除,完成恢复治理面积约10.82公顷。2018年3月5日起,按照"政府委托、企业出资"的方式,由省煤田地质局 149 队按照恢复治理方案，采取"边拆除、边清运、边覆土"措施，开始拆除地面设施设备。3 月 14 日，对选煤楼进行了爆破拆除。5 月 15 日完成井口封密，对风机、轨道、风机房、监控室、看护房等设施进行了拆除，切断了矿区内水、电等设施。截至 5 月 24 日，千马龙煤矿地面设施设备已全部拆除并完成覆土复绿工作，累计拆除房屋 667 间 23280 平方米、地坪 25145 平方米、围墙及石砌拦挡墙 590 米，拆除轨道 500 米、风机 4 座、集装箱 11 组，清理垃圾 3.58 万立方米，覆土 9.8 万立方米，播撒草籽 1200 公斤，种植松树 4.2 万棵，拉设围栏 8013 米，恢复治理面积 462 亩。

如今，千马龙煤矿，昔日的矿区已经不见踪影，取而代之的是蓝天白云下的绿色山川。

〜〜〜 三 〜〜〜

2022 年深秋时节，我再一次来到了天祝草原。虽然已进入秋季，但放眼望去，天祝高原大地依然是一片山峦层林尽染、平原蓝绿交融、城乡鸟语花香的好景致。

走进位于天祝县松山镇的祁连山北麓水源涵养与生态保护修复项目草种存储库，县林草局工作人员正在对草种入库数量和储藏环境进行实地查验。

存储库里，我见到了天祝县林草局林业高级工程师李俊。俊朗的工程师告诉我：2022 年县林草局组织实施了天祝县 400 公里风情线（造林绿化和围栏工程）、祁连山生态保护和修复项目等，目前，各项目正在稳步推进。

天祝县地处祁连山东端，全县林地面积 286.9 万亩，牧草地面积 587 万亩。我了解到，为进一步改善草原生态环境，增强水源涵养功能，天祝县谋划实施了祁连山北麓水源涵养与生态保护修复项目，项目完成后可改良退化草原 120 万亩。

告别李工程师，我来到了哈溪镇。在哈溪镇，天祝县林草局森防技术人员正忙着开展病虫害防治工作。技术人员通过无人机撒药、药物灌根、烟剂喷雾等措施，对造林地、受灾严重的林缘区、国有苗圃地、苗木合作社等区域进行集中防治。

天祝县生态建设投资有限公司党支部书记、董事长阿多吉年志告诉我：最近，县森防站对县生态建设投资有限公司14个苗圃1190亩林木进行了病虫害防治，为下一步在全县国土绿化、造林过程中种植多元化、多品种苗木打下了坚实的基础。

茫茫草原、茂密森林是天祝县林草资源的新图景。为全力保障森林草原资源安全，天祝县持续推进林草生态修复工程，实施天然林保护、重点生态公益林建设、天然草原退牧还草等工程，随着祁连山北麓水源涵养与生态保护修复、有害生物防治、400公里风情线等一系列项目的落地实施，天祝大地被赋予了更多的绿色生机，也让更多群众享受到了绿色发展的福利。

"草木植成，国之富也。"翻开2022年上半年天祝县林业发展台账，一组喜人的数据跃然纸上：国土绿化成效持续稳固提升，完成人工造林6230亩，通道绿化400公里，产业园区提升改造10个，镇区绿化2个，农村（社区）绿化58个，景区绿化2个，森林小镇3个，乡村小游园7个，国土绿化提质增效960亩，义务植树106.3万株，新增城市绿化面积6.24万平方米，提升改造5.49万平方米，草原恢复治理18.4万亩，有害生物防治2万亩。

生态建设非一日之功，每一分绿色都来之不易。这些数据的背后凝聚着天祝县为实现广大群众对日益增长的美好生活的向往而付出的艰辛努力。

多年来，天祝县牢固树立"绿水青山就是金山银山"的理念和抓项目就是抓发展的理念，科学组织施工力量，抢抓施工有利时机，以时不我待、只争朝夕的劲头，紧盯项目、求实求效，依托项目建设稳步推进全域绿化，守护青山绿水，擦亮最美底色。

2019年12月，省生态环境厅启动甘肃省黄河流域生态环境及污染现状调查工作。天祝县推出甘肃黄河流域入河排污口排查大作战系列报道，采用一图一故事的形式，展现生态环保铁军迎难而上、敢打硬仗的精神风貌。

2022年，天祝县紧紧围绕黄河流域生态保护和高质量发展战略，全力实施黄河流域庄浪河天祝县城段水生态综合治理工程，全力打造功能完善的安澜河、自然休闲的生态河、生态宜居的绿色河、群众满意的幸福河，为黄河流域高质量发展、多民族聚居区乡村振兴起到引领和示范作用。

天祝县地处石羊河流域的源头区和黄河一级支流庄浪河的发源区，地理位置的特殊性，决定着功能作用的重要性。庄浪河天祝县城段水生态综合治理工程主要由河道生态治理、上河滩行滞洪功能恢复与生态修复工程组成，总投资2.65亿元，计划整治河道9.735公里、支沟2.31公里，工程分两期实施。一期工程主要开展县城段河道生态治理，概算总投资17810万元，主要治理庄浪河天祝县城段格桑大桥至华藏大桥段河道2.07公里。二期工程主要开展上河滩行滞洪区功能恢复与生态修复，并治理河道10公里，概算总投资8690万元。

实施黄河流域庄浪河天祝县城段水生态综合治理，是推进天祝县生态文明建设的重要举措，更是建设宜居城市、改善人居环境、提高群众幸福生活指数的迫切需要。项目建成后，县城段防洪标准由10年一遇提高到50年一遇，将进一步巩固城市防洪安全保障能力，维护河流生态系统结构，提升河流生态服务功能与社会服务功能，构建庄浪河健康良性循环的水生态系统，对落实黄河流域生态保护和高质量发展重大发展战略，推动区域经济高质量发展，维护社会稳定和促进民族团结具有重要意义。

为贯彻落实习近平总书记在黄河流域生态保护和高质量发展座谈会上的讲话精神，推动黄河流域"共同抓好大保护、协同推进大治理"的战略部署，根据《甘肃省黄河流域生态环境及污染现状调查实施方案》，省生态环境厅于2020年3月30日在天祝县召开了甘肃省黄河流域入河排污口现场排查工作安排部署暨现场操作会议。与会人员按照省环保厅专业技术人员的安排和要求在天祝县城污水处理厂周边区域进行了现场操作，模拟排查工作。大家认真细致地开展了现场数据APP操作、录入、审核、提交工作，展示了生态环保铁军有担当、敢作为，勇挑重任的坚毅品质。

排查现场，一个个矫健的身影记录了甘肃省黄河流域入河排污口现场排查的情景。为确认桥下有无排污口，来自武威市天祝县生态环境分局的马元斌不顾个人安危，爬下了桥面拍照取证。桥面坡陡湿滑，天气寒冷，稍有不慎就会失足滑落。尽管各种小心翼翼，可是他的鞋子还是被冰冷河水所打湿。

这样的情形不仅发生在一个人身上，更是现场排查"铁军"的真实写照。"严要求、重落实"，所有排查点位都必须亲眼看到才放心。他们冒着零下的低温，用自己的汗水与努力，只为脚下的碧水荡漾。找遍每一处排口，在打好攻坚战的路上，时刻都在谱写着美丽诗篇！

为着生态环境，多少人风雪兼程，始终在路上。

2020年3月31日16时55分，天祝县气象局发布道路结冰黄色预警信号，寒风凛冽、道路结冰、路面湿滑。"返回"还是"前进"这个实际问题摆在了武威市生态环境局天祝分局现场排查组的面前。"坚持一下"为不耽误整体行程，排查组达成一致，冒着风雪继续前行。

武威市生态环境局天祝分局现场排查组成员虽然都是第一次被抽调参加排查工作，但他们都同样有着使命必达的环保铁军精神，大雪，阻挡不住他们前进的步伐，他们干劲十足，以实际行动践行环保人的初心。

还是2020年3月31日下午的那场大雪，雪花飞舞着翻越乌鞘岭，覆盖了天祝高原。

这场雪，让天祝县抓喜秀龙镇南泥沟村村民藏多吉内心充满喜悦。以往，当地牧民群众对春天的雪又爱又怕。爱下雪，意味着当年的牧草长势好，能饲养更多牛羊；怕下雪，是怕牛羊过不了"春乏关"。什么是"春乏关"？当地牧民群众趁着那些年畜产品价格高的机遇，一味扩大养殖牛羊数量，超载超畜，又缺乏科学养殖技术，一场春雪会冻死、饿死不少牛犊、羊羔，他们把这个时间段称为"春乏关"。

如今，南泥沟村牛羊数量大幅减少，大家的收入却大幅增加。南泥沟村党支部书记关宣巴道出原委，近年来，祖祖辈辈生长在祁连山下的牧民群众思想观念发生巨大变化，他们意识到，牛羊数量的无序扩张非但不能快速增收，还增加了草原的承载量。关宣巴书记动情地说："我们大力发展乡村旅游，草原越来越美，前来观赏的游客也越来越多，一只羊出售给市场才 1000元，但群众自己开农家乐做成成品羊肉出售，价格能翻番，真正感受到绿水青山就是金山银山理念带来的福音。"

从当初看到春雪就心慌到现在欣赏雪景，藏多吉的感受，是武威市天祝县近年来牢固树立绿水青山就是金山银山理念的生动体现。

藏多吉说，从小生长在草原，他对这里一草一木的生长最有"发言权""去年雨水好，整个草原别提多漂亮，以前认为只有牛羊多才能挣钱，才能脱贫。现在生态环境好，美丽风景给我们带来的收益才真的高，持续下去，我们农牧民的收入肯定还会再提高。"

这场雪，也让天祝城区成了雪的世界，而城市生态面貌的改善，也让落雪成景。

天祝县委主要负责同志说，2019 年，天祝县紧盯建设中国高原藏乡生态文化旅游城市目标定位，新增城区绿化面积 30.47 万平方米，把绿色打造成天祝发展最亮的底色，大幅提升了城市品位。

四

从天祝县城驱车西行 50 多公里，海拔从 2200 米上升到 2980 米，满眼碧绿的抓喜秀龙草原深处，甘肃农业大学天祝高山草原试验站、天祝县草原工作站国家级草原固定监测点就坐落在这里。

低矮的红砖墙、简陋的红瓦平房、木式的资料柜……甘农大天祝高山草原试验站，一切简单而朴素，"这些房子有 20 世纪七八十年代建的，最新的有 2012 年维修过的房子，一共有 8 排平房，1300 多平方米。"试验站的职工徐根得介绍说。

这里是我国草原科学研究的"摇篮"。1956年，在原西北畜牧兽医研究所资助下，任继周院士等在此建立了我国第一个草原定位研究站。

这里，草业科研成果丰硕。一幅幅图文并茂的展板、一张张发黄的旧照片、一块块数据详尽的列表，展示了试验站不同凡响的业绩：1957年以任继周院士为核心的团队，以天祝高山草原试验站研究成果为基础，编写出版了《关于高山草原的调查研究》一书；1966年，试验站开展大规模的草原围栏建设，标志着甘肃省草原建设迈上新台阶……

试验站承担了各类草原科研项目，创立了草原和人工草地的综合顺序分类法，该分类方法是我国两大草地分类方法之一，也是世界三大最高科学水平分类方法之一；建立的天然草地和人工草地的世界统一类检索图，在国际上被称为任——胡氏检索图；提出了高山草原区划轮牧理论、草原季节畜牧业理论、草业与农业林业三足鼎立并以第一性生产为主同时具有第二性生产特性的新型产业理论……

这里，草业科研人才辈出。在一面展览墙上，集中张贴了从天祝试验站走出来的"草学泰斗""草业娇子"：中国工程院院士任继周、中国工程院院士南志标、《自然》杂志评选的10位中国科学之星之一高彩霞……

原试验站站长徐长林被评为CCTV2015年度十大"三农"人物，他于1978年从甘农大草业系毕业后，40多年如一日坚守在试验站。"父亲去年退休了，也经常来站上，最近我儿子中考，我父亲去陪他了。"徐根得说。

"最近有80多个大学生来实习，过几天还有120多名学生来实习。每年夏天，草原科学专业的学生实习20天，草坪专业的学生实习10天。今年因为疫情，学生实习人数相对较少，实习期也缩短了。"徐根得说。平常夏季，这里十分热闹，本科生进行草地资源调查，博士、硕士生来做试验写论文，国外草原研究专家来调研交流，十分频繁。

下午两点多，试验站里很安静。"学生们一大早就到山里、野外，或牧民家的草场去实地观测了，到了太阳落山才回来吧。"徐根得解释道。

人已远到草原深处，教室里、篮球场、乒乓球场显得空荡荡的。但在实验室里，培养箱、干燥箱、天平称等仪器上留有做过实验的痕迹，一方方纸片上放着一堆堆土壤采样。

一位草科专业的学生王霞写的《甘农草原站记》贴在告示栏上：携手同窗百余，投身草原怀抱，日日攀山涉水，不可谓不苦也，同力齐力采标本、捕鼠、捉虫、篝火，又不可谓不快也……固守本我以明志，坚守本心以致远……

试验站外围，是一方方草场试验田，芳草萋萋，延展到远处。远处的马牙雪山峰峦雄伟，遥接天际，莽原在望，绿草一碧千里，从近处的嫩黄延伸到远处的深绿，铺就出深沉宽厚的绿茵草毯。

长长的绿色铁网护栏里，就是占地 80 亩的天祝县草原工作站国家级高寒草甸矮生蒿草型草原固定监测点。

"天祝县草原工作站有一个国家级固定监测点，其他两个省级监测点属于湿性草原针茅型草原、山地草甸线叶蒿草型草原。"天祝县草原站工作人员赵雅丽介绍，"远处看草原，绿绿的一大片。其实草原划分为多种类型，就咱们脚下这片矮生蒿草型草原，就有二三十个草品种。"

监测点自 2012 年建立以来，常年对草高度、草盖度、草密度、草频度及产草量的"四度一量"进行监测，"监测点划分为多个区域，从每年 5 月到 10 月进行监测。如永久观测区，只观察、不人为干涉，反映草场的自然演替；如临冬监测区，对割刈前后的草场进行对比，每个月将监测数据汇总上报国家林草部门，为草原生产、科研、生态保护等提供精准的数据……"

赵雅丽，这位已有 10 多年工作经历的"草原人"，说起草原，如数家珍。并现场给我们演示了如何对草原进行"四度一量"测试，她拿出测草的样方框，"框"住一片 10 厘米的草。在"草框"区域内，她用钳子向草丛里刺 100 次，每刺一次都要用尺子测量草的高度，通过"刺"下的 100 个点，计算草的盖度。尔后又拔下一丛丛、一簇簇草，称其产量；测量某一种草的出现频度及产量……这样的测试至少需要重复 3 次，以减少误差。

走入一面草坡，但见草丛里各种花儿娇艳，摇曳多姿。当外来人惊呼草原是如此美丽时，天祝草原工作站站长王树青却眉头紧锁起来。

"草原上的花儿多了，并不是什么好事，表明这片草场退化了。"王树青摘起一朵粉红色的花说，"一枝花头上有十几朵小花蕾，草原上叫它馒头花，学名是狼毒花，是一种毒杂草，牛羊误食后毒性很大。由于其根系发达，没法除净，我们观测到某片草场上狼毒花太多，在其生花期用毒杂净1号喷洒，以消灭它。"

在另一围栏的草场监测点，是禁止牲畜进入的天然草场。这里的草长得很厚很密，已过小腿，踩上去软绵绵的，像走在厚厚的毯子上。

当我为这片没有人畜破坏的草原而庆幸时，天祝县草原站副站长张起荣——这位从甘农大草科专业毕业已有25年工龄的"草原人"，却引导我们观察草场上繁密而黄枯的披碱草。

"这是去年长的披碱草，得拨拉开，我们才能前行，由于冬春没有放牧，今年返青很差。这表明，草原上的草需要牛羊适度地啃一啃，如果一直任其生长，草会退化的。如何科学而合适地利用草原，如何在草原的生产功能和生态功能中寻找一个很好的平衡点，也是我们草原人不断去探索、寻求的一个大课题……"张起荣说。

刚才在甘农大天祝高山草原试验站，张起荣取回了与甘农大合作的获奖证书——"鼢鼠类防控关键技术研究集成与应用项目"获得2020年1月"甘肃省科技进步奖二等奖"，但他并未沾沾自喜。

张起荣与众多"草原人"一样，跋山涉水，风餐露宿，搞"草调"、划定草原、灭鼠防虫、补播种草、落实退牧还草工程和草原补奖政策等，奔忙在草原深处。用天祝县"草原人"徐义的话说，"草原养育了我们，我们的根在草原，我们要扎根牧区，因为我们深爱着这片草原"。

青山如黛，牧草葳蕤。草原人，世代求索，就这样年复一年，保护草原、看管草原、建设草原，一心只为守护草原那片绿茵。

五

2022年的秋天，在天祝高原的许多天里，我的心情始终无法平静，我始终被激动的情绪包围着。

天祝高原，森林、草原、雪山，寺庙古迹等构成了美丽的画卷。这里，山峦重叠各具神态，青山绿水层次分明，神话传说扑朔迷离，珍禽野兽富集于此。迷人的高山特别让人梦回神往，沉浸在如诗如画的意境里。看啊！山巅白雪皑皑，银装素裹；山腰松柏密布，四季常青；山下四周灌木丛生，山花烂漫；山脚开阔平坦，一望无际的草原尽显生机神采。

山一程，水一程，山水相伴着我来到了著名的天祝三峡。三峡地处天祝藏族自治县西南部深处的祁连山腹地、古丝绸古道的要冲。朱岔峡全长20余公里，以路曲、水秀、峡险引人驻足。清风溪流相伴，清凉进入金沙峡，苍松白桦不语，自有鸟鸣虫吟相依。随处可见的树莓、野葡萄是自然的馈赠。亚洲第一的引大入秦工程先明峡倒虹吸水，以其107米的巨大落差与周围秀美的景色融为一体，感慨自然，更感慨人力的伟大。

自然景观神秘魂丽，人文景观堪称绝胜。那一天我来到了天堂寺。天堂寺是藏传佛教北方五大名刹之一，天祝十四寺院之一，是天祝建筑规模宏大、文化底蕴厚重的一座寺院，无疑也是天祝文明史上影响最深的寺院之一。这座金碧辉煌的古代名刹，历经八朝沉浮，阅尽人间沧桑，浸润五千年华夏文化之灵气，见证发展的历程。传统与现代、往昔与未来天衣无缝地糅合在一起。这座栉风沐雨一千多年的古寺，在阳光的照耀下，流光溢彩，熠熠生辉，显得格外的气势恢宏，金碧辉煌。这是英雄部落华锐的圣地，是神奇的藏传佛教文化和农耕文明水乳交融，相互渗透的结晶。

在天堂镇本康村、科拉村、业土村，我观赏了本康丹霞，这些由红色沙砾岩构成的丹霞地貌，岩石色呈朱红，高低错落、造型奇特，线条舒缓优美，千姿百态，其状如柱、如莲、如象、如船等，不同视角，呈现不同造型。

抓喜秀龙草原，从天空到地面都是极其美丽的。置身抓喜秀龙草原，好像天穹压落，白云擦肩，放眼茫茫原野，犹如碧波浩瀚，绿浪翻卷的汪洋大海一直涌向遥远的天际。那一片片平坦如砥、五彩缤纷的草滩，像是一块块巨大无比、锦绣斑斓的藏毯，铺挂在蓝天碧空之下。而那一座座山色含黛、水波映翠的小山丘，好似浓绿叠翠的屏障，错落有致。如果骑上骏马，奔驰在这空明澄碧、起伏如浪的大草原上，一定会让人心旷神怡。

"从2018年冬季开始，全县就将今年国土绿化行动列为'冬谋夏干'的重点，明确了目标任务，落实了重点工程责任分解。至4月上旬造林工作正式启动前，各造林工程作业设计、招投标、现地点穴放线等工作全部就绪，今年全县造林工作较往年提前了10天左右，工作质量明显提升。"站在抓喜秀龙草原上，天祝县林草局有关负责人介绍，"今年我们把绿化与美化相结合，提高绿化标准，强调'美起来'。"

天祝县在绿化中坚持大苗木、高标准、宽坑穴、适宜密度造林，规则式与自然式植树相结合，观叶与观花并重，针阔混交，乔灌花药相搭配，通过多层次、立体式设计，按照三季有色、四季有草绿、常年有景的思路，打造有树有荫、有花有草、有路有园的精品工程，做到当年绿化、当年见效，彰显了山水林田湖草是一个生命共同体的理念。在树种结构上求创新，优选青海云杉、祁连圆柏、暴马丁香、桦树等乡土树种，筛选油松、樟子松等外来树种，试验性引种红瑞木、红叶李、金叶榆等多彩观色品种，多树种组合配套，营建比较适宜的植物群落结构，增加绿化美化效果，推进国土绿化递增升级。

根据气候和土壤条件，天祝县在东坪乡推广李、杏等经济树种，抓喜秀龙镇、东大滩乡等试栽金叶榆，哈溪镇、大红沟镇区及山坡地埂种植玫瑰，在大红沟镇实施林药混播技术，县城城东园区试验种植山楂、黄冠梨、苹果、梨、枣、油桃等11个经济林果品种，通过多种措施营建生态经济兼用林，助力精准扶贫，为今后拓展造林绿化模式积累了科学依据。

我在武威市生态环境局天祝分局了解到，2019年天祝县县城空气质量优良天数344天，同比增长5.4%。按照"县上抓河湖、乡镇盯溪流、全民护绿水"的要求，统筹推进常态化巡查、系统化治理、立体化监控、法治化管护、有序化利用、社会化监督、全民化参与、综合化考评八项措施，清理河道垃圾2.43万吨、旱厕629座，拆除违建6.7万平方米，推动实现"河畅、水清、岸绿、景美、人和"的目标。

环境就是民生，青山就是美丽，蓝天也是幸福。

我还了解到，天祝县集中力量组织开展机动车维修企业专项检查。对全县12家二类机动车维修企业和160家三类机动车维修企业进行全面排查整治，经查12家企业产生的危废均做到了规范化收集处置；督促三类机动车维修企业建设危险废物暂存间，签订危废处置协议，并建立危险废物产生、处置台账。加强企业日常监督检查。针对天祝县SO2、PM2.5等指数持续居高不下的不利局面，联合多部门协同作战，对碳化硅、铁合金、兰张线、汽车喷涂等重点行业企业全面强化执法检查，对发现的问题及时进行交办整改。实施行政处罚6起，处罚金额27.3万元。对24处工地下发整改通知，督促落实裸露地面限期覆盖、露天筛分等施工工段湿法作业、及时洒水等抑尘降尘措施。邀请第三方检测公司对17家碳化硅企业原料精洗煤、兰炭等原辅料和污染防治设施有组织、无组织废气排放情况进行采样监测，后续将按照检测结果和现场检查情况对违法企业进行行政处罚。

如今，河湖荡起的涟漪映照着蓝天，鸟儿飞过草原与游人并肩赏景，一幅美丽的生态画卷在天祝徐徐展开。

家住天祝县财税小区的胡万金带着孙子在家门口的绿地玩耍。"这里过去是一排破旧的平房，整个小区八九栋楼没有一块绿地，带孙子玩耍都要去很远的牦牛广场。"

2021年，天祝县对小区进行了大面积绿化，平整了道路、配套了健身器材。数据显示，目前天祝县建成区绿化面积达98.44万平方米，绿化覆盖率22.49%，建成区绿地率19.18%。

"全县 2019 年绿化资金投入 1000 多万元，对绿色发展的重视程度越来越高。"天祝县市政工程管理所副所长徐永生介绍说。

在绿化资金的强力支撑下，天祝城区绿化面积逐年加大。目前，城区自南至北、自西向东，从高速公路、和谐公园、团结路等主支干道到城北新区等各类绿化景观已覆盖。据统计，天祝城区绿化覆盖率已经达到 22.49%。

天祝县城区道路提升改造过程中，改造工程线路上有 1204 棵大树。天祝县对此态度坚决，1204 棵大树全部移栽到 G30 高速入口，让其健康生长，继续为城区增色。

2021 年 8 月，按照天祝县拆违拆临专项行动指挥部的统一部署，由国土、城管执法、工商、食药、住建等部门单位组成的城区拆违拆临行动组集结在县城华藏广场，打响了拆违拆临第一场开局战。到目前，城区拆除临违建筑共约 16.8 万平方米。

拆违拆临并非一拆了之。天祝县按照"拆迁透绿"原则，根据拆除区域实际情况，跟进开展已拆除区域的修葺完善和植被恢复等基础设施提升和绿地倍增工作，提升市容市貌，进一步改善镇区环境质量和城市建设秩序，切实提高广大市民的幸福感、获得感。

我在天祝县委、县纪委监委等机关看到，过去的围墙均被整齐的灌木带代替；一些背街小巷里过去违章建筑林立，如今拆除平整后成为城市绿地的一部分。

"现在城市绿化搞得好，开春的迎春花、初夏的牡丹，还有月季，道路沿线、广场和社区处处绿意盎然。"70 多岁的退休老干部阿忠弟对天祝县城的变化连连称赞。

六

位于祁连山下的德吉新村是武威市重点生态移民安置点。"德吉"是藏语，意为幸福、平安。当地人常年期盼的"德吉"，在这里得已渐次"开花"步步"梦圆"。

54 岁的藏族农民付生财站在他的食用菌大棚和我亲热地交谈着。他说，2014 年 11 月之前，他一直认为，和父辈一样，自己和妻儿会一辈子居住在海拔 2800 多米的朵什镇寺掌村。

高海拔村落自然环境恶劣，糟糕的天气常常让付生财的家乡变成一座"围城"——里面的人出不去，外面的人也别想进来。"雨雪天气直接封山，与世隔绝。"原来的寺掌村让付生财一家苦不堪言。

"动物都过不好，别提人了。"付生财说，"过去全家人种 7 亩小麦，全靠天吃饭。"

2014 年底，在当地政府的帮助下，他和妻儿搬到了松山镇德吉新村，一家人的日子逐渐有了起色。"别看我现在住的地方比原来面积小，但生活可是大不同了。"

从 2015 年起种大棚，收获的一茬双孢菇给付生财带来 8000 多元的收入。他说，双孢菇从每年 6 月起，可以连续 4 个月收获四茬，"价格稳定，平均一茬都能收入 8000 多元。"除了种地，付生财在家门口的移民搬迁工程工地上打工，每年还收入 2 万多元。

搬迁"搬"走了旧观念，也"搬"来了新思想。付生财种植菌类作物时，还学到了自己过去一无所知的农业科技。"我经常请教技术员，向人家学习配营养液种蘑菇的方法，原来科技种田也能'发财'。"掌握了科技知识，他的日子越过越好了。

如今，付生财住在德吉新村的二层小楼里，室内面积近 100 平方米，建房时，政府还补助他 80000 元。太阳能热水器、抽水马桶等设施一应俱全。"我觉得自己现在生活得比城里人还好。"付生财说。

天祝县松山镇党委书记张学俊介绍，自 2013 年实施下山入川生态移民工程以来，截至目前，德吉新村 894 户住宅已全部入住，共搬迁全县 8 个乡镇的藏、汉、土等各族群众 3800 多人。

天祝县由于贫困程度深、返贫率高，特别是 2012 年以前，有近 5 万名群众生活在海拔 2800 米左右的高深山区，就医、上学、行路、饮水等困难重重，成为扶贫开发最难啃的"腰节骨"。

如何让这部分群众与全国全省全市同步实现小康？近年来，武威市找到了一套"脱贫密码"——通过实施下山入川生态移民工程，并积极推广"设施农牧业＋特色林果业"主体生产模式，彻底改变高深山区群众的生产生活环境，实现当年下山、次年脱贫、三年致富的目标。按照这条思路，2012 年起，武威市清理收回了 72 个市、区县党政机关事业单位农林场用于移民安置，其中为天祝县无偿划拨 9 个。天祝县随即将 2 万多群众从高深山区搬迁到了市直农林场和其他川区，让他们走上了脱贫致富的康庄大道。

市、县两级领导提出一个设想：南阳山片下山入川生态移民小康供水工程——从金强河干流天祝县城段引水至南阳山片，以满足南阳山片用水需求。2013 年 6 月，南阳山供水工程正式动工建设。2014 年 8 月 1 日，工程正式通水。工程起点位于金强河天祝县城上游东岸，终点是二道墩水库，所有水全部注入这座库容 146 万立方米的水库后，一部分水进入灌溉管道实施农业灌溉，一部分通过人饮管道进入水厂，经净化处理后保障居民用水。

村民从山上搬下来后，生活条件有所改善，可如何能"稳得住"？从根本上解决脱贫问题，武威市有自己的创新思路和新探索。

为了实现武威市提出的"当年下山、次年脱贫、三年致富"的目标，天祝县大力发展设施农牧业＋特色林果业主体生产模式，为"下山入川"移民群众提供户均 2 座大棚、人均 1 亩的经济林。

生态移民，培育特色优势产业已成为天祝县实现贫困群众稳定脱贫，推动农业发展方式转变的重要手段。

七

　　站在乌鞘岭上，俯瞰天祝大地，我思绪纷纭，乌鞘岭古称洪池岭，地扼东西孔道，势控河西咽喉，素有"河西走廊门户"之称。张骞从这里走过；玄奘从这里走过；东西方的文化从这里穿梭；天马驰骋，商旅的驼铃声在这里回荡过。

　　"天祝"，取县内藏传佛教寺院天堂寺、祝贡寺二座寺庙的首字连缀而成，含上天祝福之意。天祝有着浓厚而古老的历史文化，夏至汉初先后为戎羌、月氏、匈奴等民族驻牧地，自汉武帝时归入汉王朝版图，唐代以后逐步形成以藏族为主体民族的多民族聚居地，英雄部落中铸造着一个又一个传奇的故事。

　　天祝草原仿佛更钟情于神秘，从雪山大川到高山峡谷，从绿茵草原到苍茫林海，从丹霞地貌到历史古城，群峰环抱，林木葱郁，流水潺潺，微风轻拂经幡，草原牧歌清悠。云卷云舒，牛羊信步，骏马驰骋。空谷而幽兰，遗世而独立。天祝大地绽放着五彩斑斓的光芒。

第三章　黄金草原

~~~~ 一 ~~~~

在祁连山东端，由于季风的影响，其南面和北面，差异并不是很大，尤其是顺着大通河与湟水河谷，东南季风能吹送到祁连山的深处，因此大通河畔的门源县降水足以让油菜花开得一片灿烂。

油菜花并不稀奇，哪里都有。但门源的油菜花气势壮观，令人叹为观止。有人说，在祁连山中看油菜花，坐着高铁看才能看得尽兴。的确是这样，那年七月我从扁都口的一片花海里乘高铁路过，满目的金黄，几乎持续到了西宁郊外。这里北依祁连山，西起永安城，东到玉隆滩，南邻大坂山。浓艳的黄花，紧沿着浩门河畔，横越门源盆地足有百公里，在高原深蓝的天空下，与远山近水，村落人家相辉映，宛如金色的海洋，近看远观皆为美景。

由于田地多向着浩浩荡荡的浩门河方向倾斜，所以站在河岸上向两边看，铺天盖地的都是金黄色，无际无边。浩门河在中间流淌，这种景色就像镶了两道金边的银丝带蜿蜒飘舞，与远山遥相辉映。在蓝天白云的衬托下，一望无际的金黄显得异常斑斓，大色块的简单构图给人以丰富的遐想。

门源回族自治县位于青海省东北部，东部和北部与甘肃省相邻。距省会西宁 150 公里，总面积 6896 平方公里。

门源回族自治县境内山地面积占 83.1%，盆地面积 16.9%，海拔高度在 2388—5254 米之间。北部祁连山麓群峰耸立，南部达板山高拔陡峻，构成气候湿润、水量充足的门源盆地。

这里属高原大陆性气候，地处中纬度西风带区。日照时间长、太阳辐射强、昼夜温差大。前半年受来自西伯利亚干冷气候影响，气候比较寒冷干燥。后半年受孟加拉湾的西南暖湿气流影响，气候凉爽湿润。具有春季多雪多风，夏季凉爽多雨，秋季温和短暂，冬季寒冷漫长的特点。

这里是河湟地区和河西走廊重要的水源涵养区和补给地，黄河二级支流大通河境内流程 176 公里，2013 年水能资源蕴藏量为 56 万千瓦。

雪山银峰映照下的门源草原，享有黄金草原的美称。用诗人的语言说，这里草尖上开满鲜花，草腰沾着露水，草根里聚着酥油，草间是音符一样流动的黑色牦牛、白色的羊群和枣红色的大通马群。而花热第一峰岗什卡、爱情鸟的乐园花海、边关天险狮子口以及永安古城、沙金城等众多的自然和人文景观则是散文家笔下清清爽爽、隽永深邃的灵感来源。

这里是青海最丰富的植物王国，500 余种草本植物中花瓣似绸的稀世名花绿绒蒿，被誉为中国三大名花的报春花、迎春化、杜鹃花，花若悬铃的铃子草沙参花，芳香扑鼻的山梅花在望不到边际的草海中争奇夺艳，竞相怒放。在门源的广场、街巷中，也看到红红火火的郁金香开成了花的海洋。

悠久的历史，多元的文化，构成了门源独特的民俗风情。"花儿"中的《门源令》，独树一帜的珠固藏戏、曾代表青海赴亚非多国展出的精美刺绣、多彩的节庆、婚礼习俗绘成了一幅瑰丽的民俗画卷。奶皮、搓鱼、白牦牛肉……这些独特、健康的美味，洋溢着门源人民对美的追求和生活的热爱。

~~~~~ 二 ~~~~~

为了精心呵护黄金草原，守护好高原上的家园，于是就有了这样一群人：他们身着迷彩服、疾步行进在山林里。他们起早贪黑，披星戴月，日复一日，年复一年，与大山相伴、听河流歌唱，在寂寞的大山里用心守护着祖国北方的绿色屏障。他们就是管护站一线管护员。

位于祁连山南麓的门源县境内老虎沟管护站，管护面积为 12478.44 公顷，共有 8 名巡护员，其中 7 名是临聘人员。每天天刚亮，8 名巡护员分成两组，就带上馍馍，背上水壶，上山巡护。尽管工作比较辛苦，但每个人都无怨无悔，默默守护着这方山水。

当我问起他们在巡护的过程中会不会有危险时，副站长王永珍腼腆地说："真是太多了，尤其是到了冬天，冰天雪地的，脚下打滑，一不小心磕了碰了是常有的事。"

那年春节刚过，王永珍和同事们巡逻在齐腰深的雪中。山上的环境十分恶劣，大家不知道脚下是冰还是石。王永珍不小心踩在了冰上，脚下开始打滑，幸亏旁边的同事手疾眼快，拉住了他。当危险过后，看着脚下的万丈悬崖，王永珍和同事们双腿不禁打起了颤，脊背冰凉，却渗出一层汗来。

4 月里的一天，巡护员贺成武骑着摩托车巡护，由于一路颠簸，摩托车的链子卡在了胎轮里，在崎岖的山路上，摩托车翻了好几个跟头，贺成武被摔得鼻青脸肿，胳膊也受了伤。

人是有感情的动物。管护员们每天都在巡护执勤任务中接触祁连山、认识祁连山。慢慢的，他们像当年恋爱时候的样子，开始魂牵梦萦脚下的土地，眼里的山峦。在新鲜、好奇之余，他们心中有了更多的责任和职业情怀："虽然很苦，很累，也会遇到危险，但我们的职责就是管好森林，管好林区的一草一木。如果它们有了不测，我们会难过，会悲伤。"

这里有着高原上最独特的风景，仿佛是一幅自然界里精美的油画——一块五米见方的石头，上面生长着一棵 3 米多高的祁连云杉。云杉蠹地磬天，威风八面。这是管护站最明显的标志，也因此得名——一棵树管护站。

一棵树管护站，紧邻甘肃省，位于祁连山深处，管护区平均海拔在 3200 米左右，且常年积雪，冬天积雪厚度达四五十厘米。

管护面积大，线路长，管护员每次进山，天刚刚亮就得出发，巡护终端显示，他们每人每月平均巡山 28 天，巡护路程在 100 至 150 公里。

这组数据背后，是管护员遍布祁连山每一处角落的足迹。

"过去巡山基本靠两条腿走，太费鞋。如今，站上有了摩托车，巡山方便了，但巡护时要翻山越岭，而且因处在高海拔地区，一年大多数时间山路被大雪覆盖着，摩托车无法通行，只能靠双脚。"巡护员杨杰说。

"管护站离县城远，伙食、生活用品采购不方便，我们一轮值守是一个月，每次上山时都要把伙食准备好，为了储存时间长一点，我们尽量采购土豆、大白菜等一些容易储存的蔬菜。"

那年我去的时候，一棵树管护站还没有手机信号。管护员在站里上班，就仿佛与世隔绝了。"管护员每次给家里报平安时，要到离站 7 公里外的一个小山坡，才能断断续续地接收到一点点信号。如果有事通知站里，或者管护员家里有急事，一时半会儿没法联系的。"

杨杰说，站长张天文的父亲病重，需要住院治疗，张天文的家里兄弟身患残疾，儿子正在上高中，陪父亲看病只能是张天文，但由于手机信号不通，家里人与张天文取得联系时，已经是 22 天之后了，那时，他的父亲已经错过了最佳的治疗时间，病情开始恶化。

"你在这没有手机信号的地方待了多久？"

"16 年。"张天文简短而有力地回答。

张天文日复一日、年复一年在祁连山的山路中来回行走，用 16 年的青春和生命像看护婴儿般守护着大森林里的一草一木。

当问及在大山中的感受时，一向不善言辞的张天文顿时打开了话匣子："刚进山时我还年轻，有时寂寞无聊得不知怎么办。你们永远也无法体会一个人守着一座大山的感觉，夜里只能听到风吹树叶的声音。常年在这里习惯了，如今反倒不适应在人多的地方停留，心中非常急躁。"听到这里，我的眼泪就流下来了，黯然伤神地说不出话来，我不知道是为祁连山庆幸，还是为张站长难过。

每天在林区交通不便、通讯不畅、信息闭塞、生活艰苦的条件下，日复一日，年复一年在责任区崎岖的山路上来回行走，走过一片又一片树林，走过一丛又一丛草地，听山风呼啸，看深涧峡谷——这就是林区管护员，一个不能再普通的职业，他们的成绩单中永远不会出现诸如"轰轰烈烈、功成名就"这样的形容词，但是管护员又是一个伟大的职业，他们用自己的青春岁月，换来的是森林资源的安全。

管护员这份工作，看似简单，实则政策性、专业性都很强。除了每天的日常巡护，管护员们把生态环境保护相关法律法规的宣传也当做他们的一项重要工作职责。

"到每年火灾易发的秋冬季节，走进群众家中进行森林防火宣传是我们管护工作中的一项重要任务。在巡山过程中，发现被丢弃的垃圾，要及时清理，虽然比较辛苦，但我们有责任有义务守护好这里的山山水水，用我们的努力和奉献造福子孙后代。"门源县境内寺沟管护站管护员李守业说。

管护员们还充分发挥微信、抖音、快手等网络新媒平台，设立"一村（社区）一管护员一微信群""一河（湖）一管护员一微信群"，搭建生态保护线上宣传"微体系"，以巡护直播、拍摄小视频、资料"云"分享等方式进行"云端"宣传，确保国家公园体制试点建设、祁连山南麓祁连片区生态治理及《环境保护法》《草原法》等政策理论和法律法规宣传"乘云"飞入寻常百姓家。

李守业介绍，高原的夏天相对比较短暂，冬天取暖期相对较长。为了防止火灾隐患，他们会挨家挨户反复去宣传，一遍遍进行隐患排查。近些年，人们对于森林、环境保护的意识越来越强，生态环境也越来越好了。"现在林区生态环境明显改善，有些地方灌木茂密，摩托车都无法到达，我们只能绕很远的山路步行才能到达需要去的地方。"李守业笑着说。

十几年来，李守业认真学习《森林防火条例》《野生动物保护法》等法律法规，在工作中，他经常与同事们一起沟通，做到依法办事不出问题，执行政策不出偏差。"护林工作涉及面广，只要肯干总有干不完的工作。"李守业说。

翻山越岭、历经艰辛、远离家人、"享受"寂寞……为了祁连山，为了守护西部这片宝贵的森林资源和重要的生态屏障，众多的护林员就像那挺拔的云杉雪松，扎根泥土、遥望蓝天，为心中坚定的信念而默默奉献着。

付出总会有回报，在这支队伍的精心管护下，保护区野生动物种类、数量不断增多，林木蓄积量、林地面积不断增加，天然林资源保护生态修复治理取得显著成效，群众保护生态意识进一步加强，林区盗伐、盗猎现象灭绝。

金秋九月，走进位于门源回族自治县东部的珠固乡东旭村骆驼脖子社的"高原桃花源"，让我有一种恍若穿越的感觉。

穿过一座人工开凿的山洞，眼前豁然开朗，路面、围墙皆由光滑的鹅卵石铺就而成，民宅正门实木雕花修建，古朴雄浑，墙壁彩绘，或白牦牛，或奔马图，庭院干净、绿满家园，远处的山峰层峦叠嶂、云雾缭绕，宛若仙境……

东旭村有33户133人，距门源县浩门镇80公里，平均海拔2380米。依靠水草丰美的祁连山草原，这里的村民世世代代保持着半农半牧的生产方式。

走进东旭村村口的小广场，只见一排生态文化宣传长廊很是醒目，靠北面的墙上"不忘初心颂党恩，党在我心中，永远跟党走"的大幅标语十分抢眼。

近年来，东旭村通过"村两委＋"模式加强党建、设立生态学校和生态课堂、建设生态宣传长廊和宣传橱窗等形式，深入广泛宣传习近平主席生态文明思想及新发展理念等，立足祁连山生态自然特征和社会经济发展实际，充分发挥党员模范带头作用，积极带动农牧民群众成为祁连山国家公园建设的主力军。

"我们每周都会召集村民到村活动室，向村民宣讲党的好政策，宣讲国家公园相关知识，提升广大群众对祁连山国家公园的认知度。"东旭村党支部书记田完麻才郎介绍说。

走进农庄，各具特色的民宿在鲜花绿树的环绕中若隐若现延伸到路的尽头。这个三面环水、三面环山的小村落，曾先后获得全国休闲农业示范村、省级生态示范村、省级乡村旅游重点村、海北州最美乡村等称号。

2012年在政府的扶持下，东旭村牧民杨公保当智和妻子开了一家农家客栈，从刚开始只能接待八九个客人，发展到现在能容纳四五十人的民宿，近十年时间，他家的生活发生了翻天覆地的变化。

妻子魏兰措回忆起以前的日子十分感慨。"那时候家里条件不好，全靠丈夫外出打工维持生活，孩子们想吃零食还得拿个鸡蛋去换。现在生活好了，这全是党的好政策带来的啊。"

"是啊，比起以往交通不便，出村都难的日子，现在的东旭村风景好，生态好，村民的生活更好……"杨公保当智笑呵呵地说。

在保护生态中实现发展，用发展成果来推动生态保护。东旭村通过发展生态旅游，实现了生态保护与发展的共赢。

体验古老的"华热"婚俗、田园采摘、围墙彩绘、藏族手工体验坊等一批看得见摸得着的乡村旅游项目，让游客享受了更加真实、更具深度的旅游体验，村里也逐步形成了集创意、加工、展示、销售为一体的文化产业链条。

田完麻才郎介绍，在游客中不定期开展"顺手净山、处处净水"等活动，树立发展旅游经济环境质量并重的观念，以河畅、水清、山绿、景美的新东旭来吸引游客。

56岁的村民张能君不仅是村里的生态管护员，还是吉祥农庄的庄主。村里的变化和村民精神面貌的改变，他都一一看在眼里、记在心里。"我们世世代代就生活在这里，保护好这里是大家的心愿。"张能君说。

如今，生态宜居、乡风文明、治理有效、生活富裕是东旭村的现状，通过项目带动，全村基础设施不断完善、产业结构调整优化，产业配套趋于合理，自我发展能力显著提升，农牧民增收渠道不断拓宽，初步形成了以旅游产业为主导，以经济社会各项事业为补充，全村经济社会各项事业融合发展，生态、生产、生活"三生共赢"的良好局面。

三

党的十八大以来，门源县紧跟中央和省州部署，不断树牢绿水青山就是金山银山的生态理念，切实践行习近平总书记"四个扎扎实实"的重大要求，以贯彻落实习近平生态文明思想的高度自觉深入推进生态环境治理恢复和保护优化一体建设。门源的生态功能优势不断凸显，人民群众居住环境进一步优化提升，生态绿色品牌日渐叫响。

2017年起，门源县以"加快山水林田湖生态保护修复，实现格局优化、系统稳定、功能提升"为目标，统筹山水林田湖草生态保护与修复工程项目资金6.06亿元，全力推进县乡村三级饮用水水源地保护区划分与规范化建设、14处无主废弃矿山治理、大通河流域和11条支流环境整治与生态功能提升、门源县污水处理厂原位提标改造与截污纳管等项目。

治理恢复中，门源县科学规划、统筹治理，对铁迈煤矿外围地等14处无主废弃矿山以及周边15公里的道路沿线全面实施垃圾清理、平整复绿等，改变了过去矿渣乱堆、山体破坏、岩石裸露、植被消失等现象，生态环境得到了根本性转变。

2021年以来，门源全县上下以国家公园示范省建设和国土绿化巩固提升三年行动为契机，以国家重点林业生态工程为抓手，坚持全县动员、全社会共同参与，累计共出动5.27万人，栽植苗木48.9万株，使山水一体、人与自然一体的生态景象悄然入画。

恢复治理与优化提升一体推进以来，历史遗留矿山综合整治修复实现全覆盖，县乡村三级集中式饮用水源地环境整治和规范化建设全覆盖，大通河流域及周边村庄174平方公里的环境得到全面治理和优化，水绿岸美、河畅山青的自然画卷美不胜收。

自2015年起，门源县创建全国文明城市、卫生县城创建以及农村人居环境整治工作相继开展，为不断提升门源城市品位和对外形象夯实了基础。

坚持"一年净、两年绿、三年美"的原则，以"方阵动态管理"法整体推进农村人居环境持续向好，并创立了"四色评比法""卫生评比激励""村巷联治"等管用务实的机制，县乡村环境干净优美，街巷整洁、河畅水清、岸绿景美成为门源常态底色。

坚持节约资源和保护环境的基本国策，统筹山水林田湖草系统治理，实行最严格的生态环境保护制度，在形成绿色发展方式和生活方式中积极探索，坚定走生产发展、生活富裕、生态良好的文明发展道路，着力推进美丽门源建设。

2022年，以国家公园示范省建设为契机，以国家重点林业生态工程为抓手，严格按照国土绿化要求，结合实施乡村振兴战略、高原美丽乡村建设等工程，启动实施了5万人国土绿化大会战，深入开展全民义务植树活动，实施重点生态功能区封禁保护、森林质量提升、重点工程造林和城乡环境绿化美化等工程，年内完成了绿化任务8.1万亩，完成率162%。荒滩荒坡、遗留沙坑等重新披上绿衣，生态涵养功能进一步凸显。

农旅融合、文旅融合。东川镇麻当村、仙米乡桥滩村、珠固乡东旭村荣升为国家级乡村旅游重点村名列，仙米乡大庄村、珠固乡东旭村、浩门镇头塘村、泉口镇腰巴村被评为省级乡村旅游示范村。

"这河水，可比前几年清澈多了。"门源回族自治县老虎沟河巡河员柯长兴感慨地说，"作为土生土长的门源人，小时候我们经常去老虎沟河边玩，现在通过修复以及管护，老虎沟河的景色更迷人了。"

"作为大通河左岸的一条重要支流，老虎沟河水质越来越好，不仅是这条河，门源县境内其他河流的生态环境，也不断持续向好。"门源县农牧水利综合执法大队马武龙说。

河流生态环境的改变，得益于海北藏族自治州门源回族自治县实行了4年的"河长制"和"山水林田湖草"项目的牛态修复，以及祁连山国家公园青海片区试点建设。

门源县地处祁连山腹地，是青藏高原和黄土高原的过渡带，更是青海连接河西走廊的重要生态屏障。境内有黄河二级支流大通河及其他支流82条，这些河流共同勾画出了门源的生态基底。因这些河流多流经村庄，给门源县河道水环境的管理和保护工作，带来了不小的挑战。

从2017年开始，门源县全面实施"河长制"，建立了以县委、县政府主要领导担任县级总河（湖）长的县、乡、村三级组织体系。

"我们乡有大通河麻莲段及其3条支流，我作为河长，有空就上河边巡查，发现有群众在河道内乱倒垃圾、乱采砂石，就及时制止并向群众说明保护水生态环境的重要性。"麻莲乡党委书记白延寿说，"以前不少人把生活垃圾倒入河道内，导致下游河流的污染特别严重。"

门源县县乡村级178名河湖长，严格按照《河长巡查制度》，定期不定期开展巡河、巡湖及督查工作，重点巡查河道水污染防治、水环境治理、水资源保护、防洪能力提升、涉水规划建设等工作，解决巡查中发现的违法排污、侵占河道、非法采砂、倾倒垃圾等突出问题。

"以前青石嘴镇加油站附近，都是垃圾坑，一眼望过去大通河两岸也有不少垃圾。"青石嘴镇大滩村村民马艳明说，"每次经过青石嘴大桥都发愁，这些垃圾啥时候能被清理干净。没承想，这两年不仅垃圾不见了，还种上了树，垃圾坑成了园林观赏区。"

门源县在开展河湖长制工作的同时，同步启动"山水林田湖草"生态保护与修复试点工程，打响祁连山生态保卫战，省州两级政府将门源县大通河流域综合整治及生态功能提升建设项目，列入国家第二批"山水林田湖生态保护与修复试点工程"。

门源县以生态问题治理和生态功能恢复为导向，开展了水源涵养、荒滩地整治、湿地保护、流域造林、生态监管与技术支撑等一系列工作，以往"管山不治水、治水不管山、种树不种草"的单一修复模式一去不返，原本被破坏严重的生态环境，恢复了以往的山清水秀。

目前，门源县已完成大通河流域（门源段）环境整治与生态功能提升工程投资23381万元，占总投资的77.4%。项目各类建设任务工程已完成，主要包括干流段驳岸及挡墙16.765千米，配套修建排水管18座。湿地保护、修复6处。清理垃圾36793.98立方米，种植乔木约25.579万株，花灌木约75.4017万株。

"这几年，政府大力改善河道生态环境的决心，我们老百姓看在眼里，所以大家的环保意识也提高了，基本没有人再往河道里扔垃圾。"柯长兴是门源县114名巡河员中的其中一员，45岁的柯长兴在巡河员的岗位上已经干了两年多了。

柯长兴每天早上顺着老虎沟河右岸，开着电动车，一直往西南方向走8公里，看河边的网围栏有没有被破坏，河道里有没有垃圾。"垃圾不多，也没有人偷采沙石。"柯长兴觉得现在巡河工作完成起来比较轻松。

四

这里是河西走廊重要的水源涵养区，也是祁连山的生态屏障。在门源县的高原上向远处望去，总能瞧见祁连山脉的东端——达坂山，山前奔流不息的便是黄河的二级支流大通河。

大通河流经门源县浩门镇，当地居民更愿意将这条默默陪伴村落的河流称为浩门河。可是谁又能想到，这条滋养了一代又一代门源人的母亲河曾一度断流，两岸的湿地曾经堆放着各类垃圾。

青海省生态环境厅水生态环境处处长李旭东说，过去的门源县，由于传统理念的制约和粗放的发展方式，虽然解决了百姓温饱，但生态环境破坏严重。

2017年，青海省启动总投资6.06亿元的"山水林田湖草"生态保护与修复试点工程，打响祁连山生态保卫战，门源县成为主战场之一。当地政府立足祁连山区特殊生态地位和重大生态责任，把握山水林田湖草生命共同体的内在联系和规律，以生态问题治理和生态功能恢复为导向，开展了水源涵养功能提升、废弃矿山修复、地质灾害治理、生态监管与基础支撑等一系列生态环境工作。

目前，门源县已完成生态护岸网箱32公里，疏浚河道106公里，荒滩造林绿化1万亩，清理流域及周边村庄历史遗留的建筑和生活垃圾1.5万立方米，并完成大通河干流河段 61 公里、11 条支沟河段全长 54 公里的修复任务。过去废弃的矿山则主要通过覆坑平整、疏浚河道、种植绿化及围栏封育等工程措施开展修复，现已全部完成 16 处修复任务。

曾经络绎不绝的采砂车辆消失了，河水也不再断流了；曾经的"垃圾沟"又重新被植被覆盖。两年来，大通河流域及周边村庄 174 平方公里的环境得到全面治理，流域河道水系连通，增强了径流补给功能。河两岸及河心岛生态绿化面积稳步扩大，区域水源涵养能力和生物多样性保护功能得到显著提升，构筑了优良的生态屏障。

一系列可以感受到的生态转变，在李旭东看来，离不开尊重自然、宜林则林、宜草则草的生态治理理念。"构建绿水青山体系不仅仅是植几棵树造几片林，要通过建设一个高效、稳定、可持续的生态系统，实现山水林田湖草生命共同体。"

从解决温饱，到治理环境、转变发展模式，再到加强生态文明建设，门源县的生态转变只是西部生态安全屏障持续向好的一个小小缩影。

"千峰叠翠万重烟，清风萦绕十二盘。"云雾缭绕中，十二道弯，蜿蜒回转，宛如一条卧龙盘踞在山间。沟谷相间，溪水长流，这是仙米聚阳沟，沟内有一片清澈的湖面，叫"达摩禅音圣湖"。湖水的样子像佛祖微笑的一只眼睛，非常祥和。湖中石壁上有一个巨大的牛头，象征着游牧民族对牛的膜拜。沿着湖边小路继续前行，我第一次见到了奔跑得像马儿一样快的绵羊，动作利落，从我身边飞奔而过。不一会儿，就看到了一处瀑布，从山崖中一个自然形成的裂口倾泻而出，像从虎口奔涌而出的一挂流翠。仔细看旁边的石崖，隐约像一位仙风道骨的老者，守护着这挂瀑布——"达摩禅音瀑布"。

驱车继续前行，远远看到形状奇特的小山，像是一条游动在河中的鱼儿，这便是鱼儿山。鱼儿山东邻仙米乡，北靠浩门河，西邻岗隆石窟，南靠麻当峡。春夏之际，林木茂密，繁花似锦；秋季，硕果摇金，层林尽染；冬季山头白雪皑皑，山坡松柏苍翠挺拔。到了门源，不可不去心驰神往的雪山净化心灵。这座像戴着白帽子的老爷爷一样的雪山，便是老爷雪山，藏语译为岗什卡雪峰，华热藏族地区十三座神山之首，众水之源，又称为阿尼岗什卡，意为雪山之尊。来到这里，便来到了冰雪世界，虽然天气寒冷，但是心里却是温暖的。山顶终年积雪不化，冰川银光闪烁，冰塔、冰柱、冰菇林立。山底有一处五彩瀑布，是由温泉喷发冲击形成的一挂冰瀑，有黄、绿、青、蓝、白五种色彩，十分迷人。夕阳西下，晚霞轻飞，山顶晶莹白雪、熠熠闪光，时呈殷红淡紫、浅黛深蓝，犹如玉龙遨游花锦丛中，暮霭升腾，这就是"龙岭夕照"，是门源古八景之一。

五

在门源高原转了一圈，即将结束我的行程之际，我还是想再看看这里的油菜花，想再写写这里的油菜花，于我而言，门源的油菜花仍然是西部生态中的一大绝景，见之不能忘俗啊！门源的油菜花开放在山地原野上，黄绿映衬，似黄色的花毯绵延不绝，与蓝天白云青山雪顶相叠，如黄色的缎带镶嵌在青山之间。还有小片油菜花似金色玉盘散落湖边，远观大气磅礴，近看热情爽朗，尽显大西北高原个性，令人赞叹。

一朵云、一群羊、一个人、一坡花，皆是曼妙。它以最朴素的美丽，征服了所有人。如果说南方的油菜花海好似一幅水墨画，那高原油菜花海犹如一幅巨大油画，美得动人心魄，而且充满了高原的浪漫气息，比南方花田，更显肆意张扬，愈发流光溢彩，增添了视觉震撼。

这里的油菜花西部风味十足，整个浩门川峰是豪放的一片花海。浩门镇在花海中沉浮，似乎就成为了一座大海中的孤岛。

七月初，门源的油菜花还不是最盛的季节，但是此时却色彩非常丰富，田野抹上了一片翠绿、其间点点滴滴地透出了一丝丝的淡黄——那是一种精力旺盛、生机勃勃的浪漫宣言。七月中旬，整个浩门川将是一片金黄，在高原深蓝的天空下，油菜花镶嵌在浩门河两岸，浓艳的黄花，无际无边，宛如金黄的大海。这里的油菜花与江西罗平多丘陵所勾画出的小家碧玉画面有所不同,完全表现出了北方地区油菜花在蓝天、白云和雪山下铺天盖地的霸气。

常在花间走,能活九十九。花香沁人心脾,观之闻之似能解人苦乐,仿佛在轻轻诉说,犹如在欢愉地歌唱,恰似在唤起美好的回忆,又好像在安抚烦乱的思绪。

看门源,仙气缭绕,处处仙境。去高原,花迎花送,花中生情。极目四望,只有蓝色的天和金色的地,这极蓝和极黄的二维世界里,人也变得更加单纯、活泼,你会忍不住跑起来、跳起来、喊起来。大自然对人类给予了极大的恩赐,大地或五彩斑斓,或清秀婉约,或粗犷豪放,或壮美瑰丽,人类当常怀感恩之心,珍爱这份厚赐——我的黄金草原。

第四章　红润皇后

一

2022年深秋，我站在青海省祁连县县城北边的牛心山（藏区神山阿咪东索）上，心潮像这里的山浪一样起伏着。这是我第四次行走祁连县的山水了。

这里已是祁连山的深处。秋天的牛心山上已是白雪皑皑，阳光照射在收割后的田野上，一片金色的秋景。山前的河流，就是最终流到了内蒙古巴丹吉林沙漠的黑河的支流——八宝河。黑河发源于走廊南山的南坡，在托来山和走廊南山之间一直向东流淌，在祁连县与八宝河汇合后，突然折向北流，在走廊南山和冷龙岭之间切开一道险峻的峡谷——黑河大峡谷。它流向河西走廊，然后流向内蒙古的沙漠深处。尽管这里已是祁连山的中段，但还有森林分布，田野里收获着麦子，这与它南面的青海湖周边显然不同，那里是游牧者的天下。

祁连县因地处祁连山中段腹地而得名，隶属于青海省海北藏族自治州，北邻古丝绸之路的首要通道甘肃河西走廊，故有青海"北大门"之称。平均海拔3169米，县城海拔2787米。祁连境内共有大通河水系的默勒河和祁连山内陆水系的黑河两大流域，共有大小支流247条，总集水面积1.31万平方公里。祁连县境内生长着茂密的原始森林，以青海云杉、圆柏、杨树、沙棘为主的林业用地面积314.57万亩，占土地面积的15.1%，森林覆盖率为13.5%，其中乔木林24.7万亩，占总面积的11.84%；灌木林257.93万亩，占81.99%；疏林地1.02万亩，占0.32%，在林业用地中，有林地23.7万亩，占林业用地面积的 7.54%；全部为原始林，属国有水源涵养林，蓄积量 218.71 万立方米。在森林树类中青海云杉、杨树和圆柏分别占 90.95%、4.03%、5.02%。

祁连县是青海省重要的资源富集地区。全县共有草原 1764 万亩，是青海省畜牧业基地，有藏系羊、牦牛、阿柔马等各类牲畜 117.5 万头（只匹），年产牛羊肉 1 万余吨、祁连大白毛 1300 余吨。矿产资源多样，号称"中国的乌拉尔"，是全省资源开发的重点县。祁连县是青海省重要的高原生态旅游目的地。祁连县具有北接河西走廊，南连环湖过境通道的区位优势，在全省"一圈三线"旅游战略布局中处于"北线"的核心位置，是青海省重要的交通枢纽和对外开放的重要门户。祁连县是"大美青海"的缩影。有"天境祁连""东方瑞士"等美誉，有中国最美丽的六大草原——祁连山草原，"中国百大避暑名山"——牛心山，国家 4A 级旅游景区——"祁连风光"等，旅游资源开发潜力巨大。

长期以来，祁连县各民族和睦相处，共同繁荣，共同进步，孕育了汉文化和少数民族文化相互交融的多元文化。阿柔"逗曲"，藏族"拉伊"，汉语"花儿""社火"等彰显了各民族之间不同的文化底蕴。数千年来，世居在此的先民们自由的信仰不同宗教，形成了藏传佛教、伊斯兰教等多宗教并存的宗教文化。以寺沟口遗址、夏塘东台遗址为代表的卡约文化遗址，以宋代的古方城、三角城，元代的峨堡古城等为代表的古建筑，以阿柔大寺、上庄清真寺等为代表的宗教寺院成为祁连灿烂的多元文化瑰宝。中国人民解放军一兵团二军纪念苑为全县重点爱国主义教育示范基地。

与牛心山（阿咪东索）隔八宝河相望的卓尔山，藏语称"宗穆玛釉玛"，意为美丽的红润皇后。

传说中卓尔山与牛心山（阿咪东索）是一对情深义重的情侣，默默守候在八宝河两岸，共同护佑着祁连的山山水水。

阿咪东索为藏语，意为千兵哨卡，众山之神，镇山之山。汉语俗称牛心山，蒙古语称之为"乃曼额尔德尼"，意为八宝山。根据藏族地相学的介绍，阿咪东索四周的地形呈吉祥八宝之相，祁连地区的藏族、蒙古族、裕固族等信仰藏传佛教的群众更是敬奉阿咪东索为祁连众神山之王。由于其高度原因，山脚处和山顶处温差较大，人们常说阿咪东索"一山可见四季景"。阿咪东索海拔4667米，与县城八宝镇的相对高差达到近2000米，每到盛夏阿咪东索山体底部麦浪翻滚，油菜花香，一派高原河谷的农家景象，春意盎然；山腰绿草如茵，是优良的牧场，自古就有"祁连山下好牧场"之美称，夏意融融；山腰以上的广阔区域灌木丛生，俨然一派林海风光，秋意瑟瑟；从稀疏植被逐渐过渡到石山，而峰顶的积雪是终年不化的，冬意怆然——一山尽览四季美景。

二

一望无边的碧绿草原、远在天边的覆雪山巅、黑白相间的藏羊牦牛、迎风飘摇的金刚时轮塔五彩经幡……每一个画面都有最激荡人心的高原魅力。

在祁连县旅游局副局长宋飞看来，尽管祁连拥有上天馈赠的绝佳资源，但当下要在加强宣传和推广的同时，让保护与发展并重，为后人留下绿水青山，寻求开发与保护的均衡，是当务之急。

"地处青海甘肃交界，拥有冰川、丹霞等各种地质地貌和野生白唇鹿、雪豹等珍稀动物，少有的雪山和原始森林并存景象，多民族混居所形成的独特的宗教民俗文化……这一切都让祁连成为青海的景观廊道。"宋飞这样描述祁连。

事实上，祁连的旅游业在2009年才开放国内市场，而风光秀美壮阔的阿咪东索、卓尔山、祁连山草原等原始的生态民俗资源，让祁连旅游在近三年内出现井喷式发展。在生态保护红线压力越来越大的情况下，下一步祁连旅游发展之路如何走，如何在合理开发的同时不造成生态的永久破坏，成为祁连县旅游需要解决的当务之急。

祁连县以祁连山国家公园建设为契机，全面加强"山水林田湖草"生态保护修复试点项目建设，打好生态环保"绿色牌"。先后完成国家水土保持重点工程小流域综合治理项目 7 项，治理水土流失面积 168.96 平方公里，治理侵蚀沟 2 条，河道 7 条，修筑防洪堤 68.78 公里。大力实施复绿护绿工程，采取点、线、面结合，城乡联动、整体推进方式，开展"万亩造林""城乡绿化"行动。全面开展矿山恢复治理工作，24 名县级领导、15 名部门主要负责人对 70 个矿区矿点分片包干，开展拉网式排查和联点整治，矿山恢复治理工作扎实推进。积极打造"智慧调度 + 城市管理大数据平台 + 生态文明 + 全域旅游"四位一体的智慧生态管理平台，建立生态环保远程监控机、水源地保护监控探头等 260 处，为生态环境保护提供智慧保障。

全面打破传统"散养""小户型"牛羊养殖模式，下好经济发展"先手棋"。以"村两委 +""协会 +"等模式发展生态畜牧业经济，成立"村两委 + 公司 + 农牧民专业合作社 + 基地 + 农牧民"产业化联合体，发展循环牧业、创业牧业、定制牧业、牧业体验等牧业新业态和新产业，打造了以野牛沟乡、央隆乡的半野生鹿、牦牛自然放养、黑河大峡谷等为重点的休闲牧游业与探险、自然风光产业带，以阿柔、峨堡乡镇的"阿柔部落"、峨堡古城、中国最美草原等为重点的草原自然风光及民俗文化旅游产业带和以默勒镇的"蒙古六旗""那达慕"盛会等为重点的草原风情旅游产业带，形成牧业观光——精品民宿——牧家乐——体验园为一体的生态旅游产业链，实现了"资源变股权、资金变股金、牧民变股民"的转变。全县建立 9 个畜牧业股份制专业合作社、3 家家庭牧场开展生态休牧试点 45.57 万亩，转移牲畜 2.86 万只羊单位，人均分红 1.8 万元，贫困户人均分红 1.1 万元。

借助和发挥资源优势，走好生态红利"民生路"。建成卓尔山、阿咪东索、鹿场、峨堡古遗址公园、阿柔大寺、水世界景区景点 6 处、旅游演艺 1 处、全域旅游服务中心 1 处，大力发展精品生态旅游业，成功举办草原风情文化旅游节、清真美食文化推介会等重大节庆和群众文体活动，用生态颜值带动社会经济发展和群众增收。全面落实生态管护岗位，拓宽就业渠道，积极开展无垃圾示范县创建、"河长制"、城乡道路综合整治等，严格落实草原生态补奖机制，每年落实草原生态补奖资金 8134.53 万元。依托全国草地生态畜牧业试验区建设，在全省率先孵化和推广应用藏羊"两年三胎"、牦牛"一年一胎"高效养殖技术，年输出种畜 4000 余头（只），有机畜牧业牲畜活体认证和草原实现 100% 全覆盖，被认定为全国有机农业（祁连藏羊祁连牦牛）示范基地。通过管护就业、生态补偿、产业带动、务工增收、定点帮扶等让农牧民享受生态红利。全县生态保护公益岗位达到 1795 个，带动 2116 名贫困人口实现稳定脱贫。

在攻坚克难脱贫致富的同时，祁连人民始终把保护生态环境当作头等大事来对待。

"热爱林区、保护生态、认真工作"，是每个生态管护员的铮铮誓言，也是他们工作、生活的真实写照。

祁连县自然资源局要求每个生态管护员"像保护眼睛一样保护生态环境，像对待生命一样对待生态环境"。

祁连县默勒镇扎沙村生态管护员朱永红，十余年来始终坚守在生态保护第一线，只为更好地守护家乡的绿水青山。

他们数十年如一日，热心于生态保护发展，日夜奋战在山、林、草、水和野生动物之间，风吹日晒。他们知道，守住绿水青山，将拥有金山银山；管好青山绿水，功在当代利在千秋。

～～～～～～ 三 ～～～～～～

流经青海、甘肃、内蒙古的黑河，地处西北，是一条神秘的河。

从祁连县城出发，沿着 204 省道向西北朝着野牛沟的方向行驶，便进入了峡谷地带。这里两侧山峰陡峭，松柏成林，山间云雾缭绕，植被丰富，生态环境优美，其中不少树木都以"祁连"命名，如"祁连圆柏""祁连云杉"等。

在前行的路上，黑河始终与我相依相伴，远看，水流混浊且湍急。有关黑河，早在《山海经》等史籍中就有记载，在《西游记》《红楼梦》，甚至金庸的武侠小说中也都有描述，只不过那时它不叫黑河，而是被称为"弱水"。"弱水三千，我只取一瓢饮"后来还成为一句经典的爱情语录。由此可见，黑河在古时就名声在外，它起源于青海祁连，全长821公里，流经青海、甘肃、内蒙古，最终注入大名鼎鼎的内蒙古额济纳旗居延海，被称为河西走廊的母亲河。

其实，黑河的声名远播，还在于黑河大峡谷的存在。黑河大峡谷从祁连野牛沟到甘肃张掖，全长450公里，仅次于雅鲁藏布江大峡谷。它时而悬崖峭壁，时而平坦舒缓。

前行约50公里临近野牛沟时，我们便来到黑河大峡谷的制高点，这里黑河两岸如鬼斧神工一般，令人胆战心寒，同时也造就了奇绝的风光。

关于黑河大峡谷的形成，经专家科考认为，虽然峡谷内有800余座冰川，但并非像很多大峡谷是由于冰川作用形成的，而是经水冲刷而来的。当然，黑河水在祁连县城一带曾形成一个湖泊，积蓄的水形成了巨大力量，最终造就了黑河大峡谷。如今，祁连县城附近成片的红色地貌就是当年湖泊遗留的杰作。

黑河并不是一条安分的河流，它一直像一匹野马，想怎么奔跑就怎么奔跑。它一路裹着泥沙向下游狂奔，在一座又一座山间绕来绕去，留给公路无数个S弯道的同时，又像一条缠绕在山上的黑丝带，所以被人们称为黑河。不过，黑河也有温柔的时候。

一场大雪让祁连县成为美丽的冰雪世界。沿着积雪公路行驶，翻越山岭、环绕湖泊，相机里记录下的美景令人迷醉。顺着峡谷继续前进，黑河在一个叫"油葫芦"的地方安静下来，好像要躺在草原小憩一样，没有发出一丝声响。

没过多久，一幢黄色小楼映入眼帘，这就是油葫芦管护站，是祁连山国家公园 18 个管护站之一。

从"油葫芦"到野牛沟，黑河大峡谷也表现出浅沟壑的特征。这是一个梦幻般的地方，空气清新，令人舒畅，给人无尽的遐想。

德康是祁连山国家公园油葫芦管护站站长。他对这里的情况了如指掌。

油葫芦管护站成立于 2016 年，油葫芦沟富集祁连山国家公园优质的自然资源、文化资源和生物资源，孕育了大面积野生动物生存的理想栖息地，因此，具有完整的生态体系。

油葫芦辖区的海拔 3000 米至 4300 米，降水量丰富，涵养乔木林、灌木林、草甸、流石滩、雪山、河流、湿地、冰川等多种生态系统类型，多样的环境孕育了多样的物种，野生动物的食物链很完整。

生物多样性赋予这片大地最贴切的称谓——野生动植物的乐园。

走进这里，看岩羊跳跃，像一朵小小的云，甩着灵巧的身姿，跳落在山崖间。听鸟雀歌唱，在不可触及的树梢，云杉摇晃着枝干，奏出最悦耳的音乐，转而就是一阵美丽短暂的沉默，充满力量的自然之美，摄人心魄。

雪豹、荒漠猫、蓝马鸡等野生动物分布在油葫芦辖区，它们可都是备受关注的"明星"。

德康说，全国有 12 种猫科动物，在油葫芦辖区就能见到雪豹、猞猁、豹猫、荒漠猫、兔狲 5 种。这里可分为两大生态类群，动物类群和植物类群，是青藏高原特有的。

油葫芦辖区内安装了 40 台红外相机，专门拍摄"明星"们的日常生活。还有 51 名生态管护员管护着 2.8 万公顷的草山、林地、湖泊等，他们长年翻山越岭，默默无闻坚守深山十几载，用脚步丈量对家乡的热爱。

令油葫芦管护站生态管护队队长奎知印象深刻的是，一天中午，阳光透过树林照在水面上，正在巡山的他想着稍微休息片刻。起初四周非常安静，后来忽然传来一声鸟叫，他转过身发现，湖泊旁的树下有一群蓝马鸡。

见到奎知拿着手机慢慢靠近，它们不惊不慌地看着他。很快树林变得热闹起来，到处都是鸟叫声，有的在地上快跑，有的扑着翅膀。它们蓝灰色的

050

羽毛，在阳光的照耀下，十分漂亮。

12月2日，天刚亮，伴随着冬日的寂寥与空旷，奎知沿着积雪山路边走边四下张望。身上发旧的背包里，装着馍馍和咸菜，这是奎知的午饭。

寒冷的冬天，巡山的艰辛可想而知。奎知说，油葫芦管护站分4个队，每个队有11名巡护员。巡山的区域和面积不大，但工作量不小。巡护员的主要工作是巡山监测火情、向群众宣传森林防火、野生动植物保护的知识和政策。"日常巡护时，骑摩托车走过山路，还要徒步20公里，才能走完负责的区域。"奎知说，6年间，他换了3辆摩托车。

"不止蓝马鸡，在山上巡护时随处可见的还有岩羊。大家都知道，岩羊是雪豹的食物来源，岩羊多了雪豹能少吗？"奎知当管护员的这十几年，生态的变化他都看在眼里，所以，更加明白保护祁连山这一方水土的意义。

黑河大峡谷，地理条件和气候因素独特。峡谷内万仞峥嵘，怪石林立。时而狭窄河急，峭壁裸露，如至绝境；时而豁然开朗，坡缓滩阔，别有洞天。气候变化多端，动植物资源丰富。才听雷鸣过银峰，又见艳阳照清泉，奇花异草密布，珍禽异兽常现，人迹罕至，宛如仙境，在峡谷深处感受神秘独特的高原自然风光，聆听悠扬的祁连牧歌。

冬日里，蜿蜒曲折的黑河大峡谷，河流冰封，冰面呈翡翠色，造型各异、千奇百怪，是幽深山谷中缱绻展开的一幅天然山水画卷。

祁连山有2000多条冰川，它们形成涓涓细流融汇成为河流，滋润着河西走廊和祁连大草原，最后消失在千里之外的戈壁沙漠。

八一冰川是黑河干流河源区最大的冰川。黑河流经青海、甘肃、内蒙古三省区，被誉为河西走廊的"母亲河"，做好黑河源头的水生态保护、水环境治理、水土保持、水源涵养等工作，对祁连山国家公园建设意义重大。

距八一冰川30公里，二尕公路旁有一座这片区域唯一的固定建筑——祁连山国家公园沙龙滩管护站。十多名生态管护员在这里生活工作，守护着八一冰川和祁连山生态红线。

冬天的一个早晨，管护站站长祁进贤，一大早就到祁连县城市场采购方便面、大米、挂面、鸡蛋、白菜、粉条等易保存的蔬菜和副食品，除此之外，还补充了一些日常生活用品。这些物资，要保障他们 10 天的生活。祁进贤开车走了两个多小时的路程，中途经过好几个管护站，才走到了沙龙滩管护站。这里条件很艰苦，大部分区域没信号，供电主要靠光伏发电，冬天电不够用，一年之中有 10 个月用水困难。祁进贤心情很好，他边开车，边看着路边一只捕食的藏狐，那只肥硕的藏狐，嘴里叼着一只草原鼠横穿马路，向着草原跑去。他很欣慰，在心里说："现在生态好了，一路上可以看到不少野生动物。"

随着生态环境保护工作的开展，野生动物与人的距离也越来越近，老鹰把家安在了管护站的屋檐下，野兔们在管护站周围打洞定居，胆大的鼠兔潜入管护站寻找食物……

到达管护站已近中午，因为是每 10 天换岗驻站的日子，小小的管护站没有了往日的冷清，大家热情地相互打招呼。

监控室里，4 块大屏显示着八一冰川的监控影像。冬日的沙龙滩区域被积雪覆盖，成为银白色的世界，光照充足的地方能看到裸露的土地，其中生长着一片片茂密的红色植物。那是一片红景天。近年来，祁连山国家公园、水利、林草等部门加大保护力度，种植了一些牧草和中草药，一到夏季生机勃勃。层层叠叠的大山之中，露出白色山顶的，便是八一冰川。镜头再近一些，望见的是一堵白色的冰墙。下面便是黑河大峡谷。八一冰川从山顶矗立直下，冰川最高处有 80 米，相当于 6 个多西安城墙墙体的高度。

沙降滩管护站的管护员大多数是野牛沟的牧民，57 岁的井福清就是其中一位，原来他在野牛沟草原上骑马、骑摩托放牧，现在他守护着哺育这方水土的八一冰川，黑河源头。

管护站负责守护的区域有 20 多条沟，开车巡护，时间快一些，但去不了没路的沟。夏天，每条沟都要巡护，三四人一组，骑着摩托车或步行，一出去就是一天。

井福清说，他很喜欢这份工作，不仅能挣工资，还能守护自己的家园，看着它恢复往日的风采，心里很高兴。

四

黑河全长 800 多公里，是中国第二大内陆河。黑河大峡谷则是中国第二，世界第三大峡谷，峡谷长 450 公里。平均海拔在 4200 米以上，其中有 70 公里属"无人区"。峡谷内有冰川 800 处，分布面积超过 300 平方公里。这里是海北藏族自治州祁连县黑河源头流域生态建设保护工程管护站。叶金俄日和妻子就守护在这里。

春华秋实，峻山莽岭，林雪草原，16 年守护，16 年情缘，奔腾的黑河在诉说，矗立的青松在诉说。

在这里，他俩伴山而居、依水而眠，长期远离亲人故友，孤独默默地守护着黑河源头方圆 200 多平方公里内的野生动植物资源。

夫妻俩的守护站，是黑河源头流域唯一的管护站，它如一座孤岛，几乎与世隔绝，却又连接着黑河源头的万千生灵。

他们似挺拔的青松一样把根深深地扎在这片土地里，迎曦送夕，日复一日，年复一年，用爱心和脚步丈量着黑河源头的生态安全线。如屹立在呵护黑河莽原的一座"灯塔"。

初夏的野牛沟草原，依然寒风呼啸，枯黄的牧草正在积蓄着生命的力量，黑河水奔腾着白色的浪花流向远方……

50 岁上下的蒙古族汉子叶金俄日，身材魁梧，眼神坚毅，一身军人气质。常年累月的高原生活，使他脸色黝黑、皮肤粗糙，但总是面带微笑，他是一名老军人、老共产党员了。1990 年 3 月他成为武警青海总队黄南支队的一名战士，在部队获得过"优秀士兵"荣誉称号。

2006 年，叶金俄日从部队退伍后回到家乡野牛沟乡大泉村沙龙滩过起了放牧生活。由于当时沙龙滩的草场环境已经被"黑土滩"侵蚀，大不如前，家里的草场载畜力有限，无法放牧过多牛羊，因此家庭收入并不是很好。

听说县政府要在黑河源头流域建立一座管护站，而管护人员要优先考虑退伍军人。听到这个消息，当时34岁的叶金俄日没有多想，就决定去管护站。他觉得当一名管护员，守护自己生存的家园，也是光荣的。

通过层层选拔，叶金俄日成为了一名守护黑河源头的管护员，妻子冬木措为了照顾他的生活，干脆也随他来到了黑河源头。从此，黑河源头多了一座夫妻管护站。

所谓的管护站，只是一顶12平方米的棉布帐篷，吃住都得在这顶帐篷里，没有水，没有电，只有一条蜿蜒的砂石路。强劲的山风吹着沙粒在管护站周围肆虐着，叶金俄日没有被困难所困惑，4年的军人生活磨砺得他如山上的松柏那样顽强，他有面对艰苦环境和残酷现实的勇气和信心。他本不想让妻子跟着他去管护站受苦，但温柔的妻子知道一个人在那里生活的艰辛，她说什么也要坚持跟他一起到管护站，去照顾叶金俄日的日常生活，最终他拗不过，便同意了妻子的请求。

两个人把孩子托付给老人照看，借了一辆手扶拖拉机，拉着床板、被褥和锅灶等生活用品来到了管护站，当晚他们就在帐篷里度过了一宿漫漫长夜。

管护站距离祁连县城太远，很少能吃到蔬菜，而易于储藏的土豆便成了他们唯一能吃到的"蔬菜"。煤炭炉是唯一的取暖设施，一年四季都需要生炉子取暖。冬天最冷的时候，晚上三四点还要起来再生一次炉子，不然两个人就会冻得受不了。就这样，两个人经过了一个又一个的寒冬长夜。没有通信设施，有了紧急情况，叶金俄日只能赶到县里来汇报。

提起2007年的新年，叶金俄日夫妻就觉得心有余悸。那时，一连刮了三天三夜的大风，眼看着就要把帐篷刮走了，叶金俄日去找角铁，妻子一人在大风中死死拉住帐篷的绳子，等叶金俄日赶回来后，妻子几乎用尽了浑身的力气。叶金俄日先将角铁钉住，再绑上绳子，抵抗住了狂风的侵袭。帐篷没有被风刮走，妻子却瘫倒在了风里。

2007 年 6 月，帐篷变成了简易房，可管护站依旧没有通电，只能通过光伏板来满足日常生活的基本用电。虽然还是得生炉子，也很少能吃到蔬菜，这在外人看来条件可能依然很艰苦，但叶金俄日却觉得现在管护站的条件比刚来的时候好了很多，他很满足了。

管护站方圆 200 多平方公里，10 个巡查点 50 多条支流，都是叶金俄日夫妻俩管护的范围，最远的地方离管护站大约有 70 多公里，最近的地方也有 20 多公里。

他们平时巡山时使用的交通工具，仅仅是一辆破旧的摩托车，而这辆摩托车还是叶金俄日从弟弟那里借来的。两个人每周都要对黑河源头流域进行两次巡护，骑摩托车去站点，到了没路的地方，叶金俄日夫妻便将摩托车撂下，翻山越岭步行七八公里，每完成一次巡护，最长需要 10 个小时，最短也需要 5 个小时。

平时只要不下雨，叶金俄日夫妻每天七八点钟就骑着摩托车出发巡护，经常要到晚上才能回来，中午带点干粮充饥，有时摩托车的车胎被扎破，他俩就将随身穿的衣服脱下来塞进轮胎里，推着摩托走出来。有时晚上赶不回来，或是遇到大雨大雪天，就只能在牧民的帐房里借宿。

黑河源头禁牧后，牧民们也迁走了，叶金俄日夫妇将废弃的牛羊圈作为遮风挡雨的栖身之地；路遇棕熊、狼群就将衣服脱下来绑在木棍上点燃，并不断摇晃来驱赶野兽。有一次，巡查归来正赶上河水涨潮，一下子就把摩托车冲走了，叶金俄日和妻子赶到下游，在淤泥中把摩托车打捞上来，天已经黑透了。摩托车进水打不着火，夫妻俩只得在荒郊野外偎依在一起，饿着肚子度过漫漫长夜，一直等到第二天河水退潮，才蹚过河回到了管护站。

对叶金俄日夫妻俩来说真正的困难不是巡山，也不是孤独的守候，而是要面对盗采滥挖、非法捕猎的人。

一次，叶金俄日在洪水梁看见了十几个淘金人，他让妻子赶紧去给上级部门打电话，他一个人走上前去阻止，告诉对方不要破坏植被，不要破坏水源地。这些人看到只有叶金俄日一人，就威胁他少管闲事，虽然对方人多势众，但叶金俄日并没有害怕，反复给他们宣讲生态保护的政策，这些人终于被他说动，主动撤离了。

2012年6月的一天，叶金俄日夫妻在距离管护站几十公里处的一个名叫锅叉石的地方，发现了几台挖掘机，几个工人正在开挖河道的石头。两个人上前制止，对方就是不听，还差点打起来。叶金俄日见劝说无果，他便立即回到管护站将发现的情况汇报给县里相关部门。随后，在祁连县国土、草原站、公安等多部门的配合下，将乱采滥挖的人清理出管护区，及时制止了盗挖行为。

日夜奔腾不息的黑河水在诉说，倾诉着叶金俄日夫妻俩坚守在这片广袤的生命家园中，起早贪黑，面对一件件难以想象的困难，面对一次次遭遇的生命险情，同心共守，用他们自己的生命唱响了守护黑河大塬的"生态歌"。

岁月一天天过去，两口子对这里的一草一木一山一水都产生了浓浓的感情。面对着滔滔的黑河水，两个人眼里闪出的是坚定的信念，他们要用一生来坚守自己挚爱着的这片土地，因为在他们心中，他们是这条河的儿女。

从管护站出来行车大约十多分钟的路程，就是青海祁连黑河源国家湿地公园。远处一群白色的斑头雁在嬉戏，生动美丽。

随着祁连山国家公园管护体系的不断完善和管护力量的不断增强，黑河源头流域的生态环境得到了明显改善。这些年黑河的水量明显增加，湿地的面积也在慢慢地扩张。此外，每年的湟鱼洄游季，黑河里也能见到不少湟鱼。虽然每次见到的数量不多，但湟鱼的生存环境的确得到了改善。2018年9月，叶金俄日去巡查的时候，发现了7匹藏野驴。湿地面积增加后，出现不少黑颈鹤在黑河源头筑巢，他见过的就达22只。野生动物的回归，就是黑河源头生态逐渐向好的最好证明。

青海省黑土滩治理、山水林田湖草沙冰综合治理、源头禁牧、草原鼠害治理等一系列政策措施的落地，守护黑河流域生态的人也多了起来。牧民群众的生态环保意识明显增强了，叶金俄日夫妻俩的管护压力相对减轻了些。

作为黑河源头的管护员，叶金俄日夫妻就这样携手共进，用他们炽热的心守护着这一方故土，看着它慢慢恢复原本的美貌，两个人眼里常常涌动着激动的泪花和无比的坚毅。他守望山河，是在踏实践行一个共产党员的初心使命。

<h1 style="text-align:center">五</h1>

站在卓儿山顶视野极度开阔，四周没有任何遮拦，山对面是一山尽览四季景色的牛心山，左右两侧分别是拉洞峡和白杨沟，背面是连绵起伏的祁连山，山脚下滔滔八宝河像一条白色的哈达环绕在县城周边……

置身此情此景，不由得再一次想起那个关于阿咪东索和宗姆玛釉玛的爱情故事：

相传远古时期，祁连是一片汪洋大海，妖魔四起，格萨尔王得知此情后，从印度专派山神前来降妖伏魔，疏通海洋，并派四大天王管理祁连地界。山神和四大天王疏通汪洋，散播金银，繁衍牲畜，不久，珍禽异兽成群，蘑菇、大黄满山，金银铜铁遍地。祁连"八宝"由此誉满天下。后来山神化为阿咪东索，四大天王则化为主峰周围的四座山峰。

宗姆玛釉玛原为一位龙界的公主，一次偶然的邂逅，使她深深爱上了英武非凡的阿咪东索，她甘愿冒犯天规，冲突险阻，嫁给阿咪东索为妃。龙王夫妇虽然坚决反对他们成亲，但公主还是选择留在人间，化作卓尔山，与阿咪东索隔河相望，不离不弃，无怨无悔，和她的恋人——阿咪东索相伴相守，护佑着祁连的秀美山川和物华。

藏族人民的传统观念中龙神是财富的主人和象征，守护着秘密的财富。这位来自龙界的王后，以卓尔山那样秀丽夺目，红润典雅的美丽，让祁连成了一位温文尔雅的红润皇后。

第五章　绿色宝石

～～～～　一　～～～～

　　山丹马场是一种记忆。2022 年盛夏，我第五次探访了这颗丝绸之路上的绿色宝石。

　　因为连天碧草、旷野群马、草原骑牧、祁连松雪、大河清韵、烽燧峡谷、奇异地貌、古城遗址以及浓郁古朴的民俗风情等自然及人文景观，祁连山草原的代表大马营草原拥有了"丝路绿宝石"之美称。

　　山丹马场就坐落在大马营草原上。大马营草原位于河西走廊中部，祁连山冷龙岭北麓的大马营草原，是镶嵌在焉支山和祁连山之间的一块绿色盆地。地跨甘青两省、毗邻三市（州）六县，总面积 329.54 万亩，其中草原面积 184.98 万亩，耕地面积 40.3 万亩，林地面积 80 万亩，其他面积 24.26 万亩，海拔 2420—4933 米。

　　汉武帝元狩二年（公元前 121 年）骠骑将军霍去病，将万骑，出陇西、过焉支山、汉阳（大马营）大草滩，直达祁连山西端。击败盘踞在焉支山、大马营草原的匈奴各部，败退的匈奴族凄然回首，发出千古悲歌："失我祁连山，使我六畜不蕃息；失我焉支山，使我妇女无颜色。"

　　大马营草原境内扁都口、平羌口、白石崖等要隘，控扼甘青两省交通。历代朝政多在此设立皇家马场，修筑城堡，设置墩标烽燧，屯兵戍边，牧养军马。这里有天然大草场和丰盛的水源，历朝王师大军从这里不断得到军马补充。

　　北魏太武帝拓跋焘太延五年（公元 439 年）结束了河西"五凉纷争"，消灭了北燕、北凉、西凉政权，统一了北方。此时，扩充后的大马营草原，十数年养马高达 200 万匹，骆驼 100 万峰，牛羊无数。唐朝初年，太宗李世民命太仆张景顺主持牧马事业 24 年，创造了一套很好的管理办法。在唐代养马极盛时期已逾 7 万匹以上。元朝世祖至元八年（1271 年），在宋朝、西夏统治期间废弃了 200 多年的大马营草原上重新设置了皇家马场，派千户一名镇守负责。明弘治十七年（1504 年），重整重建大马营草原马场公署、住房、仓库及马厩。是时，草场面积 1337 多万亩，养马 4 万余匹。

　　焉支山千峰叠翠，妖饶多姿，层林尽染，溪流潺潺。南面的祁连山白雪皑皑，峰峦叠翠，山中的原始森林苍松挺拔，翠柏生辉，漫山遍野花草繁茂，灌木丛生。

　　在这样的景致里，时常想起唐代诗人李白的诗句来："虽居焉支山，不道朔雪寒，妇女马上笑，颜如颊玉盘，翻飞射鸟兽，花月醉雕鞍。"

　　也有人这样称颂祁连山："皑皑千里雪，皎皎一天月。心如玉壶冰，身似瑶池客。懒赴王母宴，岂践麻姑约。青女与素娥，婵娟谁与越。"

　　两山之间的山丹马场，蓝天白雪，轻风拂面。牛羊游动，群马奔腾。高山上的雪莲，草地上的蘑菇随处可见。每到盛夏，山丹花、野玫瑰花、粉团花、矢车菊、马兰花等各种野花争奇斗艳，异彩纷呈，清香醉人。花草间，虫鸣、雀跃、蜂飞、蝶舞、山鸟啁啾，清风徐来。金黄色的油菜花耀眼夺目，熠熠生辉的祁连白雪，绿如碧玉的辽阔草原，星罗棋布的牛羊马群，碧亮剔透的西大河水库，农机具田间轰鸣，牧马人歌如天籁，构成了一幅动静相宜、浓墨重彩的西部田园画。这里地势平坦，水草丰茂，培育出的山丹马驰名天下，成为历代皇家军马养殖基地。山丹马体形匀称，粗壮结实，雄健剽悍，速度和持久力俱优，是乘用的良骥。

$$\approx\approx\approx 二 \approx\approx\approx$$

　　面对皇家马场的前生今世，我总在现实与过往中徜徉，一会儿梦回西汉，追随骠骑将军霍去病西征匈奴、拓土开边、屯垦驻牧。一会儿站在河西走廊的祁连山下，领略两千多年前，属于这片土地的金戈铁马与沧桑巨变。

　　传说很久前草原上有一匹红色的神马，每逢春旱便将甘霖洒向人间，遇有水涝，则俯身啜饮，因而得到人们的无限崇拜。

　　贪财牧主想将神马据为己有，几次偷猎未曾得手，于是藏身于神马出没的地方把弓待射，果然神马中箭。当牧主暗自庆幸时，刹那间天崩地裂，尔后一声长嘶，地下霎时万泉喷涌，形成一座峡谷。牧主以为惊动了神灵，慌忙间向裂开的窟窿钻去。此后，这里便叫窟窿峡，成了人们凭吊神马的去处，牧主则深陷窟窿之中，永世不得脱身。

　　还有一个凄美的故事：传说祁连和焉支原本是一对要好的恋人，由于一个名叫窟窿的牧主看上了焉支，想娶她做妾，就百般阻挠迫害，两人始终难结伉俪。于是，两人商量好择日私奔，去远方共同寻求爱的归宿。不料被坏人告了密，可恶的牧主启动魔法将一对恋人分隔于大河两岸，使魔咒让他们永世不得相逢。在此后漫长的岁月里，两个人相思心碎，泪滴泥土。在他们的眼泪浇灌下，遍野山冈长满红柳，葳蕤繁茂，每逢秋冬时节，一片红火，传递着祁连焉支那火一样热烈的爱情。

　　悲情、凄美、相思、忠贞不渝的窟窿峡，在山丹马场一场驻地的东南面。在碧水草地间行走，每隔几步就有一陷阱般的"窟窿"，清澈的水流穿行于巨石罅隙之间，响声如乐，即使在没有"窟窿"的河岸草地行走，也能听见脚下的暗流在汩汩作响。

　　这里真是个美妙的去处。夏季里，窟窿峡满山翠柏青松，野花盛放，蝶飞蜂舞，幽静可人，空气中弥漫着青草的芳香。满山翠柏青松，满目奇花异卉，草绿林密，幽静可人。峡口内约有两公里长较为开阔的路段，地面上野草丛生。峡谷东侧，一面较为平缓的山坡上绿草如茵，野花竞开，山顶上是葱郁的松林，满山秀丽景色。峡谷西侧则是陡峭的石壁，直插云天，紧贴着石壁脚下，奔流着一条小河，水流清澈至极，纤尘不染。

向远山眺望，又见怪石嶙峋，各具姿态，卧牛、睡狮、立剑、石蛙，无不令人叫绝。其中最让人称叹的是一座山峰上那块雕像般的巨石，卓然兀立，栩栩如生。

从一个侧面看，它是望夫石，望穿秋水，情动天地。从另一个角度看，它便俨然是运筹从容、指挥倜傥的霍大将军，是将军石。他挺胸昂首，双手反背，寒风吹动他的战袍，岁月剥蚀了他的容颜。

林区里还有许多巧夺天工的天然石景，如剑门关、鳄鱼潭、骆驼峰等，无不令人产生美好的遐想。

草丛中淡紫色的铃铛花一串一串挂在高处，玲珑精致，极像玻璃的风铃。风过处，串串风铃微微摇荡，仿佛有清脆的风铃声传来。紫色、黄色、白色的矢车菊，淡雅美丽，超凡脱俗。它们长在草原，与野草、溪水、山风为伴，但不失优雅芬芳。遥闻松涛阵阵，俯聆河水滔滔，偶尔还会见到几只矫健的雄鹰在石崖上徘徊起落，在这一片天地里奏起了一支支生机勃勃的生命交响曲。

那个关于祁连焉支间的爱情故事萦回于心间，想在这里找回点什么，看到的只是碧绿草滩上镶嵌着的西大河银色的浪花在山野涧起舞，曲深悠长，云蒸霞蔚。原始森林涛声阵阵，青翠逼眼。山野间薄雾晴岚，五彩的虹雾飘然其间。站在高处向远方眺望，沧桑厚重的烽燧矗立在山峰之上，雄性、粗犷，成群的骏马或纵横驰骋，或低头吃草，绮丽迷人的草原风光宛若仙境。眼前便有狼烟四起，眼前便有调兵遣将，眼前便有金戈铁马，眼前便有搏杀嘶鸣……2000多年前的战争烟云，被远去的岁月定格。

~~~~~ 三 ~~~~~

穹顶之下，绿草如茵，万马奔腾，人与自然和谐共生，仿若身处画中。这里的人们与马场、祁连山草原涵养区有着许多动人的故事，见证着这些年来生态环境向好的变化。

盛夏时节，行走在山丹马场，静谧的草原上不时响起清脆的马鞭声。极目远眺，牧人挥舞着马鞭，大声吆喝着马群，陡然间群马奔腾，甚是壮观。蓝天碧水、绿草净土，用这些辞藻来形容这里，总是显得语言苍白。

我在马场管理局了解到，近年来，山丹马场在巩固退耕还林成果的基础上，组织实施重点生态项目 32 项，建设草原围栏 41.32 万亩，退化草原改良 38.92 万亩，一年生人工饲草地种植 21 万亩，多年生人工饲草地 7.4 万亩，草原病虫鼠害防治 67.65 万亩，草原毒杂草治理 2.8 万亩，补植补造 0.21 万亩，林业有害生物防治 1.67 万亩，全面完成祁连山生态环境保护与建设综合治理、山水林田湖草沙冰生态保护修复等项目建设任务，不断巩固和拓展祁连山生态环境保护和修复治理成果。

同时，山丹马场积极争取生态保护监测及科技支撑项目，利用"空天地"一体化监测机制，完善生态环境综合监管网络。2021 年山丹马场环境监测工作在完成空气质量及地表水水质监测的同时，在总场科研所院内设立一个地下水水质监测点。在二场六墩管护站修建空气自动监测站 1 座，现已投入运行。2022 年，又建立西大河流域地表水自动检测站。随着自动监测系统的不断完善，有效提升了山丹马场生态保护监测管理能力。为山丹马场落实最严格的生态保护举措和生态保护"一票否决制"提供有力支撑。

多年来，山丹马场践行"绿水青山就是金山银山"的理念，把"生态优先、绿色发展"作为企业的核心任务，牢固树立山水林田湖草沙冰是一个生命共同体理念，全力以赴加大祁连山生态环境保护治理力度，区域内生态环境质量持续向好。目前，山丹马场区域内高寒草甸植被盖度达 97.6%，山地草甸植被盖度达 96.92%，温性草原植被盖度达 80.61%。生物多样性得到有效保护，野生动物种群大幅度增加。

良好生态环境既是自然财富，也是经济财富。山丹马场青稞酒酿造、生态旅游等产业快速发展。"牧马人"在绿色之变中，逐步实现富足之变，让绿色低碳成为山丹马场最亮的名片和最大的民生福祉。

"因养而种、为养而种"是山丹马场的发展思路，当谈起未来的发展方向时，山丹马场副总经理张德军坚定地说："要想建设美丽幸福新马场，必须是以绿色为底色，以绿色求价值，以绿色谋幸福。我们将做好做活'生态+'文章，不断把生态优势转化为产业优势、经济优势、发展优势，让山丹马场绿色发展的家底，更加殷实、更可持续。"

在这里，我看到这样一组数据：2021 年马场实现营业收入 56,333.81 万元，同比增长 10.09%；实现利润总额 8,817.1 万元，同比增长 69.1%；实现净利润 8,760.69 万元，同比增长 69.52%；实现经济增加值 5,988.86 万元，同比增长 137.44%。这是一组令人振奋的数据，数据的背后，是马场人不忘初心、努力奋斗的汗水。

～～～ 四 ～～～

夏日里，在多种植被红绿黄相间的映衬下，祁连山国家公园里的甘肃山丹马场保护区内，高山兀鹫、环颈雉、赤麻鸭、高原山鹑、岩羊等多种珍稀野生动物频频亮相，它们觅食、嬉戏、飞翔……与大自然和谐相处的场景展现了保护区生物多样性的独特魅力。

山丹马场通过实施草畜平衡、禁牧减畜、退耕还草等措施，生态环境持续向好，野生动物生存环境大幅改善，各类野生动物种群和数量持续增加，多种野生动物栖息地从深山逐渐向山下扩展，群体性到职工生产居住区域活动觅食，甚至长期停留栖息，见证了山丹马场生态保护的巨大变化。

许多不常见的野生鸟类和国家重点保护动物频频出现。平羌口，成群的狍鹿在奔跑，白石崖、后稍沟成群的岩羊在活动。区域内仅有的一个蒙古原羚种群，数量由以前的 13—17 只增加到现在的 29—32 只，1000 只以上的岩羊种群频频出现，在高山草甸草类繁茂的陡坡上休息和觅食。马鹿、狍鹿、藏狐、狼、金雕等国家级重点保护动物种群和数量不断增加。

有人说，一个地方的生态好不好，鸟儿比人更知道。这话一点不假。你看，在这里，高山兀鹫有时也停栖在较高的山岩或山坡上。环颈雉漫步于开阔林地、灌木丛，有时甚至栖息于农民的耕地里。赤麻鸭在开阔的草原、湿地悠闲自在，别有一种诗情画意在其中。

野生动物种群数量的增加，能够完整体现出生态保护的作用，同时，也见证了山丹马场祁连山生态环境的改善，体现出了山丹马场对祁连山生态保护的成效。

随着退牧还草、禁牧休牧等制度的落实，控制了草场载畜量，草原生态步步向好。据我了解，马场区域内草原综合植被覆盖度由 80.3% 提高到 94%，干草产量由 91.19 公斤 / 亩提高到 101.22 公斤 / 亩，区域范围内草原可食牧草比例为 96%。

中国的西北地区，地广人稀，资源丰富。除了山川河流和古丝绸之路上留下的名胜古迹，是孕育广阔草原的地方。

这里的土地是生动的土地。一望无际的绿，充满生机，那是美丽的草原；一望无际的黄，那么耀眼，那是盛开的油菜花；清朗的天空，低低的白云，格桑花遍地散落，骏马、羊群、牦牛，悠然自得。天苍苍，野茫茫，风吹草低见牛羊……不到真正的大草原，很少有人能透彻地领悟到这诗画一般的境界，草原这幅秀美画卷，竟然就这样被大自然信手勾勒出来，让人如醉如痴。

除了保护生态，保护马种也是马场人最为重要的职责。

山丹马场的主要工作是培育良马，特别是供给战马。汉王朝从立国伊始就很注重良马，当年汉武帝派张骞出使西域的重要使命之一就是寻找大宛马。丝绸之路上，在与西域及诸多草原部落的贸易中，良马永远是不惜重金也要得到的战略物资。历代骁勇将士就是骑着凉州马驰骋疆场，为捍卫边陲立下汗马功劳，也留下了许多令凉州人引以为豪的关于"凉州大马横行天下"的传奇故事……有人问我，凉州不是现在的武威吗？你写山丹马，怎么又写到凉州马了？实际上自汉朝建郡以来，"凉州"的名字换了多次，有时叫"武威"，有时叫"姑臧"，有时叫"西凉"，有时叫"前凉"。其疆域，也时大时小。最大时，把大半个甘肃都占了，还扩延到周围几省，史称"凉州大马，横行天下"。皇家马场养的马，古时当然称作凉州马了。

马产业基地是马场保护马种的科研繁育基地，马厩里的种马来自世界各地，最有名的当属阿哈尔捷金马，也就是我们俗称的"汗血宝马"。

作为世界上最稀有的马种之一，阿哈尔捷金马不仅头细颈高，四肢修长，皮薄毛细，步伐轻盈，力量大、速度快、耐力强，外形也十分引人注目。步伐轻灵优雅、体形纤细优美，再衬以弯曲高昂的颈部，勾画出完美的身形曲线，它美丽的皮毛散发着耀眼的光芒，它静止时，甚至会令人误以为是一座金属雕塑，这在其他任何马品种中都是独一无二的。

除了汗血马，这里还有阿拉伯马、温血马、弗里斯马、纯血马等名贵马种。

出了基地，鸾鸟湖就在眼前。鸾鸟湖也称西大河水库，建成于1974年，水库的东北边有一个天然峡口，峡口处筑起水库大坝形成了一个高原湖泊。不仔细看，很容易就将其当成天然的海子了。

茫茫蓝天、悠悠白云、皑皑雪峰、茵茵草甸、阵阵松涛、淙淙溪水、高峡平湖，便是大自然挥洒绝妙手笔为鸾鸟湖精心绘就的壮丽画卷。只有用心倾听，用心观察，用心思索，用心鉴赏，才能慢慢品出蕴含其中的无穷魅力来。

湖水很深，蓝莹莹的，似乎看不见底。湖面碧波荡漾，群山倒映湖中，蓝天白云与青山绿水浑然一体，湖光山色美不胜收。静静观望，湖面有时平静得像一面镜子，宛如一个温柔的姑娘；有时掀起一阵阵波浪，又像一个顽皮的孩子。

鸾鸟湖会随着季节和天气的变化时常变换着颜色，或湛蓝，或碧绿……有时诸色兼备，浓淡相间，瑰丽无比。就像是上天遗落在这里的宝石一样，美丽无比。

这个湖泊之所以以鸾鸟湖命名，是因为鸾鸟城。美丽的地方，总会有美丽的传说。西望鸾鸟湖畔，会看到一些断壁残垣，历经岁月风雨，尽显沧桑，那是鸾鸟城的遗迹。

相传汉武帝时期，骠骑将军霍去病将匈奴逐出了河西，汉王朝在河西边陲设置郡县，在山丹选址筑城时，看中窟窿峡谷口处一山貌似鸾鸟展翼，有跃跃欲飞之势，认为这里是鸾鸟栖息之地，乃为吉祥象征，于是将此山命名为鸾鸟山，在山下筑城，名为鸾鸟城。

鸾鸟城依山傍水，地势险要，是通往河西至青海的关隘要道，也是汉代皇族屯兵牧马的要地。这座带有几分神秘色彩的汉代古城，虽然经历两千年风雨飘摇，遗迹至今清晰可见。

登上旁边的小山，用目光小心触摸着千年前的城墙，眼前似乎有一群古老的鸾鸟久久盘旋……

～～～ 五 ～～～

绿草如茵鲜花盛开，祁连山顶堆白雪。美丽的鲜花在山下草原上绽放。马群在草原上悠然觅食。

盛夏，与马场草原相接的祁连山依旧银装素裹，而草原上却碧波万顷，马、牛、羊群点缀其中，这里水草丰茂，夏季平均气温20℃左右，油菜花盛开，金波摇曳，蜜源飘香，美不胜收。

白雪皑皑的祁连山下，一眼望不到边的大片牧草青翠碧绿，色彩斑斓的野花竞相开放，拥有百万亩草原的山丹马场如巨幅彩色画卷徐徐展开。冷龙岭冰雪消融，弱水源头山丹河默默地滋润着这片神奇的沃土。油菜花正在开放，一望无际的金黄色与旷远辽阔的蓝天白云相互映衬，蔚为壮观。

草长马欢，千里流碧。在山丹马场二场，上百头黑驴悠闲觅食……"牛羊的采食量大，不利于草原的保护，相比之下，黑驴的采食量要小很多。"山丹马场二场副总经理曹建红说，"马场最大限度地给草原'减负'，不仅调整了养殖结构，还采取了'6+6'的轮牧模式，就是6个月的天然草场放牧，6个月的圈舍养殖。"憨厚的汉子说着他们自己的养殖方式，脸上是自信满满的神情。

为持续推进祁连山生态环境保护，山丹马场在组织加大技防投入，利用"空天地"一体化监测机制的同时，逐步完善生态环境综合监管网络，并建立了完备的草原管护体系，严格执行共牧区禁牧政策及落实草畜平衡制度，多策并举减轻天然草场压力。

山丹马场副总经理张德军介绍，从改良退化草原，到草原病虫鼠害防治、毒杂草治理等，在约两百万亩的草原上，这些是每年都要开展的常态化工作。

生态优先，绿色发展。张德军说，在确保切实做好生态环境保护的前提下，山丹马场统筹处理好生态环保、可持续发展和民生保障的关系，全面推动产业优化升级、提质增效。

他还表示："我们的产业发展目标，是将马场打造成为绿色生态农业示范区，实现农牧业向价值链产业链中高端转移，新产业向山下经济发达地区转移，力争社会效益、经济效益、生态效益得到同步提高。"

让"牧马人"在"绿色之变"中逐步实现"富足之变"，让绿色低碳成为山丹马场最亮的"名片"和最大的民生福祉。"这些年，马场的变化在方方面面，最直观的变化就是，马场的草更高了，更绿了，发展更上层楼。"牧马人曹建红说。

六

　　山丹马场是祁连山北麓草原的重要组成部分，也是河西走廊重要的水源涵养区，马场生态环境对于祁连山生态保护有着"牵一发而动全身"的战略作用。山丹县和山丹马场积极推进区域生态保护和可持续发展，积极配合祁连山国家公园（马场段）体制试点工作的圆满完成，将山丹马场173.1万亩林地、草原和水域及水利设施用地划入祁连山国家公园，并拟将未纳入自然保护地范围内符合划定保护地标准的46.16万亩草原，划入国家草原自然公园予以保护，补齐以祁连山国家公园为主体的自然保护地体系短板。

　　山丹马场生态环保和安全生产管理部经理常小龙说，我们时刻谨记着这里不仅是国家西部的屏障，也是我们美丽的家园，只有在高质量的保护下，才能实现高标准的发展。

　　草原生态养殖业一直是山丹马场的主导产业，保护好、建设好、利用好美丽草原才能牢牢牵住产业发展的"牛鼻子"。几年来，山丹马场通过深化牧业改革、发挥科技支撑作用，紧紧围绕减畜禁牧、基地建设、创新引领的目标，形成了以良种繁育和舍饲养殖为重点的现代设施畜牧业格局。

　　祁连山是中国西部的"绿色肺叶"和"高原水塔"。山丹马场人民时刻不忘它的重要意义，时刻不忘下游金昌、山丹数百万民众的福祉，在企业自身经营较为困难的情况下，尽最大努力无偿管护和建设祁连山北麓中段水源涵养林和草原涵养区，构建具有马场特色的"四大产业"，推动经济转型发展。担当央企社会责任，主动退耕还林、荒山造林、封山育林9万亩。4391户职工从海拔2600米以上的山区整体搬迁到张掖市、山丹县城居住。场区常住人口由1.5万人下降到目前的3500人左右，大幅减少了人为活动对生态环境的影响。企业累计投入近千万元承担森林、草原和水源管护职责，辖区森林56年来从未发生火灾。利用中央专项资金、国有资本金以及企业自筹资金 14457.66 万元，加大农田水利建设力度。将所属祁连山传统共牧区实施禁牧，草原生态环境得到持续改善。依据草地类型，年度天然草原生产力监测数据，科学核定天然草原载畜量。多措并举减轻天然草场压力。

由于祁连山保护区内天然草原实施禁牧，保护区外草场压力增大。为此，山丹马场充分利用青割燕麦草、大麦、青稞秸秆及茬地资源，每年有计划地储备冬季饲草料，并预留茬地 20 万亩，减少牲畜在草原上的采食量和放牧时间，减轻了冬季草场压力，实现草畜平衡。山丹马场共投资 296.9 万元，购置防火设施设备，修建防火物资库，成立草原监理站，建立健全各级草原监理和防火机构，加强草原监管力度，为确保牧工生命财产安全、保护草原植被免遭火患打下坚实基础。

七

2022 年 7 月，站在山丹马场老沙槽台子草场，我看见绿草鲜花如丝绒一般铺满草原。远处的鸾鸟湖，燕麦田如蓝绿宝石一般镶嵌在草原上。

一年前的 8 月 20 日，习近平总书记在甘肃考察期间，来到中农发山丹马场有限责任公司一场考察，听取祁连山生态环境修复和保护情况汇报。

时隔一年，山丹马场草原保护工作又有哪些进展，温暖的回想带给马场职工哪些难忘的回忆？

"当时，我们正骑马在草原上巡牧，看见有车过来，然后一行人走下车来，起初我还没在意，再仔细一看，竟然是习近平总书记！在草原上待了大半辈子，没想到在马场见到了总书记，当时真不敢相信自己的眼睛。"时至今日，回忆起当时的情景，山丹马场一场四队队长院天军依然感觉充满温暖。

院天军说，总书记问他们，草原上现在有没有狼？平常他们放马用不用牧羊犬？还问他们的工资收入情况等，问的都是跟生活息息相关的事儿，特别贴心。

"总书记问的贴心，我答的实诚，总书记还询问我们山丹马场改良的马都有什么品种，我给总书记汇报，说有英丹马、阿丹马、顿丹马、汗丹马等多个品种。"院天军说，一年时间快要过去了，总书记亲切的话语他一直记在心间，作为马场牧马人，他给总书记保证一定要养好山丹马，保护好生态，让总书记放心。

一年过去了，谈起马场的新变化，院天军说得最多的是保护。为了合理承载草原放牧量，他们主动压缩了牛马保有量。严格落实 1300 亩草场承载 65 头牛马的科学承载量，让草原得到休养生息。

"我们还种植了燕麦草，实现了按照季节轮牧，最大限度地减轻牧场压力，同时我们变放养为精养，确保每一头牛马健康成长，特别是山丹马种群保护责任重大，我们给总书记保证过，在放牧饲养中更要精益求精。"院天军说，如果因为草场保护减少一点收入，他们也能欣然接受，毕竟"绿水青山就是金山银山"生态理念摸得着，看得见，如今的山丹马场美成一幅画就是最好的回报。

目前，涉及山丹马场的 8 个祁连山环保整改项目现场整改工作全部完成，并通过县级验收、市级认定和省级复核验收。一年来，山丹马场生态环境保护做到了老问题不反弹，新问题不出现。

在习近平总书记甘肃考察即将一周年之际，甘肃省委书记、省人大常委会主任林铎来到中农发集团山丹马场有限责任公司专题调研祁连山生态环境保护和治理工作。他强调，要认真学习贯彻习近平生态文明思想，深入贯彻落实习近平总书记对甘肃重要讲话和指示精神，牢固树立绿水青山就是金山银山的理念，坚定不移推进祁连山生态保护和治理，扎实做好祁连山国家公园体制试点工作，上下协同、地企合力，努力筑牢国家西部生态安全屏障。

在绵延千里的祁连山脉中，万马奔腾的山丹马场正在坚持山水林田湖草综合治理、系统治理、源头治理，不折不扣贯彻落实党中央决策部署，持续巩固祁连山生态环境保护治理成果，不断提升生态环境质量。这颗丝绸之路上的绿色宝石，正在熠熠生辉。

第六章　在那遥远的地方

1939年的夏天，祁连山草原风景如画。中国电影创始人之一的郑君里，率摄制组千里迢迢来到青海金银滩草原，拍摄影片《祖国万岁》。当时，邀请了正在西宁教书的王洛宾参加。

摄制组在青海湖畔开机。郑君里请当地同曲乎千户的女儿萨耶卓玛扮演影片中的牧羊女，王洛宾扮演萨耶卓玛的帮工。

此时，卓玛正是情窦初开的17岁少女。她头发梳成了十多条小辫披在身后，两只大眼睛闪射着大胆而炽烈的光芒。那时金银滩上有个说法："草原上最美的花儿是格桑花，青海湖畔最美的姑娘是萨耶卓玛。"

剧中有一个情节，王洛宾和卓玛同骑一匹马。活泼大胆的卓玛，时而驱马狂奔，时而勒马立起。为了不使自己摔下去，王洛宾只好紧紧抱住卓玛的纤腰……黄昏，"牧羊女"卓玛和"帮工"王洛宾共同赶着羊群回到羊圈，仔细地清点着羊只的数目。夕阳下的卓玛亭亭玉立，晚霞的余晖映照出卓玛的侧影……王洛宾被这一切陶醉了。

卓玛眼见王洛宾的痴状，娇嗔地举起了手中的牧羊鞭，轻轻地打在了王洛宾的身上，转身跑开了。王洛宾呆立在原地，仔细回味着那一鞭的滋味……

夜幕降临了，草原上的篝火映红了半个天空。

故事是美丽而动人的。在卓玛的那一皮鞭之后，返回西宁的骆驼上，王洛宾借助哈萨克民族的曲调唱出了不朽之作《在那遥远的地方》。

在藏语中，萨耶有保佑之意，卓玛是仙女的意思。不知道萨耶卓玛是否真是仙女，但在她的那一皮鞭下，王洛宾写出了《在那遥远的地方》这首传世之作。

如今，《在那遥远的地方》已是妇孺皆知。草原上的人都知道，那个遥远的地方就是青海省海晏县的金银滩草原；在金银滩以卓玛为名的女孩特别多，都是因为那首歌的缘故。可惜他们都无法清楚当年的一切。

海晏地处美丽的青海湖湖畔，位于青海省东北部。是黄河重要支流——湟水河的发源地，湟水源头，北接祁连县、门源县，东邻大通县、湟中县，南接湟源县、共和县，西邻刚察县。

青海湖、原子城、金银滩草原、西王母居住修行的夏格日山、西海热水温泉……让海晏在海内外享有盛名。

二

什么是好生态？好生态能为当地老百姓带来什么？在青海省海北藏族自治州的海晏县，近几年有 49 户牧民开办起了牧家乐，每年 5 个月的经营期，他们的收入最少的 22 万，最多的已达到上百万。他们是怎么做到的？用当地牧民的话说，生态就是他们的财富之源！

金银滩，因为盛产鞭麻而出名，鞭麻花盛开分白黄两色，黄色像金，白色如银，"金银滩"的美丽称号由此而来。古时候的羌族人聚居地就在此处，王莽时代在金银滩设置西海郡。

金银滩草原有着非常好的生态环境，生活在这里的李玉帮是海晏县最早一批开办牧家乐的人之一，10 年前，李大哥的年收入不过一两千元，可如今仅仅 5 个月的牧家乐经营期，他的收入就能达到一百五六十万元。我跟着李大哥，一起寻找好生态带给当地人生活的变化。

每年的七、八、九月份是金银滩最美的时候,李大哥说望不到边的草场就像是大自然给他的菜地,各种纯绿色无污染的野菜广受游客们的欢迎。而其中最珍贵的当属黄蘑菇。鲜的黄蘑菇可以卖到50元一斤,干的最贵则达到600多元一斤。黄蘑菇学名黄绿蜜环菌,是一种名贵食用菌,也是一种重要的高原生物资源,集中分布在海拔3200米到3800米的草甸上,其中以青海湖畔至祁连一带纯天然无污染地区的黄蘑菇最为优质,金银滩草原正属于黄蘑菇品质最好的区域。青海湖畔的夏季,雨后草原上就会冒出很肥美的野生黄蘑菇,黄蘑菇因为水分少、肉质厚而且细嫩,被誉为"草原仙菇",在清朝曾是皇家贡品。所以到了金银滩草原,黄蘑菇是一定不能错过的美味。

李大哥牧家乐的用水全部来自草原上的泉水,当地的大块头面食焜锅馍馍就一定要用泉水和面才能做出来最地道的味道,焜锅馍馍每个三四斤重,在特制铝锅里用羊粪烤熟,即使卖到40元一个,也是供不应求。

金银滩草原上的家畜主要是藏牦牛和藏羊,它们在大草原上像黑白珍珠一样散布其中,徜徉在青草和花丛中。牦牛是青藏高原典型的动物,它的身体强壮高大,身上的长毛下垂到腹下,像穿了一件裙子,它们耐寒耐劳耐缺氧,有"高原之舟"的美誉,藏族人民的日常生活离不开它。

"以前不懂得科学保护草原,也不理解让我们脱贫致富为什么还要禁牧减畜,政府三番五次劝导、耐心讲解奖励政策,费了很大的劲才动员起来大家。"斗格才让讲开始禁牧减畜时的思想满是矛盾和怀疑,"现在,虽然牛羊数量和草场没有以前多了,但是,收入反而增加了,以前满是黑土滩的草原也日益丰美,以前不知道有机畜牧业和平时放牛放羊有啥区别,现在是真真切切地感受到了。"斗格才让谈有机放牧的感受时坚定地竖了个大拇指。

"海晏县的草原曾是青海最美的草原,我们生在草原,长在草原,更要依靠这片草原脱贫致富。把草原生态保护好了,才有健康的有机牦牛酸奶,才有绿色的有机牛羊肉。"韩华说到草原生态保护与发展工作时讲。

"健康的草原是我们牧民脱贫致富的金银滩,我们合作社的发展核心也在保护生态,草场承包费中有一部分是专门用于保护和恢复草场生态,在保证草畜平衡的前提下扩大有机牲畜数量，实现了草场和牲畜的协调发展，大大增加了牧民收入的同时，牧民们保护生态、发展生态的意识也逐步提高。"赛尔龙村村支部书记斗格加介绍说。

如今的金银滩草原是美丽的草原。处处被纯净的绿色所感染，百鸟争鸣的原野上，各色蝴蝶在花间飞来飞去，蜜蜂钻进花蕊中采蜜，旱獭三五成群，在洞口钻进钻出。这里有不计其数的涓涓细流滋养着这块宝地，

八、九月份是金银滩草原最美的季节，鲜花朵朵，祝酒歌此起彼伏，香醇的奶茶香味弥漫四野。辽阔的草原像一张巨大的绿地毯，任你在上面驰骋、跳跃、翻滚。百花丛中有一种粉红色的花，摘下一朵放到嘴里一吮，清凉甘甜，它的名字叫做甜蜜蜜，让人忍不住想起邓丽君来。躺在这绿色的毯子上，与蓝天面对面互望，期间偶尔掠过飞翔的雄鹰，仿佛进入了仙境，耳边又响起了牛羊吃草的喳拉声，才把思绪从远方带回了地面。

三

立春后，海晏县气候逐渐回暖。

54岁的海晏县青海湖管护站林业管护员晁世银，再一次踏上了巡护的路程。"我的家就在金滩乡，2013年我成为海晏县金滩管护站专职管护员，对这近251.2公顷林区的每一片都很熟悉。"

前些年，晁世银每天早上八点骑着摩托车进入林区巡护，"好多地方摩托车走不成，只能徒步进山，有时候走得远了，连口饭吃不上。"为了保存体力，除必备工具，他只背点馍馍，饿了对付几口。

平常，他和同事们不仅要查看是否有牛羊到林区啃食树皮，还要检查巡护区域的各项火灾隐患，预防灾难发生。"防火是秋冬季巡护的重点，多个管护站会联合开展森林防火演练，采用分兵合围、递进超越、以水灭火等战术进行扑火，这可是我们的看家本领，容不得马虎！"晁世银演练起扑救技

能一点不逊于年轻同事，他认为只有专业素质过硬，才能在灾情发生的第一时间做出正确处理，保护人员生命和财产安全。

每天工作时，巡护队员都会带上塑料口袋，清理林区垃圾。"以前，东大滩水库下游周边垃圾非常多，是我们管护的重点区域。"晁世银感觉从去年开始垃圾明显减少，除了由于附近村里的管护员巡护，还因随着生态环境保护成效日益凸显，群众的环保意识也提高了，乱扔垃圾的就少了。

比起其他当地人，晁世银的肤色更黑几分，常年风吹日晒让他更显苍老，而他却认为，这些岁月中的艰辛也是美好回忆。去年，他被评为全省优秀管护员，对事业的热爱更加强烈。"我们海北州有祁连山、青海湖，还是湟水河的源头，保护好生态，是功在当代、利在千秋的好事！"晁世银深爱着家乡，虽然到了退休年龄，他依旧要求坚守在巡护一线。

多年从事林业管护工作，晁世银对近年来海晏县牢固树立"人与自然和谐共生"理念，加快构建集环青海湖流域生态环境综合整治带和湟水河源头流域生态保护带于一体的生态空间格局，体悟更加深刻。

"十三五"期间，海晏累计投入资金近9亿元，实施天然林保护、防沙治沙、草原生态修复等一系列生态保护重点工程，环湖北岸沙区面积从40年前的9.91万公顷，减少到现在的6.62万公顷，环湖北岸封育区植被覆盖率从治理前的10%提高到40%，环湖流域生态涵养能力和水平大幅提升……数据呈现在现实中，是人民群众亲眼所见的变化。

"这几年，我家乡山上干涸的小河有水了，常年肆虐的黑风沙也不见了。"晁世银想要一直坚守在生态管护第一线，要是退休了他就去当一名环保志愿者。

海晏县是河湟地区"母亲河"——湟水河的发源地。位于海晏县西海镇的金湖，则是湟水河源头的一个人工湖。这里湖边绿树成荫，一个巨大的"民族团结柱"雕塑两侧是两排转经筒，湖水清澈，不少鸟儿在水面上飞来飞去，不少游客漫步在栈道上，穿过绿色的草原，远处就是湟水河的源头包呼图山。

"西海镇水环境综合治理工程建设了两个人工湖，一个叫金湖，面积约

1500平方米，一个叫银湖，面积约5000平方米。"据海晏县农牧水利科技局项目办主任李洪军介绍，西海镇金银湖水环境综合治理工程是海北州创建全国水生态文明建设试点九大示范工程之一，总投资9925万元。该工程于2016年7月11日正式开工。主要开展水环境治理、水利设施维修加固和水生态环境建设。工程分为水利工程部分和园林景观部分，对原有的坝体进行了加固、防渗处理，对原有各类引水闸及溢流坝进行维修加固，对库区进行了清淤，重建人行桥，并进行人工筑岛；新建水文化广场、园路、景墙、木栈桥、民族团结柱、白海螺雕塑、转经筒、藏八宝、音乐喷泉和乔灌木栽植等。实现了河湖连通，扩大了水域面积，控制入湖泥沙，提高河道行洪能力和水流动力，达到河流自净，提高区域防洪能力，提升水利工程的保障性，使区域防洪标准达到30年一遇。同时，重新塑造了河湖生态岸线，恢复了河湖自然生态岸坡。通过种植适宜植物，涵养水源、改善水质，丰富生物多样性，美化湖区环境，促进生态系统良性循环和动态平衡。

河清海晏，花红柳绿，安居乐业，和谐幸福。近年来，海晏县致力于推进"生态优先发展的示范区、高质量发展的试验区、高品质生活的先进区、精神引领发展的先行区"建设，成果丰硕，发展的新面貌，建设的新成效，在海晏县处处可见，不断上演。

清晨，青海省海北藏族自治州海晏县青海湖乡达玉日秀村的藏族妇女李利什吉"嘟嘟嘟……"吹起哨音，正在鸡舍里睡觉的草原鸡被惊醒后纷纷冲出鸡舍，飞奔在广袤的草原上。

这样的"牧鸡"生活李利什吉已经度过了10余年。

青海湖乡位于青海湖北岸，是一个以牧为主兼营小块农业的乡，也是环青海湖高原生态畜牧业重要生产基地。李利什吉就是全县2.16万农牧业人口之一。

2001年，为遏制环境持续恶化，青海省政府开始在三江源头推行禁牧政策。2011年该项政策开始在青海湖周边推行，当地牧民面临着生态保护和吃饭的矛盾，这也影响了李利什吉的生活。

"2010 年，我开始在自家禁牧的草场上养鸡，经历了多少挫折自己都记不清了，现在终于摸索出了草原养鸡的新路子。"李利什吉介绍，现在她成立了以"养殖基地＋专业合作社＋农牧户"产业化经营模式的合作社，为附近牧民统一发放雏鸡，统一配送饲料，统一疫病防治，统一产品销售，鼓励他们在自家禁牧的草场分散饲养。

2011 年 9 月，在国家政策支持下，青海省全面启动草原生态保护补助奖励机制，开始对 2.45 亿亩中度以上退化天然草原实施禁牧，对 2.29 亿亩可利用草原实施草畜平衡动态管理。而青海湖畔的海晏县牧民也是草原生态保护补助奖励机制实施的受益者。

"虽然草原上不让放牧了，但青草和虫子成了鸡最好的饲料，而鸡粪又成了草原最好的养料，这样的循环发展，既节省成本，又生态环保。每年政府还给几千元草原补奖，现在的生活越来越好了。"饲养员何秀芳说。

李利什吉介绍，2015 年，合作社总收入达到了 1800 万元，牧民们除了工资和分红，还有政府发放的草原补奖。

海晏县禁牧草场 208.6 万亩、草畜平衡 239.9 万亩，减畜 21.7 万羊单位，实现了"减畜不减效，减畜不减收"。2017 年，农村常住居民人均可支配收入达 12775 元，同比增长 11%。

环青海湖地区和三江源是中国重要的生态屏障和特色畜牧业生产基地，拥有天然草地 5.47 亿亩，其中可利用草场 4.74 亿亩。监测数据显示，与政策实施前相比，青海省草原植被盖度提高了 5.8 个百分点，亩产鲜草产量增加 13%。草原总体退化趋势得到初步遏制，局部地区出现好转，生物多样性增加，草原生态功能逐渐得到恢复。

青海湖面积 4456 平方公里，是我国最大的内陆咸水湖。每年春夏之季，青海湖冰雪消融，从南方迁徙来的棕头鸥、鱼鸥、斑头雁、鸬鹚、黑颈鹤等10 余种鸟类共 10 万余只，栖息鸟岛、沙岛、海心山等，堪称鸟的王国。湖北岸的沙岛是青海湖中最大的岛屿，沙岛是整个青海湖最佳的自然风光旅游区。

海晏县最有名的非羊肉莫属，这里拥有优质草场 48 万亩，占全县总面积的百分之六十以上。牧民们的羊全部散养在广袤的草场上，吃着纯天然无污染的牧草，喝着纯净的泉水长大，用这样的羊肉做出的蒙古族特色美食羊肠系列味道如何可想而知。肉肠、血肠、面肠和羊筏子，口感各有风味，是各地游客到了海晏必吃的美味。

好食材来源于好生态，当地牧民生活之所以会发生翻天覆地的变化，其实都得益于海晏县得天独厚的自然条件。凭借着优越的生态资源，当地的牧民发展生态休闲游和田园观光游，正是他们世世代代对家乡的守护和建设，终于在今天让茫茫草原变成了真金白银。

四

20 世纪 50 年代末，一批批科技人员隐姓埋名来到这里，经过艰苦卓绝努力，先后研制成功了我国第一颗原子弹和第一颗氢弹。历史喧嚣在金银滩草原逐渐散去，但那段波澜壮阔的红色故事却从未远去。1993 年，随着中国第一个核武器研制基地正式全面退役，使金银滩草原成为了一方精神高地——在这里，人们找到艰苦奋斗、无私奉献的精神价值，并由此发掘和传承出"热爱祖国、无私奉献，自力更生、艰苦奋斗，大力协同、勇于登攀"的"两弹一星"精神。

如今的金银滩不再是禁区，作为世界上第一个化剑为犁的核武器研制基地，这里早已恢复了草原的美丽风貌，成为了青海著名的红色旅游目的地。

建设精神文化高地，打造红色旅游品牌是海晏县积极顺应国家关于大力弘扬红色文化的政策导向，坚持"红色教育"与"红色旅游"融合发展，努力推动"两弹"红色资源教育价值、旅游价值、品牌价值的挖掘和转化，成为当地转型发展的"红色引擎"。

"十四五"期间，海晏县以州委创造高品质生活，进一步发掘红色资源、绿色生态等特色，按照"一社一特、一镇一业"发展思路，充分借助中国原子城 5A 级景区建设打造、国家级爱国主义教育基地、金银滩品牌等为助力，以镇域红色文化底蕴为依托，在推动"生态＋红色旅游、生态＋特色旅游"发展上谋划、思路和打造。同时，海晏县还以"两弹一星"理想信念教育学院为依托，发展集餐饮住宿、文创产品研发、红色研学旅游等为一体的产业发展，提升以教育培训为基础的会培经济发展水平。充分利用金银滩草原生态环境优势，借助环青海湖国际公路自行车赛品牌，积极发展民族风情体验式旅游，鼓励和引导群众发展家庭体验式旅游，让游客真正融入小镇居民的生活中。

1961 年，建本才让的父母从海晏县国营牧场搬回金银滩草原，进入 221 厂的牧场工作。9 年后，建本才让出生，成为一名"核二代"。目前，建本才让担任海晏县青海湖乡达玉日秀村村委会主任，该村 90% 的村民都是"核一代""核二代"。

"牧场和科研，虽然是两个部门，但都是 221 厂的工人。直到撤厂之前，他们同甘共苦，相依为命，你搞科研试验，我搞生产供应，各负其责。"建本才让称，当他看到如今陈列在原子城纪念馆的展品时，眼中全是父辈和建设者们走过的漫漫长路。于是，为了铭记历史，传承革命先辈们的红色精神，达玉日秀村委会决定筹建一所乡村记忆馆，缅怀先辈，传承"两弹一星"精神。

"两弹一星"精神如今也被赋予了新的时代内涵。从过去的黄沙遍地到如今的"绿色屏障"，常年在海晏县生活的建本才让，对当地生态环境的改善有切身感受。

海晏县的沙漠区，属于青海湖的湖滨沙地。2015 年监测结果显示，海晏县沙漠化土地总面积为 99.3 万亩，占全县土地总面积的 13.6%，占环青海湖沙漠化总面积的 57.6%。海晏县林业工程师马文虎表示，湖滨沙漠的形成，首先是环湖地区干旱大风，植被稀疏，降雨量远小于蒸发量，致使土地沙漠化和草场退化加剧；其次是人类活动的影响，如过度放牧、盲目开荒耕地等。

从 20 世纪五六十年代开始，海晏县的克土沙区，每年以十几米的速度向东北侵袭，周围大片草地退化、土地沙化，原生植物逐年减少，河道出现了季节性断流，青海湖湖区水位明显下降。

马文虎出生于海晏县，已经在防沙治沙战线上工作 20 多年。他说，每年冬春季节，呼啸的寒风夹杂着黄沙，给当地牧民生产生活造成严重影响，牧民晚上在草场扎下帐篷，第二天早上起来，帐篷就被大风吹走了。尤其是在 315 国道、青藏铁路建成后，铁路和公路部门每年都要花大量的人力、物力、财力清沙护路，往往是前一天刚清理完，一场大风过后，第二天又要继续清理。

沙漠化面积的逐年扩大，已经严重威胁到青海湖周边乃至青海省的生态安全，防沙治沙刻不容缓。于是，从 20 世纪 80 年代初，海晏县就开始对克土沙区实行常年禁牧封育和工程治理。在高寒旱沙区走出了一条固沙造林的新路子，为同类型沙区的治理做出了成功实用的典范。

2013 年，海晏县的克土沙区被列入全国防沙治沙综合示范区；同年 12 月，被列入国家沙化土地封禁保护区。通过前后 40 年的努力，海晏县已经为青海湖筑成了一道坚固的"绿色屏障"，有效遏制了沙漠的扩大和蔓延，维护了青海湖核心区域的生态安全，保障了青藏铁路及环湖东路的畅通运行，也给当地的农牧民群众带来了福祉。

文迦牧场地处藏区，是一个主打藏民族游牧文化的文旅项目，项目所在地为海晏县三角城镇海峰村克土社的冬季草场范围内。

4 年前，这里不过是一片荒芜的草原。四川绵阳小伙李豪是文迦牧场三个合伙人之一，2017 年大学毕业后，追随创始人力杰群培到此创业。李豪表示："要不是生态环境的改善，文迦牧场定会受到风沙侵袭。"

李豪担任海北文迦文化旅游发展有限公司副总经理，是文迦牧场经营主体。李豪说，海峰村以前是海晏县远近闻名的贫困村，以农牧业为主，但农业"广种薄收"，畜牧业粗放散养，农民收益很低。克土社是村里面的纯牧业社，作为克土社第一个大学生，力杰能从这里走出去已经很不容易了，更加不容易的是，他不顾全村人反对回村创业。

2018 年初，文迦牧场以租借的 20 顶帐篷起步，创业团队完成全年 68 万元的营收。到 2020 年，尽管遭遇新冠肺炎疫情，文迦牧场仍然接待了 15 万人次，营收 2680 万元。

李豪称，创业 3 年下来，资金不足时，就靠吃一桶方便面、喝一碗酥油茶熬过一天，再加上背井离乡，真是身心憔悴。但创始人团队到过原子城纪念馆参观，每次看到老一辈人艰苦卓绝的奋斗，内心总是深受感动，再苦再累也要咬牙坚持干下去。

海峰村驻村第一书记田新宇介绍，文迦牧场注重草场的生态保护。项目所在地区为冬季牧场，而旅游旺季为夏季，利用这一时间差，冬天无偿让牧民们在牧场放牧，第二年夏天发展旅游业的同时，又种植牧草保护草场。而且项目以每亩 200 元、20 年为租期，从牧民手中租来草地。此外，该项目所有建筑物都是离地式，采用悬空搭建的轻钢结构，在不改变土地使用性质及不缩减草场放牧范围的前提下进行建设，既保护草的生长，还给各种小动物留下穿越的通道。

"文迦"是藏语，意为"守望者"。从最初全村人的不理解，到如今村里人都会竖起大拇指，并自豪地说上一句"那是我们村出来的大学生"。文迦牧场正在用自己的方式，守望着当地农牧民，带领他们走向乡村振兴。

春草初绿的时节，行走在海北藏族自治州海晏县西海镇的金湖和银湖，清澈的湖水、冒头的小草让人心旷神怡。

"这些年，飞沙走石的天气变少，河水更加清澈，草原植被覆盖率提高，村庄更加整洁宜居，游客也越来越多，我们的生活更好了。"海晏县三角城镇海峰村狼禅山芦花鸡养殖专业合作社的负责人郭春玲说的，都是生态环境治理带来的直观变化。

从 20 世纪 80 年代至今，海晏县在克土沙区采取以封为主、封造结合的方法，大力推广樟子松容器苗抗旱治沙造林、机械固沙＋人工造林、乌柳河樟子松混交造林的技术模式，环湖北岸封育区植被覆盖率从治理前的 10%

提高到 40%；重点围绕 315 国道沿线、两镇连接地带和重点乡镇、村社，实施国土绿化三年行动，累计投资 3275 万元实施各类绿化项目 33 个，2018 至 2020 年累计完成绿化面积 1.18 万公顷；2017 年 10 月，投资 4500 万元的"山水林田湖草"生态保护与修复试点项目开工建设，重点开展整治河道护岸、水源地保护与规范化建设项目、历史遗留废弃矿山生态恢复治理、草原鼠虫害防治，2019 年底试点工作全面完成，往日的荒山废坑披上了绿装；"蓝天、碧水、净土"行动，强化治污、治水、治土、治气工作举措，持续改善大气、水、土壤环境质量，城镇空气质量优良天数比例达 98%。"举目远望一片沙，大风一起不见家"的日子一去不复返。

2018 年 9 月，海晏全面建立区域与流域相结合的县、乡、村三级"河湖长"责任体系，严格落实河湖管理与保护主体责任，扎实开展"清河行动""清四乱"等专项整治工作，定期巡护县域内所有河流、湖泊和水库，水环境污染、水生态破坏等突出问题得到有效治理，河湖环境持续向好，出境河流断面水质达到 II 类以上。2021 年，出境河流断面水质达标率为 100%。

2018 年起，累计整合资金 7.1 亿元对 29 个村实施的人居环境整治三年行动，极大改善农村牧区人居环境，生态宜居的高原美丽乡村让海晏县乡村旅游业蓬勃兴起。

早年间，郭春玲家是普通的农户，家庭的主要收入来源于自家种的几亩油菜和圈养的牛羊，并不富裕。2017 年，看到周边的生态环境越来越优美，郭春玲便打起了开办一家集生态繁育、户外体验、休闲娱乐为一体的体验式生态牧场的主意。不久后，投运的牧场不但渐渐形成了特色芦花鸡、生态牛羊规模养殖，而且慕名前来观光游玩的客人越来越多，她的收入连年攀升。"游客来到我们这儿，感叹最多的就是环境太漂亮了，有的人住一两周还舍不得离开，他们'晒'在自媒体上的作品，都成了我的广告。"郭春玲欢喜地说。

海晏县甘子河乡达玉村的民间普氏原羚保护者尖木措有另一种感受，"以前，由于草场严重退化、沙化面积扩大、偷猎者横行、狼群捕食等原因，我们这儿几乎都看不到普氏原羚。随着生态环境保护工作深入推进，周边生态环境持续改善，普氏原羚数量越来越多。"

尖木措是一名牧民党员，也是青海湖国家级自然保护区管理局协管员，今年是他自发救助普氏原羚的第 24 个年头。

20 世纪末，由于草场退化等原因导致普氏原羚栖息地面积不断减少，尖木措筹钱为它们租借良好的草场、购买饲料提供食物来源，几十年如一日守护在草原上，在他的带领下，越来越多的人加入保护动物的队伍中，经过救助，普氏原羚数量增加了十几倍。而今，大家经常开展宣传环保知识、捡拾生活垃圾、引导游客不侵犯动物等志愿行动，带动更多人维护家园的生态。

目前，青海湖周边地区普氏原羚种群的数量已由 20 世纪六十年代约 150只增加到 2000 多只，岩羊、马鹿、棕头鸥、斑头雁等野生动物数量逐年增长，境内还多次拍摄到了雪豹的踪迹。通过多年的保护与治理，县域生态环境明显改善，而要想长久实现生态系统平衡、人与自然和谐共生，必须要不断健全长效机制。

海晏县将保护生物多样性作为生态环境保护的一项重要内容，通过设置栅格通道、饮水点、拆除草场围栏刺丝、降低网围栏、定期巡护、宣传保护等方式，加大生物多样性保护力度，最大程度减少人为因素对野生动物生存的干扰。同时，严格落实生态环境保护主体责任，强化红线刚性约束，全面完成生态保护、永久基本农田、城镇开发边界"三条红线"划定工作，合理确定城镇空间、农业空间、生态空间，建立健全生态管理、生态保护责任落实年终述职制度、领导干部生态环境损害责任追究办法、采矿用地生态修复基金管理办法等长效机制 22 项，不断巩固生态环境治理成果。

大地披绿衣，草原涌春潮。海晏县正在继续打造生态格局合理、生态环境良好、生态经济高效、生态文化浓厚、生态制度完善的生态优先发展示范区，努力实现生态效益、社会效益和经济效益多赢的可持续发展新局面。

站在青海湖边，看着天蓝地绿的美景，感觉遥远的地方并不遥远，金银滩草原带着浪漫而多情的气息，就在我的眼前。

第七章　裕固家园

～～～～　一　～～～～

　　"美丽的风光，遍野的牛羊，雪山脚下迷人的画廊；幸福的岁月，飘洒着酒香，裕固人的家园是人间的天堂。"这首名为《家园》的歌曲，悠扬地飘荡在祁连山中，表达着裕固族人民心中美好的情感。

　　裕固族人民世世代代生活在肃南裕固族自治县（以下简称肃南县）。这里是全国唯一的裕固族自治县，隶属甘肃省张掖市，地处河西走廊中部，东西长650公里，南北宽120—200公里，总面积20176.7平方公里。居住着裕固族、藏族、汉族、蒙古族等16个民族近4万人口。

　　整个区域横跨河西五市，同甘青两省的15个县市接壤，大部分地区处于祁连山地。

　　裕固族源出唐代游牧在鄂尔浑河流域的回鹘，使用尧乎尔语、恩格尔语以及汉语等三种语言。

　　裕固族自称"尧乎尔""西喇玉固尔"，1953年，取与"尧乎尔"音相近的"裕固"作为族称。这个期盼富裕巩固的民族，就生活在祁连山中。

　　作为祁连山国家级自然保护区最大的资源主体，肃南县占祁连山北麓总面积的75%，县域面积的58.4%在祁连山国家级自然保护区内。境内分布有冰川964条，总面积408平方公里，冰储量达159亿立方米，占甘肃省冰川面积的20.7%。许多山峰高达5000米以上，山势陡峻巍峨，祁连山主峰达5547米，是我国西部重要生态安全屏障，是黄河流域重要水源产流地，也是我国生物多样性保护优先区域。

祁连山生态环境保护工作，一直以来都受到党中央、国务院的高度重视。2016年以来，习近平总书记两次对祁连山生态环境保护工作作出重要批示，环保部对此约谈并责令整改。2017年1月16日，央视新闻频道《新闻直播间》栏目播出《祁连山生态破坏调查》，报道祁连山自然保护区生态破坏严重。1月21日晚，央视焦点访谈节目又播出了《谁在制造祁连山生态疮疤》。地处祁连山中的肃南裕固族自治县人民，深刻反思、躬身自省，遁迹识踪，落实问题整改工作。

游牧在祁连山中的牧民和他们的牛羊，势必对祁连山生态环境造成一定影响。因此，让生活在祁连山核心区的牧民离开家园，就成了生态工程，也成了民生工程，更成了牧民们生产生活方式转型工程。

根据祁连山自然保护区重点保护对象构建功能区分区指标体系，结合保护区自然地域特点，及保护区重点保护对象的分布范围，国家最终将祁连山国家级自然保护区划分为核心区、缓冲区、实验区、外围保护地带4个功能区。

核心区主要分布在高山冰川、雪山、高山草甸、高寒灌丛草甸带等重要的水源涵养林区，是保护区重要保护地带。

缓冲区在核心区外围，集中连片，形成保护缓冲地带，它是使核心区不受任何干扰和破坏，确保自然生态系统的良性循环，区域内主要分布森林和野生动物。

实验区是保护区内人为活动相对比较频繁的区域。区内可以在国家法律、法规允许的范围内开展科学试验、教学实习、参观考察、旅游、野生动植物繁殖驯养及其他资源的合理利用等。

外围保护地带是指保护区范围内已经开采的矿区和已探明计划开采的大型矿床、林区边缘连片牧地、农田、人口集聚的村镇所在地及保护区主体分散的小片林区。这部分区域矿产资源丰富，交通便利，有利于社会经济发展，使山区一些经济价值重大的资源能够开发利用。

肃南县根据国务院研究祁连山自然保护区生态环境问题督查和保护修复工作会议纪要的总体要求及省里的安排部署，实现了祁连山保护区核心区牧民的顺利搬迁。

～～～～ 二 ～～～～

从核心区的大山里搬出来后，肃南县康乐镇德合隆村牧民兰永胜开始了全新的生活。这位曾经居住在祁连山保护区核心区的牧民，在搬迁之前属于禁牧面积的草原共有 5103 亩。搬迁后，他拿到了补偿资金 334315.2 元，每年享受草原禁牧补助资金 98391.93 元。还被聘请为肃南县生态管护员，从事苗木种植和管护。

2018 年初，兰永胜在肃南县白庄子、喇嘛坪、海牙沟等地租赁耕地 110亩，新建约 70 ㎡的库房 1 座。5 月，兰永胜从青海大通购买了云杉苗，他和妻子共育苗 30 亩，约 3 万株。他觉得自己的生活比城里人充实丰盈。他不仅有了职业，还在县城里有了自己的楼房。他对现在的生活比较满意。他说，搬迁出来是国家政策，不能放牧就搞生态养护，也能挣钱。过去在山中放牧，靠山吃山，现在搬离牧场，不靠山吃山，牧民也能很幸福地生活。

兰永胜享受着新生活的滋润，和他一同从大山里搬出来的安娜正在康乐镇一家文化演艺公司排练舞蹈。这个大学毕业两年的小姑娘对新的搬迁生活充满了自信。

"现在我在县城可以跳我喜欢的舞蹈，父亲在镇里安排的地方进行圈舍饲养，我闲了去给父亲帮帮忙，然后就带着小伙伴们一起跳舞，这比在山里的生活好多了。"

在德合隆村一处名为"红石头"的地方，向阳山坡的一座民房里，住着兰永忠和老伴安秀兰。院落不大，但收拾得很干净。一侧，是曾经的牛羊圈舍。圈舍外，是兰永忠此前的冬春季牧场。"牛羊全部卖掉了，一只都没有剩。

核心区禁牧政策是为了祁连山的生态更好，我举双手赞成。"兰永忠诚心诚意地说。

63 岁的兰永忠有 3 个子女，两个女儿已出嫁，儿子在县城有一套楼房。

支持禁牧，卖掉了牛羊，还有楼房居住，但老两口为什么还在这里？

"故土难舍呀，祖辈世代都在这里放牧生活，一下子要离开，心中不是滋味。"兰永忠说，这些日子，他每天都很早起床，按照原来放牧时的生活节奏，到空荡荡的圈舍转一转，到周围的草场走一走。村镇干部来了好多次，劝他早点离开，但老两口却说："多住一天就能多喝这里的一口水，就能多陪伴祁连山一天。"

和兰永忠一样，故土、家园是每一位搬迁牧民最难割舍的情结。世世代代生活在牧场，突然的搬迁让他们很不适应。肃南县一位干部说，为了祁连山的生态保护，这里的牧民在核心区禁牧搬迁方面，都很理解和支持。但在离开的最后时刻，几乎所有的人都潸然泪下，依依不舍。

距离"红石头"不远处，是一条名为"布提布冷"的山沟。54 岁的兰建设和妻子仍住在这里。

"我母亲 75 岁了，让我们卖掉了所有的牛羊，拆掉了圈舍，但她自己却不愿离开，真让我犯愁。"兰建设说。那些天，老人在县城看病，病还没好，就着急要赶回来过年。

工作组了解这一情况后，告诉兰建设一个好消息：市县有关部门正在努力，准备将一些牧民的身份置换成林区管护员，这样一来，兰建设的家就可以变成林区管护点，他可以一边护林，一边伺候老母亲。

"老人们留恋故土，年轻人更多考虑的是搬出大山后怎么办？"德合隆村党支部书记安俊胜说。

搬迁后，所有的牧民都会得到相应的补偿，但大家发愁的是，放了一辈子的牛羊，搬出去后，能干什么？

搬出大山，路在何方？同处祁连山保护区核心区的马蹄乡正南沟村牧民秦学峰用实际行动给了自己一个答案。

2018 年 10 月，他卖掉牛羊后，在甘州区大满镇朝元村租下了一处院舍，修了棚圈，买来了 45 头牛，搞起了舍饲养殖。

"放了一辈子牛羊，其他的活不会干，只能继续干老本行。"秦学峰说，"虽然现在没有了草场，但农区的秸秆很多，饲料不是问题。只要能吃苦，收入不会比原来差。"

在肃南县，像兰永胜一样从祁连山核心区搬出的牧民有 149 户 484 人。随着他们的搬出，肃南县境内的祁连山保护区核心区 95.5 万亩草原全部禁牧，3.06 万头（只）牲畜全部出售或转移到保护区外舍饲养殖，实现了祁连山自然保护区张掖段核心区内无农牧民生产生活的目标。

位于祁连山自然保护区缓冲区的祁丰乡青稞地村里，挖掘机对农牧民搬迁后遗留废弃的旧房屋和棚圈进行平整覆土，以确保后序播草覆绿工作的开展。祁丰乡青稞地村党支部书记李德兵说："异地搬迁不但带动了村里的经济收入，而且对生态治理有很大的作用。"

同样是缓冲区的祁丰乡观山村，工人们五人一排正在对平整好的土地进行播撒草籽工作，为确保草籽的成活率，工人们还要进行施肥和浇水。

肃南县缓冲区农牧民搬迁共涉及 2 个乡 5 个行政村 146 户 436 人。

在祁连山国家级自然保护区缓冲区农牧民搬迁工作中，肃南县认真总结借鉴推进核心区农牧民搬迁的工作经验和做法，结合前期工作开展情况，认真编制了《祁连山国家级自然保护区肃南县缓冲区农牧民搬迁实施方案》，在坚持群众自愿搬迁原则的基础上，积极动员组织实施祁连山国家级自然保护区缓冲区农牧民搬迁工作。至 2018 年年底，房屋棚圈拆迁、生态恢复、搬迁补助及安置、后续产业培育、迁出人员培训等工作已全部完成。

对于世世代代生活在祁连山深处的肃南县牧民来说，放弃养殖，搬离故土，是他们从未尝试的生活方式，如今，却已变成了现实。

郝晓文一家是肃南县祁丰乡红山村的牧民，以前他和妻子在核心区以放牧为生，县上搬迁政策下来后，他们拆了房子，卖了牛羊，从此，便和草原、放牧告别了。他们在乡政府所在地文殊沟小集镇开起了压面店，安了新家，而郝晓文的媳妇则变成了生态管护员，开始了新生活。

和郝晓文一样，安立荣一家也是核心区的搬迁户，那天他正在文殊沟河南的北坡防护林地上修理浇水的管道，查看苗木的成活情况。说到搬迁事宜，安立荣显得有些不舍，但说起他现在的工作，他高兴地说："2017年我们核心区搬迁，刚搬到乡上有些不适应，现在慢慢适应了。我们这些生态管护员最初是在林场的管护站上班，去年又分到了乡上，归乡政府管理，现在我们4个人负责的是北坡500亩管护林的浇水、病虫害防治等工作。"

35岁的马雪刚是祁连山核心区的搬迁户，自2010年禁牧后，马雪刚家的羊就从放牧变成了舍饲养殖。舍饲养殖不需要风里来雨里去跟着羊群奔走，父母就可以帮着养殖。年轻的马雪刚就外出寻找新的出路。禁牧后，他当过6年的班车司机，在自来水厂打了一年半的工，然后又在离观山村不远的酒泉市的金佛寺镇上开了间酒菜馆。因为镇子不大，消费的人数较少，租房也是一笔不小的费用，所以酒菜馆的生意也只是能够保本。看着这两年牛羊肉价钱的不断升高，马雪刚夫妻俩又想着干以前的老本行，那就是养殖。说干就干，租场地、进牛羊、买草料，短短的时间马雪刚夫妻俩就在金佛寺镇上养殖了100多只羊，58头牦牛。

马雪刚说："我们都年轻，不能只等着拿国家的草原奖补款生活，我们还要发展后续产业，要规划自己未来的路。"

虽然国家政策好，补偿好，但县上和牧民们也明白，不能从此一劳永逸。

～～～ 三 ～～～

肃南县把构建绿色生态产业体系作为未来发展的主攻方向，加快形成绿色发展方式和生活方式。在祁连山生态整治修复的同时，不断加大核心区搬迁农牧民后续产业培育，从搬迁农牧户中选聘生态管护员，每人每年发放3万元。开展农牧业科技和实用技术定向培训，确保每人能够熟练掌握1—2

门实用技术，拓宽增收渠道。

与此同时，鼓励农牧民发展高效种植业、高效生态林业和现代养殖业；引导和扶持搬迁农牧民创办经济实体，投资开展种植、养殖、储运、营销等经营活动，推进择业创业。

在加快搬迁区域生态整治修复的同时，鼓励引导牧民从事电子商务、民族风情产品开发、特色餐饮等产业，扶持和培育畜产品加工企业，带动农牧民发展舍饲养殖，解决牧民生产生活中的实际问题，而且从根本上推进祁连山生态保护，提升肃南全域生态文明建设。

如今，核心区搬迁下来的 149 户牧民和缓冲区搬迁下来的 146 户牧民，住进了新楼房，从事着新工作，脸上始终挂着笑容，心里充满了希望，日子过得蒸蒸日上。

32 岁的妥雪梅正在打理着自己的屋头串串香火锅店。在涮菜飘香、客人盈门的火爆场面里，她不时提起茶壶给客人送去及时温馨的服务。

2017 年，她和丈夫与 7 岁的女儿一起从祁连山国家级自然保护区核心区的康乐镇大草滩村搬迁下来，她一边照顾孩子上学，一边经营火锅店。

妥雪梅的公公成了祁连山国家级自然保护区核心区的生态管护员。今年暑假期间，她 8 岁的女儿想回家看看，但爷爷只把孙女带到自己的家里感受一下草场的风光，说核心区不允许进人，而且连周边的农牧民也在监督外来人员的进入呢。

从前，妥雪梅从核心区的牧场到康乐镇，骑马也得七八个小时，住在大山深处，孩子上学极其不便，现在搬来肃南县城，不但孩子上学方便了，她还可以做生意了。

以往在核心区的山里放牧，她家凭 400 多只羊、50 多头牛每年收入不下 16 万元，但是搬迁下来她的火锅店一年盈利 10 万元，再加上丈夫在外做生意，收入与过去比没有降低，而且享受到了禁牧款和现代化城市带来的生活便利。

肃南祁连山国家级自然保护区核心区农牧民搬迁涉及 3 个乡（镇）10 个

农牧村。

为妥善做好这些牧民搬迁工作，肃南县聘请第三方机构对搬迁户房屋进行评估，经搬迁户认可后，进行补偿公示，在各户无异议后进行补偿，对按时搬出的户再在补偿基础上奖励 20%；同时每亩禁牧草场按照每年 17.31 元进行补偿，最大拥有三四千亩草场的牧户可补偿五六万元，而且禁牧后每年都进行补偿；同时还有每一个人的补偿，每人每年补偿 4500 元，也是禁牧后每年都进行补偿。

到 2018 年 2 月底，肃南已安排 115 人成为祁连山生态管护员，有 53 人从事文化旅游产业，有 19 人外出务工，还有一部分人从事贸易做生意。

就业困难的是 55 岁以上的牧民。为此，肃南县对这部分人重点培训，为他们创造就业机会。对愿意创业的户每户提供 5—10 万元的创业贷款，政府贴息 3 年。同时，肃南县对搬迁农牧民采取一户一策进行帮扶，通过对搬迁户技能培训、政策扶持，用 3 年发展实现搬得下、稳得住、能致富。

四

"这里是我们今年 5 月种植的祁连云杉、油菜及青草，两个多月后就是一片 200 多亩的绿洲了。你看那青草已经有 20 多公分高了！美不美？可在一年前，这里还是一个 30 多米深、十几米宽的洗沙坑！"

2018 年 7 月 22 日上午，站在肃南县城西南 16 公里处的祁连山隆畅河畔，肃南裕固族自治县国土资源局山水林田湖草项目办公室主任罗英文兴奋地讲述着白泉门砂石料场整治情况。

肃南山水林田湖草生态修复项目白泉门矿区大湾 A 片治理区里，大片的云杉树苗整齐排列，隆畅河穿林而过，把云杉林一分为二，给正在形成的林海增添了灵动的一笔。

采砂坑最早开挖于 20 世纪 80 年代末、90 年代初。当时有人发现这里的砂石富含黄金，纯度达到 95%，迅速引来省外的淘金者开挖砂石，后来又成为石料厂。多年以来，使得大量废渣堆放在河床上，一旦发洪水，安全隐患极大。

白泉门砂金矿区矿山地质环境恢复治理项目总投资 5988 万元，工程自 2017 年 8 月开工建设，2018 年 6 月完工，期间完成了采坑回填、拆除废弃建筑物、河道护堤建设等工程，栽植云杉苗木 7 万多株，当地的生态环境得到了显著的改观和提升。2017 年 8 月，肃南县国土部门对其展开生态修复，通过回填、平整、复土、种树种草、围栏封育，半年就形成了河流两岸 200 多亩的生态景观。

"这里栽植的祁连云杉 3—5 年后每棵至少值 200 元，这就是绿水青山就是金山银山的道理。生态饭不仅效益好，而且还管长远、管根本。"罗英文说。

几年前这里还是渣堆遍布、水土流失严重的烂河湾。如今，这里已经成为了 G213 线上的一道靓丽风景。

"十三五"期间，肃南县共梳理出涉及祁连山自然保护区的 140 项突出问题，先后启动实施 46 个生态环境保护建设项目，完成投资 7.2 亿元。经过几年的整治修复，肃南县祁连山生态环境整治大见成效，区域生态环境明显改善，成功入选国家生态综合补偿试点县。至 2019 年底，140 项突出问题已全部完成整改并通过验收销号。

肃南县推进山水林田湖草沙一体化保护和系统治理，促进生态管护员做好日常巡山管护工作，加大禁牧区常态化巡护，各草监站联合县草监所开展专项草原巡查，切实筑牢祁连山生态红线。

严格落实河长、林长"两长制"工作责任。按月进行巡河，并依法进行河道乱采乱挖整治工作，确保了河流环境干净健康。积极推进林长制，加大森林草原防火、有害生物防治力度，加强草原生态环境监测和部分超载区专项治理，使森林草原资源得到有效保护，持续提升生态系统碳汇能力。

2021 年以来，祁连山生态环保后续产业发展、供热燃煤锅炉维修改造、农村环境综合整治等，共投资 768.56 万元。村镇积极开展人居环境整治行动，整治农牧户前后院环境卫生 630 余户，科学消杀 390 余次，清理垃圾 80 余吨，完成 113 户改厕任务，完成覆土绿化 47 亩，造林绿化 98 亩，种植花卉 35 亩，打造微地形 4 处，种植各类苗木 1.9 万余棵，同时将纳入 S18 线建设范围内的 700 余棵树木全部移栽至集镇重点绿化地段。

县里建立了生态环境远程监管指挥中心，通过智慧环保、水务、旅游建设，将生态环保的日常监管融入远程监控。并探索推行乡镇行政综合执法体制改革，赋予国有林场生态环境保护综合监管职能，建立健全生态文明联动保护机制和联合执法机制，进一步提升了生态环境和自然资源保护监管效率。祁连山自然保护区面积大、海拔高，冰川、森林、草原、峡谷等各种生态系统交错，许多区域无路、无通信设施，完全靠人工巡查，保护的任务十分艰巨。且保护区范围内天然林面积与农牧民承包草原面积相互交错重叠，管护矛盾多、难度大。全县共安排 900 多名林业职工和 200 多名草原管理护员，人均管护面积达到 58390 亩，远远高于国家人均 5000–10000 亩的管护标准，管护人员不足的问题比较突出。

祁连山的高山密林中，常年活跃着一名名护林员。护林员是个普通得不能再普通的职业。他们的工作中没有轰轰烈烈的事迹，没有感天动地的豪言壮语。每天重复着相同的工作，日复一日，年复一年地在崎岖的山路上来回行走，穿梭在那一片片浩瀚的林地，时刻关注着林区动态，守护着山林安全。

兰文平是肃南县西柳沟资源管护站的站长，刚起床的他正在收拾床铺，简单的洗漱之后，跟同事们随便吃了点早餐，便开始了一天的忙碌。首先组织大家进行了专题学习，随后大家便开始检查工具和整理装备，厚重的防火装备包足足有 15 斤重，里面装的是帐篷、睡袋、手电、水壶等必备物，检查整理好后，大家便向山里走去。

在路上，碰巧遇到一户牧民，老两口在路中间焚烧秸秆，兰文平和同事们赶忙上去制止，并给老人普及了防火知识。接下来巡山护林的路并不好走，陡坡峭壁、冰层河流，他们边走边查看林木的生长情况、病虫害和非法进入林区盗猎等情况。走累了，走饿了就找个阴凉的地方坐下，卸下厚重的防火装备包，简单的吃喝上几口。山上的树便成了听护林员们说话的朋友，风吹过树叶的声音和鸟叫声，像是给他们的回应。在兰文平看来要和同事们克服这种寂寞，在山林中找快乐，有时他便即兴给同事们高歌一曲，也算是苦中作乐。

他们以森林和高原为伴，习惯了酷暑，习惯了寒冷，习惯了艰辛，也习惯了寂寞，但始终以心中的执着，坚守着这片林区，现在生态保护得很好，在他们辖区内没有出现乱砍滥伐、非法占用林地和盗猎的行为。

刚进场时间不长的年轻护林员杨进喜说："站长他们这种吃苦耐劳，一丝不苟的工作精神深深感染着我，我会跟他们把这份工作做好。"

与兰文平交流，感触最深的不是这里山路多崎岖，有多难走，而是觉得在深山林里孤独的坚守和那份执着的信念。正是他们这样的人，用不知疲倦地行走、巡查，护住了林区的平安、护住了林区与群众的关系、护住了林区生态的和谐。

肃南县西柳沟资源管护站副站长兰东升深有感触："我在这个岗位上已经五年了，这份工作确实很辛苦，但是既然选择就无怨无悔，每每看到家乡的生态环境越来越好，就觉得自己的这份工作没有白干。"

五

在眼下的肃南，保护祁连山生态的故事随处可见。像对待生命一样对待生态环境，已经成为政府、企业和百姓的共识，并化为自觉的行动，书写着让砂场变绿洲，帮牧民入三产，让祁连山水带笑颜的美丽画卷。

这里是肃南县隆畅河自然保护站孔岗木资源管护站。远处的草场上，一群有大有小的鹿在自由的啃食着嫩嫩的青草，领头的公鹿长着漂亮的长角，在鹿群中显得非常威武。

管护站的工作人员发出了两声长音，顿时，这群健美的鹿儿，在公鹿的带领下，竟然朝大家飞奔而来，工作人员说，这是给鹿群喂食的声音，鹿群已经听习惯了，无论在哪里，只要听到这两声长音，就会来到这里，享受它们的美食。

这是一群野生马鹿，因为它们的臀部有白色的色斑，所以也叫白臀鹿，也叫甘肃马鹿。马鹿是一种非常神秘的动物，对生存环境要求非常高，它们喜欢灌木丛、草地、草场，这样的环境便于马鹿隐蔽和觅食。

工作人员葛东辉指着一匹小鹿，给大家讲了一个感人的故事。这匹小鹿在出生一个多月的时候，不知道什么原因，被鹿妈妈遗留在草原，葛东辉在巡逻的时候，发现了它。那时，它已经受了伤，葛东辉就把它带回管护站，给它处理了伤口，精心地照顾小鹿，并给小鹿起了个名字"华华"。后来华华渐渐康复，能跑能跳的比较欢实。为了让华华回归到它原来的生活，葛东辉把它送到离鹿群很近的地方，然后悄悄地溜回来。但是葛东辉回来不久，华华就出现在管护站的院子里了。

葛东辉笑着说，送了几次，华华都自己找了回来，没办法，就只好让它留在管护站，成为管护站的一员。华华非常可爱，它在管护站给大家带来了许多欢乐，大家都非常喜欢它，当孩子一样照顾它。

甘肃马鹿属于大型的鹿种，它们随着不同季节和地理条件的不同而经常变换生活环境，很少作远距离的水平迁移，喜欢群居生活于高山森林或草原地区。夏季多在夜间和清晨活动，冬季多在白天活动。善于奔跑和游泳。以各种草、树叶、嫩枝、树皮和果实等为食，喜欢舔食盐碱。

甘肃马鹿主要栖于海拔 3500—5000 米的高山灌丛草甸及冷杉林边缘。常活动于 4000 米上下，肃南康乐草原的气候环境非常适合马鹿的生存。

2021 年 5 月 24 日，肃南县水务局工作人员，在肃南县祁丰乡讨赖河流域巡河时拍摄到世界级濒危动物雪豹活动的踪迹。这是继 2020 年在肃南县祁青地区拍摄到 4 只雪豹"同框"出镜之后，再次拍摄到的珍贵画面。画面中，"雪山之王"或在河边散步，或在路边的山洞中打盹休憩，显得十分悠闲。近年来，伴随祁连山生态环境逐步好转，多年难觅踪迹的珍稀物种频繁现身，雪豹等野生动物种群和数量明显增加，肃南地区已多次拍摄到雪豹活动的场景。

同年 11 月 18 日，肃南县水电站一名值班人员在监控室发现 2 只雪豹凌晨出现在发电厂房附近。2 只雪豹从水电站大门进入，顺着便桥慢慢走进院子，又跳到发电厂房的塔架下，逗留约 5 分钟后才消失在监控区外。

雪豹光临肃南草原，反映了祁连山国家级自然保护区在生态环境改善、生物多样性保护方面取得的成效。

2022 年 10 月 28 日，祁连峰顶积雪皑皑，在肃南山区金黄色的草原上，血雉和蓝马鸡同在一处觅食。血雉和蓝马鸡同属国家二级保护野生动物。近几年，祁连山区野生动物资源得到有效保护，旗舰物种雪豹频繁"出镜"，优势种群数量有所增加。肃南曾观测、拍摄到 200 多只成群的白唇鹿、800 只左右的岩羊群等。甘肃祁连山国家级自然保护区还新发现了凤头蜂鹰、红脚隼、藏狐等国家二级保护野生动物。

肃南县非常重视生态环境保护工作，这些年投入大量的人力、物力、财力，致力于生态环境建设，森林覆盖率逐年增加，野生动物种群数量也不断增加，这些生态建设更给野生的甘肃马鹿提供了非常好的栖息环境，康乐草原成了野生的甘肃马鹿生活的天堂。

祁连山中的肃南，一切的努力，一切的付出，换来了今天的青山绿水，换来了今天的蓝天白云，换来了今天的绿草茵茵，换来了今天的鹿跃草原。

肃南，一个有温暖的地方，有大爱的地方，于是这个地方就有了草地上萌萌的旱獭，有了天空中翱翔的苍鹰，有了到处觅食的血雉和蓝马鸡，有了草原上奔跑的骏马，有了马鹿这样的精灵，有了雪豹这样高贵的访客。

六

沿着隆畅河逆流而上有一个叫九个泉的生态治理区。这是一处比白泉门更大更开阔的山水之地。哗啦啦的河水湍急而下，在石头上激起翻滚的浪花，河流的两岸是郁郁葱葱的草木，有的合抱之木树龄已逾百年。

站在河边远眺天边的白云和祁连山顶的积雪，那是一幅天地大美的画卷，而在连接河流和远处青山的开阔地带上，是被围栏封育绵延伸展的祁连云杉，站在祁连山的云水草木间，人便真切地置身于大自然的画面里，感受到诗意和远方的美。

祁连山自然保护区设立于 1987 年，历经 4 次调整，真正确定边界和坐标定位是 2014 年 10 月，但在保护区调整前已经有大量的矿山探采、水电开发项目获批建设。

这里曾经是一个选矿厂的生活区和工作区，1998 年被叫停。但是直到 2017 年 5 月，选矿区遗留下来的房屋和相关设备才被彻底拆除，之后肃南县国土部门对其进行生态修复。目前，方圆除了正在修复生态的工人和设备外，已没有其他人和开矿企业了。回填、废弃渣堆平整 44037.20 立方米，建筑物拆除 13057.60 平方米，现场取土 21758.17 立方米，修建排导堤 628.63 米，挡土墙 862.32 米，完成截排水工程 1099.97 米，覆土绿化面积 97400 平方米，覆土方量 29232.03 立方米，河道清淤 14802.80 立方米，完成截引引水工程 1 座，喷灌养护面积 146 亩，种植 1.5 米以上云杉 32468 株，撒播草籽 97400 平方米，围栏封育 1946.63 平方米。这里新载的祁连云杉有 600 多亩。

9 个泉的生态治理区涉及到整个沟谷地带，绿化带有效防止了斜坡地带发生滑坡地质灾害，稳固了河道，保护了水土流失，与周边生态环境相互协调，做到和周围地形地貌基本一致，进一步达到修复保护祁连山生态环境的目的。

肃南执行的是史上最严格的祁连山生态保护措施，从政府实施的生态治理到企业的搬迁再到农牧民的下山，都早已行动并付诸实施。就是在允许开展牧业的实验区和外围保护地带，也执行以草定畜，一块草场超过一只羊、一头牛都不行，而核心区是不允许人类活动的。

美丽的康乐草原，绿草如茵。放眼远眺，九排松美景尽收眼中。

这个曾经深深吸引着全国各地游客的景区，已然被拆除。而这，是生态先行的具体体现。

肃南县生态环境优美、自然风光雄奇、民族风情浓郁、历史遗存丰厚，遍布全县的绿色与红色旅游资源交相辉映，自然景观和人文景观珠联璧合，旅游资源的多元性、组合性、唯一性特点十分明显。

县里依托丰富的旅游资源优势，做大做靓"山水肃南、裕固家园"旅游品牌，彰显肃南旅游资源的独特优势和多彩魅力。

然而，旅游的兴起，不可避免地为生态环境带来了负面效应。

在全面整治生态环境突出问题工作中，肃南将地处缓冲区的七一冰川景区和文殊山滑雪场全面拆除退出，并完成了植被恢复治理。中华裕固风情走廊涉及核心区、缓冲区旅游经营设施也被全面拆除退出，实验区旅游活动也严格按照生态环境保护要求规范运营。

如此一来，肃南生态环境较为脆弱的旅游景区重回原始，绿水青山再次卸下了包袱。既要绿水青山，亦要金山银山。还景于生态，挖掘山水生态、民族风情等旅游价值，开发了一批民俗体验型乡村旅游产品，既保障了生态环境的保护工作顺利开展，也为旅游业发展注入了生命力。

祁连山生态修复所带来的变化以最自然最原始的姿态呈现在人们面前。

在县城西南5公里处，一条长约20米、宽5米的瀑布突然映入眼帘，从山巅激流而下的飞瀑以澎湃之势汇入奔流的隆畅河里。这一"飞瀑"是由位于附近山脉峡谷上的一导流渠因水量过大漫溢而下形成。每年7月下旬至8月上旬是祁连山区的丰水期，祁连山脉间的河流都处于汛期水位。

肃南境内生态环境优良、自然风光秀美、民族风情浓郁、历史遗存丰厚，集冰川雪山、森林草原、河流瀑布、湿地湖泊、丹霞丘陵、沙漠戈壁等地形地貌于一域，融历史文化、民族文化、游牧文化、红色文化、宗教文化等人文资源为一体。县域内有张掖世界地质公园、祁连山国家公园，七彩丹霞

5A 级景区等。

　　肃南人民祖祖辈辈享受着祁连山的庇佑，吃在祁连山，住在祁连山。肃南人民也用自己的方式感恩着祁连山的馈赠，退牧还草、植树造林、矿山复绿，像对待生命一样，维护着这片赖以生存的土地。如今，最严格的生态保护措施，成为保护祁连山的一把利剑，肃南全社会以壮士断腕之决心坚决落实，不断续写祁连生态保护的传奇篇章。

　　肃南县充分践行"绿水青山就是金山银山"的发展理念，强化资源保护、狠抓生态修复、实施国土绿化，不断加大绿色生态建设力度，生态文明建设取得显著成效。

　　全面实施河长制、湖长制、林长制，打好蓝天、碧水、净土保卫战。乡镇建成污水处理厂全部安装在线监控设施，乡镇锅炉房全部建成规范的封闭式储煤棚。饮用水水源水质达标率、地表水断面水质达标率、城镇生活垃圾无害化处理率均达到 100%，城区污水处理率为 99%，达标率 100%。

　　西营河三级水电站是肃南县 2017 年取消建设规划的水电站。截引坝已经被全部拆除，周边的地貌也已经平整恢复，并撒上了披肩草、早熟禾等草种，各种草苗随风摇摆，一派生机勃勃的景象。

　　沿河而下 4.5 公里，是西营河三级水电站的出渣场，从远处可以清楚地看到出渣场已经被整治成梯田状，并在上面撒播了草籽，经过近 3 年的恢复，出渣场已变的绿草如茵，在西营河水的衬托下显得格外翠绿。

　　肃南县国土资源局皇城分局局长梁志刚告诉我们，2017 年主要是恢复，2018 年是提质提标，2019 年是巩固，通过 3 年的努力，草也长起来了，生态环境恢复整治达到了项目设计的要求。

　　钢筋水泥浇筑的截引坝变成了美丽的草地、乱石遍布的渣土堆被茂密的植被所取代、西营河唱着歌欢快的流淌着……

　　西营河三级水电站的治理恢复只是肃南县在祁连山生态环境整治中的一个缩影。

　　肃南县加大保护区水电站生态环境问题整治，对祁连山自然保护区内建成的 18 座水电站全部设置了无障碍生态流量泄放设施，安装了计量在线远程监控设施，生态基流足额下泄，危废物全部实现规范化处置管理，并对周边区域通过种草植树等措施完成了恢复治理。涉及保护区关停退出的 7 座水电站已全部签订退出补偿协议，完成现场拆除及恢复治理，对规划未建的 16 座水电站全部取消建设规划。同时，对保护区外建成运行的 17 座水电站严格参照保护区内整治标准落实整治整改，实现规范管理运行。

肃南县以学习贯彻习近平生态文明思想、习近平总书记视察甘肃重要讲话和"八个着力"重要指示精神为动力，举全县之力坚决推进祁连山生态环境整治保护修复，特别是 2016 年中央环境保护督察以来，坚持把学习贯彻党中央、国务院关于生态文明建设的决策部署和习近平总书记关于祁连山生态环境保护的重要批示指示精神作为重大政治任务，树牢"四个意识"和"生态优先、保护第一"的理念，以高度的责任担当推进了祁连山生态环境整治保护修复。

为认真落实祁连山生态环境保护的监管责任，巩固生态环境保护整治成果，肃南县文体广电和旅游局对涉及文旅行业的祁连山生态环境保护问题整改问题进行了全面督导检查，进一步督促旅游景区和相关企业，提高思想认识，落实好主体责任，强化整改措施。

由于整治措施落实到位，多年来整改问题未出现反弹，整改区域无二次建设现象发生。生态修复区域植被恢复情况和环境卫生良好。各景区和旅游经营企业重视程度不断提高，在持续巩固生态环境保护整改成效的基础上，进一步合理确定游客承载量，严格限定和管理游客活动范围，补充和完善各类警示标识和告知提示牌，对生活及生产垃圾进行定期及时清理清运，动态完善相关台账资料，通过电子屏滚动播放文明旅游标语、发放文明旅游手册等形式，积极倡导游客文明旅游、绿色出行、生态观光，确保生态环境保护各项责任落实到位，生态环境问题整治成效显著。

七

　　不望祁连山顶雪，错把肃南当江南。行走在辽阔的草原上，满眼碧草如茵、繁花似锦，远眺熠熠生辉的祁连雪峰，蔚蓝的天边飞过洁白的云朵，广袤的草原铺展开千里碧毯，高高的牧草随风摇摆，无数的花朵自由开放。

　　绿水青山就是金山银山，依靠着祁连山得天独厚的优势，肃南县已经成为国内知名的旅游目的地，先后荣获中国生态旅游大县、全国避暑休闲百佳县、最美中国旅游目的地、中国旅游文化特色县、最具民俗风情的生态旅游大县、中国民俗文化摄影基地、中国祁连玉之乡等称号。

　　守护着绿水青山，保护着美丽家园。肃南，这颗丝绸之路上的璀璨明珠，必将在新时代迎来更加灿烂美好的明天。

下篇

祁连山下

第一章 河西走廊

〰〰〰 一 〰〰〰

河西走廊地处甘肃省西北部、黄河以西、祁连山和巴丹吉林沙漠中间。东起乌鞘岭，西至玉门关，南北介于南山（祁连山和阿尔金山）和北山（马鬃山、合黎山和龙首山）间，东西长约1000千米，南北宽约100—200千米，最狭窄处只有数公里，海拔1500米左右，为西北—东南走向的狭长地带，因位于黄河以西，有两山夹峙，形如走廊，故名河西走廊简称"河西"；因其位于甘肃境内，又称甘肃走廊。其中大部分为山前倾斜平原。

走廊主要包括甘肃省武威、金昌、张掖、酒泉和嘉峪关五市（合称"河西五市"）。

河西走廊自古就是中原地区沟通西域的交通要道，著名的丝绸之路从这里经过，大量的文化遗产坐落在这里。河西走廊具有突出的生态地位和丰富的历史文化底蕴。汉唐时"丝绸之路"经这里通向中亚、西亚，是中西文化交流史上的一条黄金通道，不仅是昔日的古战场，也是甘肃著名的粮仓。

河西走廊属于祁连山地槽边缘拗陷带。它的兴衰存亡完全依赖于祁连山的冰雪融水。而祁连山正处在中国地势的第一级阶梯和第二级阶梯之间，位于青藏高原南缘，平均海拔4000米以上，以黑山、宽台山和大黄山为界，将走廊分隔为石羊河、黑河和疏勒河3大内流水系。各河出山后，将走廊分为三个独立的内流盆地：属疏勒河水系的是玉门、瓜州、敦煌平原；属黑河、北大河水系的是张掖、高台、酒泉平原；属石羊河水系的是武威、民勤平原。

河西走廊孕育着几座历史地位显赫的城市。公元前 121 年，汉武帝设武威、酒泉两郡；公元前 111 年，分置张掖郡、敦煌郡；现嘉峪关市为 1965 年设立，原属酒泉郡；现金昌市为 1982 年设立，原属武威郡；现敦煌市为县级市，属地级市酒泉市的一部分。

二

河西走廊历代均为中国东部通往西域的咽喉要道。这里总使人有一种历史的沧桑感。不仅因为一路都是延绵千里的戈壁，更由于这里积淀了几千年来太多的历史，有太多的故事与遗落的文明。

秦、汉，乃至更早的周代以来，北方的游牧民族就一直威胁着这些王朝的安全。西汉初期，从高祖刘邦到文、景的数十年间，由于国家久乱，国库空虚，军力、财力不济，朝廷对于北方的匈奴一直采取忍让、回避态度。直到汉武帝登基以后，才决定以武力解决匈奴对汉王朝的威胁，尤其是被匈奴控制的河西走廊。元狩二年春天（公元前 121 年），汉武帝命骁勇善战的霍去病再次与匈奴开战，战争的结果在史书中有明确的记载。《史记》中说："霍去病……为骠骑将军，将万骑，出陇西，过焉支山千余里，击匈奴，执浑邪王子及相国、都尉，首虏八千余级。收休屠王祭天金人。夏，复出陇西、北地二千里，过居延，攻祁连山，得首虏三万余，裨将小王以下七十余人。"另有匈奴歌谣记录："亡我祁连山，使我六畜不蕃息。失我焉支山，使我女儿无颜色。"

在汉武帝决定反击匈奴后，鉴于匈奴的强大，想招募使者去西域联络大月氏人，准备东西夹击匈奴。渴望为国建功立业的张骞，毅然应募。公元前138 年，他带着百余名随从从长安出发西行，在途中被匈奴人捉住，扣留了10 年。他不忘使命，设法逃脱，辗转到达大月氏。那时，大月氏人西迁已久，无意再与匈奴打仗。张骞返回长安，向汉武帝报告了西域的见闻，以及他们想和汉朝来往的愿望。

公元前 119 年，汉武帝派张骞第二次出使西域。这次的情况与第一次大不相同了。公元前 126 年，霍去病两次西征夺回了河西走廊，公元前 119 年，卫青、霍去病同时出击匈奴，彻底击溃了匈奴，从此匈奴再也无力与汉朝抗衡。所以这一年，张骞的西行道路上来自匈奴的威胁没有了。张骞率领使团，带着上万头牛羊和大量丝绸，访问西域的许多国家。西域各国也派使节回访长安。汉朝和西域的交往从此日趋频繁，使者、商旅往来不息，丝绸之路开始闻名世界。

河西走廊的地理位置非常特殊，在这条走廊状的通道的南北，要么是冰峰连嶂的高原，要么是风沙连天的戈壁大漠，因当时的条件所限，河西走廊几乎是中原地区通往西域唯一的通道。霍去病扫平匈奴，法显、玄奘西去天竺，中原文化避难西迁，隋炀帝巡视焉支山召开世博会，左宗棠抬棺出征誓死收复新疆……历史的浓墨重笔一次次地在这片狭长的土地上书写。

河西走廊是中国西北地区的十字路口，曾吸引了众多游牧民族蜂拥而至，浴血相争。你方唱罢我登台，这里的主人也如走马灯一样变换，很少有某个民族能够长期占稳这块土地——在这里横刀跃马的游牧部落，不是西迁，便是融合于其他民族，风流云散。而留存至今的一些民族，彼此之间似乎也变得越来越像了……

烽燧、大漠、驼队、商旅，这些符号几乎成了河西走廊的代名词。在历史上，由于特殊的地理位置，河西走廊不仅是古丝绸之路的黄金地段，也是众多西北民族迁徙的必经通道，还是中原汉民族与西北游牧民族拉锯争夺的焦点地区。作为一条超级民族大通道，历史上有不少于 40 个的古代民族进出河西走廊，有的还在此建立起了地方政权，如匈奴、吐蕃、回鹘、党项、蒙古等，但更多的只是这条走廊的匆匆过客，最后都融入了其他民族的"大洪流"中。一条穿越河西走廊连接西域与中原的贸易通道开始形成，既是分岔点又是交汇点的敦煌也从此活跃了起来。

西域的商旅和使团带着骏马、玉石、香料，经由敦煌进入河西走廊，返回时他们又满载丝绸、茶叶和陶瓷，自敦煌步入大漠。

繁盛不息的贸易往来，让敦煌声名远播，到了东汉时期这里已经俨然是一座"华戎所交"的大都会了。

在所有输往西域的商品中，丝绸是最热门的抢手货。当这种色泽艳丽、顺滑柔软的布料越过帕米尔高原传入西亚乃至地中海沿岸时，一路都在激发人们的兴奋情绪。

公元前 47 年的一天，罗马共和国的终身独裁官凯撒披着一身华丽的长袍出现在一座新修的戏院里，顿时，全场的注意力都被凯撒身上光彩夺目的服饰所吸引。见多识广的长老告诉大家，这是丝绸，来自遥远的东方。

丝绸，一夜之间成为罗马贵族的新宠，甚至被视作财富和地位的象征。在罗马人的口口相传中，丝是一种从树上长出来的材料，而这种神奇的树只有在一个叫"赛里斯"（意为丝国）的东方国度里才有。

贵族们的狂热，让丝绸的价格一路飙升。在当时的罗马，人们要花费 12 两黄金才能购得 1 磅丝绸（1 磅 ≈9 两）。丰厚的利润促使一波波商队踏上前往东方的征程，他们从世界不同的角落走来，最终都一一汇聚在敦煌。无论是东来还是西去，起程前往敦煌都是一个很慎重的决定。西行的人将离开祁连山的庇护和滋润，东进的人也将告别天山和昆仑山下一连串首尾相接的绿洲。

所以当人们历尽辛苦抵达敦煌，势必要在此停靠好些时日，补充饮水和给养，为接下来的行程做足准备。

中国的丝绸制作技术直到公元 6 世纪中叶才逐渐传入西方国家，在此之前，西方世界对丝绸的渴望与需求都只能在中国得到满足。

除丝绸以外，中国的茶叶和瓷器，也成为在世界范围内深受追捧的"硬通货"。逐利的商人们前赴后继地来到中国，他们越过雪山，穿过沙漠，跨过草原，漂过大海，一切困难与艰险都无法阻拦他们的脚步。于是一条条沟通中国与世界的道路被一代代商旅踩了出来，这些商贸通道被统一地称为丝绸之路。

历史上众多民族在此交汇共生，留下了丰富的文化遗存，使河西走廊呈现出一种万花筒似的瑰丽画面。

～～～ 三 ～～～

从地理角度上看，中国特有的地理位置和自然环境的制约，使得在北宋以前，河西走廊是中国历史上对外联系的最重要窗口。

古代中原王朝东、东南、南三面环海，受制于航海、造船技术和气候条件，大海成为当时不可逾越的天然屏障。

西南是长年冰雪的青藏高原，翻越起来极其困难。东北寒凉，受到限制；北方大漠，也不易通行。加上西南、东北和北方长期以来属彪悍的少数民族占领，人口定居点过于分散，不易供给。

从文明角度上看，自秦汉以来，中国封建王朝力量在东亚长期处于压倒性地位，无论是朝鲜、日本、越南等国，与中国同属儒家文化圈，其中朝鲜和越南等国还处于传统宗藩体系内。

与之相对，中亚地区乃至更远的中东、欧洲地区与中国属于不同文明，相互交流倒是更能取长补短。丝绸之路途经河西走廊，成为中国对外联系的重要纽带。

自霍去病西击匈奴，开辟武威、张掖、酒泉、敦煌四郡，不但连通了西域和中原王朝，而且隔绝蒙古高原和青藏高原游牧民族联合起来对付中原。

汉、魏、晋、隋、唐、元、明、清等王朝出于政治军事的考虑，把河西走廊的开发提升到保障国家安全战略的高度。

从东西向上看，河西走廊是维持中原稳定的重要屏藩。明代名臣杨一清曾言："兵粮有备，则河西安。河西安，则关陕安，而中原安矣"。清朝顾祖禹认为："欲保秦陇，必固河西，欲固河西，必斥西域"。同样，强盛王朝如汉、唐、清等如果想经略新疆，河西走廊是绕不开，也是必须重点经营的根据地。

两汉的西域都护府、西域长史府，唐朝的安西、北庭都护府，清朝伊犁将军辖地等管理新疆天山南北广大地区，无不以河西走廊为依托。唐代王维有诗云："劝君更尽一杯酒，西出阳关无故人。"戴叔伦又有诗云："愿得此身长报国，何须生入玉门关。"

位于河西走廊西端的阳关和玉门关，被中原人视为中土王化到达的最西端，也是漂泊在新疆、中亚地区的中原人的精神故乡。

中原的丝绸、瓷器、漆器、铁器、竹器及其他商品和汉民族高度发达的造纸、印刷、火药等文化，经过河西走廊输往西域、西亚及中东、西欧。西方商客也经过河西走廊，将珠玉、珍玩、葡萄、核桃、良马等运抵长安、洛阳。

张籍在《凉州词》中写道："无数铃声遥过碛，应驮白练到安西。"尽现河西走廊当年商业繁盛的历史。

四

2022年3月8日甘肃省政府办公厅下发相关通知，将打造河西灌溉农业区，包括酒泉市、张掖市、金昌市、武威市。区域以建设节水高效现代农业为主要发展方向，重点发展现代制种、戈壁蔬菜农业、现代畜牧业，建种养加一体化产业体系，率先实现农业现代化。

河西走廊灌溉农业区历史悠久，是甘肃省重要农业区之一，是我国西北内陆著名的灌溉农业区。它是西北地区最主要的商品粮基地和经济作物集中产区。它提供了全省2/3以上的商品粮、几乎全部的棉花、9/10的甜菜、2/5以上的油料、啤酒大麦和瓜果蔬菜。平地绿洲区主要种植春小麦、大麦、糜子、谷子、玉米及少量水稻、高粱、马铃薯。油料作物主要为胡麻。瓜类有西瓜、仔瓜和白兰瓜，果树以枣、梨、苹果为主。山前地区以夏杂粮为主，主要种植青稞、黑麦、蚕豆、豌豆、马铃薯和油菜。河西畜牧业发达，如山丹马营滩自古即为著名军马场。据史书记载，秦汉时期，祁连山脉曾生长覆盖着广袤的植被，西从敦煌与西域相交的伊吾（今哈密），东至天祝乌鞘岭，森林和草原延绵1000多公里，放牧条件十分优越。

河西走廊既是中原连接新疆以及中亚的交通孔道，又是蒙古高原与青藏高原的接合地带，地理位置重要，称之为东亚陆上马六甲海峡一点不为过。沿河冲积平原形成相互毗连的武威、张掖、酒泉等大片绿洲。在整个走廊地区，因为祁连山的存在，滋润哺育了整个河西走廊。祁连山东西长约1000公里，年径流量约158亿立方米，涵吐近千条大小河流，在山前形成了富饶的绿洲和大片草原。

以祁连山冰雪融水所灌溉的绿洲农业较盛，戈壁和沙漠也广泛分布。这里气候干燥，夏季炎热，日照时间长，昼夜温差大，有利于农作物的生长，再加上祁连山的水资源比较丰富，灌溉比较发达，农作物稳产高产，素有"金张掖""银武威"的说法。

这里水草丰美，物产丰富。但曾经富饶的丝绸之路黄金段，自明清以后，随着移民不断增加，农业活动的加剧，导致今天内陆河上游地区祁连山水源涵养林减少，冰川面积缩小，雪线上升，草场退化，水土流失；中游的绿洲地区，农田盐渍化、荒漠化，水质污染，古城址废弃；下游地区，终端湖消失，沙生植物枯萎，物种减少，沙尘暴肆虐，严重恶化了河西走廊地区的生态环境。

长约1200公里的河西走廊，处处可见戈壁荒漠。东西两头，河西走廊都面临着十分严重的生态问题。在走廊东部，民勤县东西北三面被腾格里和巴丹吉林两大沙漠包围。因为缺水，民勤湖区已有50万亩天然灌木林枯萎、死亡，有30万亩农田弃耕，部分已风蚀为沙漠。全县荒漠和荒漠化土地面积占94.5%，其生态之严峻，引起了全国乃至全世界的关注。

在走廊西头，敦煌的最后一道绿色屏障——西湖国家级自然保护区，66万公顷区域中仅存的11.35万公顷湿地，因水资源匮乏逐年萎缩，库木塔格沙漠正以每年4米的速度向这块湿地逼近。

甘肃省气象局的最新资料表明，跟10年前相比，由东至西，石羊河流域、黑河流域、疏勒河流域均存在较为严重的生态退化问题，这主要表现在植被覆盖度和永久性冰雪覆盖面积的减少，部分地区生态问题激化。

河西走廊矿产资源丰富，区内有玉门石油、山丹煤田、九条岭煤矿、金昌镍矿及镜铁山铁矿等多处大型矿点，金属，非金属矿产资源储量十分丰富。镜铁山矿探明储量就达 6 亿吨，占全省的 90% 以上。金昌镍和铂族金属产量分别占全国总量的 85% 和 90% 以上。

曾几何时，以牺牲环境换经济增长，似乎天经地义，大规模的探矿、采矿活动，造成保护区局部植被破坏、水土流失、地表塌陷；违法建设、违规运行的水电站，导致下游河段出现减水甚至断流现象，水生态系统遭到严重破坏；部分企业环保投入严重不足，污染治理设施缺乏，偷排偷放现象屡禁不止……曾让祁连山"千疮百孔"。

近些年来，新的发展方式要求经济发展升级换挡，加强生态治理，生态环保和绿色发展被提升为重要的国策，及时协调经济发展与环境容量间的矛盾，谋求发展时提升环保首位度成为一项政治义务，但很明显，深居西北内陆的河西走廊腹地，没能及时跟上发展迭代和转变的步伐。

在河西走廊东部，巴丹吉林和腾格里沙漠有合拢趋势，给楔子一样镶嵌其中的民勤绿洲带来巨大压力；在西边，库木塔格沙漠正以每年 4 米的速度逼近敦煌。有专家断言，倘若任由形势恶化，河西走廊生态环境有可能在 50 年内全面恶化。

河西走廊的北面是甘肃省的北山山地和阿拉善高原。北山山地主要包括马鬃山、合黎山、龙首山等一系列断续的山脉，东西长达 1000 余公里，山地海拔 1500 米至 3400 米。北山山地是一种相当奇特的地理环境，草木不生，只有长期剥蚀的残丘沙漠和戈壁，景色十分单调。

一度水草丰美的民勤地区今天已有 50 万亩天然灌木林枯萎、死亡，有 30 万亩农田弃耕，部分已风蚀为沙漠。全县荒漠和荒漠化土地面积占 94.5%。

在内蒙古自治区最西端，河西走廊北部，分布着中国第二大沙漠——阿拉善大沙漠。河西走廊许多地段深入到阿拉善高原中部，多有沙碛，间有绿洲相连，如额济纳河（即黑河）、居延海（黑河下游终端湖）等。

河西共 18 片绿洲，仅占国土面积的 7.1%，其他都是荒漠戈壁。

河西走廊冬春二季常形成寒潮天气。夏季降水的主要来源是侵入本区的夏季风。气候干燥、冷热变化剧烈，风大沙多。自东而西年降水量渐少，干燥度渐大。昼夜温差平均15℃左右，一天可有四季。民勤年沙暴日50天以上，而瓜州 8 级以上大风的风日一年有 80 天，有"风库"之称。

走廊风向多变。武威、民勤一带以西北风为主；嘉峪关以西的玉门、瓜州、敦煌等地，以东北风和东风为主。曾有专家指出，现在祁连山生态问题的严峻性，充分证明河西走廊生态危机已全面升级，呈现全面围堵的局面，已成为河西走廊发展的最大瓶颈。一旦祁连山出现问题，对于本来就危机四伏的河西走廊生态无疑是釜底抽薪。

早在 2007 年全国"两会"期间，在参加甘肃代表团审议时，温家宝总理谈了他惦记甘肃的四件事情：民勤治沙，敦煌生态环境和文化遗产保护，祁连山冰川保护，黑河、石羊河沙化盐碱化治理。而这四件事情都与河西走廊生态环境有关。

国家如此重视，实在是河西走廊之于北方太重要了。

五

中国漫长的大型文明史铸就了自己独特的文化底蕴，每一寸国土都有自己的故事，每一份史料背后都是当年铁骑逐鹿、黄沙漫天的往事。河西走廊为人所耳熟能详是因为丝绸之路，因为汉唐荣光背后"大漠孤烟直，长河落日圆"的那些开垦戍边者，因为那些浩气壮天的边塞诗人例如岑参、王维等等。但仔细回味一番，似乎有一点陌生：在中国 2000 多年大一统王朝历史中，我们的思绪似乎找不到其他的东西，相比漠南草原的豪迈，西域的起起伏伏，青藏高原的神秘，关中陇右的核心作为，我们似乎找不出一个词来形容河西走廊。

对现实而言，河西走廊是环青藏高原的重要通道，是我国和中亚、俄罗斯交通的大动脉；另一方面，河西走廊大通道是内地连接新疆的首要通道，而新疆则关系着国家的战略安全。

这个安全涉及国家在世界格局中的地位，涉及国家领土安全、资源安全以及国家未来发展。像连接新疆的高速公路、铁路、高铁，石油管道、西气东输等关系国计民生的工程，都通过这里把新疆和内地紧密联系起来。从这个意义上来讲，河西走廊关乎国家经略，其地位不可替代。

这个位于中国大陆腹地的狭长地理通道，被冰雪融水滋润的河西走廊，像一条金丝项链，串起了西北地区一颗又一颗明珠。曾经遥远的西域如今已不再遥远。祁连山下的这些城，也早已超越了往昔的辉煌。

河西走廊里这几座城市的名字，却始终提醒着我们，这个国家一直想要变得更好。

河西走廊，奇伟瑰丽，旷荡辽远——西部生态屏障，大国之梦的源起之地。

第一章　河西走廊

113

第二章 银武威

～～～ 一 ～～～

"大漠孤烟直，长河落日圆"描绘的奇特壮美风光，令无数人对广袤的沙漠充满向往。然而，对于生活在沙漠边缘的人来说，哪里顾得上欣赏风光，干旱缺水、风沙肆虐的艰苦自然环境，让他们耗费毕生的心血，一代人接着一代人顽强地与沙漠作斗争。

这里是武威，甘肃省下辖市。古称凉州，历史上曾经是著名的"丝绸之路"要冲，河西四郡之一。汉武帝为了展示大汉帝国军队的"武功军威"而命名。东接兰州、南靠西宁、北临银川和内蒙古、西通新疆，处于亚欧大陆桥的咽喉地位和西陇海兰新线经济带的中心地段，辖凉州区、民勤县、古浪县、天祝藏族自治县。兰新、干武铁路、G30、G312国道贯穿全境。

武威南依祁连山，北接腾格里沙漠。干旱缺水、沙多林少，处于构建国家生态安全屏障的核心区域。武威是全国荒漠化、沙漠化最为严重的地区之一，全市荒漠化和沙漠面积分别占到国土总面积的66%和46%，风沙线长达654公里。多年来，武威人民用自己勤劳的双手，矢志不移同沙漠做着斗争！

武威绿洲就像一个楔子插在巴丹吉林和腾格里两大沙漠中间，阻挡着两大沙漠的合拢，构建着"国家生态屏障"。

武威市生态环境局副局长周登仁介绍说，武威地形地貌有山、川、沙，南部祁连山是重要的水源涵养区，北部腾格里沙漠和巴丹吉林沙漠是全国风沙危害最严重的地方之一，也是防沙治沙的重点之一。这些都决定了武威是我国西部重要的生态安全屏障。而武威水资源极度短缺，全市人均水资源不足全省的 1/2。

面对如此困境，武威人民有抗沙治沙的勇气和决心，始终将治沙防沙和植树造林工作放在突出位置，全社会形成了防沙治沙的合力机制。

武威市确定了"走生态优先、绿色发展之路，努力建设经济强市、生态大市、文化旅游名市，全力打造生态美、产业优、百姓富的和谐武威"的总体思路，取消市级对民勤、古浪、天祝三县 GDP 等主要经济指标考核，将生态文明建设占县区政绩考核得分权重由 2015 年的 10.64% 提高到现在的21.13%，树立了绿色发展的鲜明导向。

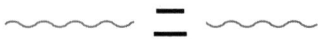

～～～二～～～

2022 年的大半个春天，我是在腾格里沙漠中度过的。

八步沙，位于腾格里沙漠南缘的武威市古浪县县城东北 30 公里、祁连山下河西走廊东端。地处腾格里沙漠前沿的八步沙，曾经风沙肆虐，"沙魔"严重侵蚀着周围村庄和农田，威胁着周边铁路、公路的畅通，影响着当地 3 万多群众的生产生活。

1981 年，古浪县着手治理荒漠。土门公社漪泉大队老支书石满第一个站出来，紧接着，同大队的贺发林，台子大队的郭朝明、张润元，和乐大队的程海，土门大队的罗元奎等五人随后响应，以联户承包的形式，组建八步沙集体林场，投身治沙造林。后来，他们被称为"六老汉"。

"六老汉"及其后代一年接着一年干，一代接着一代干，三代人苦干 38 年，累计完成治沙造林 7.5 万亩。当初，"六老汉"约定，无论多苦多累，每家都得有一个孩子接着干下去。为了父辈的嘱托，"六老汉"各有一个儿子或女婿接过治沙接力棒。如今的八步沙，已从昔日寸草不生的荒漠，成为当地群众增收致富的聚宝盆。6位老人与其后代付出不懈努力，将肆虐的风沙赶出了家园。

38年来，6位老人、祖孙三代在这里坚持治沙、矢志不渝，用毅力与精神筑造起绿色的生态屏障，成功阻断了腾格里沙漠的南侵之路。

"当年风沙毁良田，腾格大漠无人烟。要好儿孙得栽树，谁将责任担两肩。六家老汉丰碑铸，三代愚公意志坚。"这是在当地农民中广为流传的一首民歌，讲述的正是他们的故事。

就这样，八步沙的树渐渐变绿了，六老汉的头发也白了。岁月无情，第一代治沙人六老汉中的4位相继离世，如今健在的两位老汉也都年事已高，再也干不动了，而八步沙的治理工作却从未停止。凭借传承的精神支撑，第二代、第三代的治沙人接过了治沙的担子。

现在，八步沙附近地区已经变得林草丰茂，形成一条南北长10余公里、东西宽8余公里的一片绿意盎然的林场，不仅大风天气减少了，而且武威古浪县的整个风沙线也后退了15公里。

"八步沙六老汉"治沙的故事已是家喻户晓。扎根在这里的另一个英雄集体，他们战风沙、斗荒漠，在追求人与自然和谐发展的实践中，用汗水和心血谱写了一曲让沙漠披绿生金的时代壮歌，不仅为干旱荒漠区防沙治沙创出了一条成功之路，也为改善西部地区生存环境创造了宝贵的精神财富。

"林场成立至今共完成治沙造林21.7万亩，管护封沙育林草面积37.6万亩。"古浪县土门镇八步沙集体林场党支部书记、场长郭万刚说。

据林业专家评估，八步沙林场建成的防风固沙林带，目前活木蓄积量在2万立方米以上，林中每年产鲜草500多万公斤，产薪柴200多万公斤，其经济价值在千万元以上。其更大的生态价值是，确保了境内10万亩良田，创造了林进沙退的治沙奇迹。

坐在八步沙的白榆树下，古浪县八步沙林场场长郭万刚讲起了"沙州城"的故事。

相传很久很久以前，古浪县黄花滩戈壁深处是一片绿洲，那里水草丰茂，林木葱笼，四季如春，丝绸之路上往来的商旅驼队在这里修整后，踏上漫漫旅途。商贸繁荣、土地肥沃，当地人在绿洲兴建起了"沙州城"。

白驹过隙，"沙州城"的生态环境无法承载日益增加的人口重负被黄沙掩埋，"沙州城"也就成了传说，只在人们口中流传。

十几年前，有人说看到过"沙州城"，但遗憾的是，那只是海市蜃楼。如今，行走黄花滩，沃土连绵，绿意盎然，昔日荒芜的戈壁滩再现生机。

"我们把'沙州城'找回来了。"郭万刚感慨道。

其实，"沙洲城"不只是一座城市，更是武威人对青山绿水美丽家园的追求。

五月的古浪县八步沙林场，大地披绿，生机盎然，平整宽阔的环林路如同一条红色绸带在林区延伸，一辆辆运水车开足马力驶向沙漠深处，1米多高的柠条开出了米黄色的花朵，满地的黄花补血草散发着淡淡的清香……

"今年春天这里降水较少，最近一段时间，咱们林场的主要任务是为树木浇水。"5月1日一大早，郭万刚带领林场职工赶赴十二道沟造林点，拉开了为今年春季新栽树苗浇水的序幕。

郭万刚2020年11月荣获全国劳动模范荣誉称号。2022年3月3日，他受邀在张家口完成了北京2022年冬残奥会以"绿色生态"为主题的第一棒火炬传递。

每年春季是郭万刚一年中最忙碌的时候。3月开始压沙铺草埋压草方格，4月开始植树造林，这样的工作，郭万刚已经坚持了40年。40年的默默坚守，郭万刚从一名普通的护林员成为治沙造林的先进典型，他接过父辈手中的治沙造林接力棒，战风沙、斗严寒，以愚公移山的毅力创造了荒漠变林海的人间奇迹，用实际行动践行了"绿水青山就是金山银山"理念，为构筑国家西部生态安全屏障作出了积极贡献。

青山不老，白头为证。郭万刚带领林场职工驰而不息、久久为功，让一座座荒山变绿、一个个沙丘止步、一条条河流变清，美丽的家园"颜值"不断提高，"气质"不断提升。

"今年春天,我们完成工程治沙 300 亩,栽植各类风景苗木 2 万多株,我们要守护好这些来之不易的树木。"郭万刚说。

从意气风发的青年到鬓角染白的老人,郭万刚用自己的全部心血和汗水,和父辈们一起并肩战斗,"两代愚公"数十年如一日坚守沙漠治沙造林,在不毛之地的腾格里沙漠建起了绿色防沙带和绿色产业带,实现了沙漠变绿洲、绿洲变金山的转变。

"我们用劳动向劳模致敬!多年来,郭万刚场长用自己的实际行动发挥了劳模和榜样的力量。"古浪县八步沙林场副场长石银山说,"相信在郭万刚的带领下,八步沙林场的各项事业一定会得到长足发展。"

为了接力治沙,使沙漠治理后继有人,作为八步沙林场场长的郭万刚十分重视培养八步沙第三代治沙人,并吸收懂技术、会管理的大学生加入治沙队伍,现在越来越多的年轻人已经挑起了治沙造林的重任。

"在父辈们的引领下,作为第三代治沙人,我们不仅要积极治沙造林,也要向沙漠要效益,发展林下经济,做好八步沙溜达鸡产业发展,带动更多的人增收致富。"八步沙第三代治沙人郭玺说。

"经过我们几代人几十年的艰苦治理,如今的沙海变成了花海,八步沙不仅成了生态研学、旅游观光的理想去处,而且成了省内外党员干部学习教育的打卡地。"郭万刚说,作为八步沙第二代治沙人,他将不忘初心使命,带领更多的乡亲们治更多的沙,种更多的树,让古浪县的生态环境越来越好。

从"求生存"到"求生态",从"盼绿色"到"盼发展",在郭万刚的带领下,昔日黄沙漫天、环境恶劣的沙地贫困林场发展成环境优美、生机盎然的林业观光景区,在茫茫沙海筑起了一道绿色屏障。

在三北防护林体系建设工程 40 周年庆祝大会上,武威市"豁出一辈子,做好一件事"的治沙英雄、民勤县薛百镇宋和村农民石述柱荣获"绿色长城奖章"。

"我一辈子只为群众做一件事。"石述柱说,"我小的时候,看到过不少乡亲含泪离家逃荒,从那个时候起,我就下定了决心要治沙,改变家乡的面貌。"

从风华正茂到年过古稀，石述柱一直在兑现着心中的承诺。他带领群众在沙海中营造出一片绿洲，在风沙线上筑起一条 9 公里长的林带，使昔日的逃荒村变成了如今的小康村。石述柱在防沙治沙中所作出的贡献获得了肯定，先后荣获全国防沙治沙十大标兵、全国劳动模范等称号。

石述柱所在的宋和村，地处民勤县的风沙口上。

1955 年,19 岁的石述柱当上了村团支部书记。面对风沙肆虐、庄稼被压、乡亲们逃荒的凄凉景象，他主动请缨，组建起一支青年治沙队伍，挺进村东头已被风沙埋压了的大沙河。插风墙、种红柳，植沙棘、栽白杨，可大风一起，新栽上的树木不是被风卷走，就是被沙埋压。村东头受挫，石述柱又转战到村南边的张家大滩，一干就是 6 年，换来 20 亩成活的白杨树。这让石述柱看到了治沙的希望。

1963 年，当选为村党支部书记的石述柱，选择继续治沙。寒冬腊月，他带着村干部，在流沙最严重的杨红庄滩仔细察看风沙的流向，研究在哪里能种草栽树。经过观察研究，他做出了一个改变宋和村命运的决定：在杨红庄滩建一个林场，压沙栽树，根治沙害。从此，每年春天，宋和村便雷打不动地治沙植树。

担任村干部 40 多年，石述柱的拼命精神和愈挫愈勇的劲头，影响了一代又一代村民，也让石述柱成了宋和村人的主心骨。

经过多次失败，石述柱意识到，要在沙漠里种树，不能全靠土办法，要让群众有信心，就得让他们见到成效。石述柱找到有关部门，在技术人员的指导下，放弃了以往单线式黏土沙障压沙的土法子，采用新式网格状双眉式沙障结构，使网格中的草木成活率达到 80%。这个只上了 3 年小学的庄稼汉，不仅学会了压沙面积的计量、区域的选择，还学会了不同区域对不同风墙、沙障形式的适用。他说，治沙蛮干不行，必须依靠科学。

20 世纪 60 年代初，甘肃省治沙试验站在宋和村附近成立。石述柱得知后，三天两头往试验站跑，请教技术人员，邀请他们进村调研，并从试验站引进毛条、花棒、云杉等新品种，为治沙植树提供了强有力的科技支撑。几十年来，石述柱带领宋和村村民在杨红庄滩共栽植白杨、沙枣、梭梭、毛条、花棒等防风固沙林 7500 亩，压设各类沙障 80 多万米，固定流沙 8000 亩，新增耕地 2400 多亩，在茫茫风沙线上建起了一道长 9 公里、宽 2.5 公里的绿色屏障。

林场初具规模，石述柱还对传统的固腰削顶式的治沙模式进行改革，将黏土压沙与林木封育结合起来，在草方格围成的沙窝边上栽种各种树木，把沙窝护卫起来，在沙窝中间再种上庄稼。如此，向沙漠要回了一块又一块金贵的耕地，石述柱形象地把这种生态与经济相结合的治沙模式叫"母亲抱娃娃"。这种治沙模式得到国家林业专家的充分肯定，称之为"宋和样板"。

如今，从村支书岗位上退下来的石述柱，担任了宋和村综合治沙示范区管委会主任，带领群众继续奋战在风沙线上。他说："只要活着一天，治沙队伍中就不能少了我石述柱。"宋和村每年压沙造林 500 多亩，全县每年的义务压沙造林石述柱也是一次不落地参加。

昌宁西沙窝是民勤县西边的风沙口之一，2010 年开始实施规模化治理。在连绵起伏的沙丘上，石述柱和昌宁村原党支部书记高成平进行了一次交谈，从工程规划到现场组织，使高成平心里一下子亮堂了，科学的方法加上组织发动起来的群众就一定能治住风沙。12 年过去了，昌宁西沙窝的梭梭林郁郁葱葱，沙害被彻底治理。

石述柱，半个世纪前的那个钢筋铁骨的壮汉子，已经近 90 岁高龄了。岁月，深情地在他脸上刻下深深的沟壑，在他鬓边染上薄霜，但他的雄心壮志却丝毫未减。2018 年春天，石述柱老人又和宋和村的群众在杨红庄滩栽下数十亩梭梭林。同年 9 月 12 日至 13 日，"一带一路"生态治理民间合作国际论坛在武威市举办，石述柱应邀出席，为生态治理贡献智慧。

石述柱用一腔热血，染绿了一片荒漠，守住了世代家园。如今这里已是一片绿意盎然的林场。

在位于腾格里沙漠边缘的凉州区红水村，村民王银吉带着全家人用近 20

年的时间，先后把 600 多万株梭梭、花棒等耐旱作物成功栽进近 8000 亩沙地里。

"大风一起不见天，沙骑墙头驴上房，一茬庄稼种三遍，大风绝收小风歉。"民谣形象地唱出了当地自然环境。

时间回到 1999 年，那年王银吉下定决心，要通过自身治沙种树，阻止沙漠再压掉这里的庄稼。说干就干，在父亲王天昌的坚决支持下，王银吉一家人开始了漫长的治沙之路。

就在治沙热火朝天进行时，命运却给了王银吉一家人当头一棒。那是在 2005 年春季刚开学，小儿子被查出患有脑干胶质瘤，已到晚期。14 岁的小儿子在那年的端午离世，被埋在了治沙点上。

每每回想到这里，王银吉这意志如岩石般坚韧的西北壮汉总会潸然泪下。他说小儿子临走前留下遗言，"爷爷、爸爸一定把这里治得绿绿的，不然对不起这片沙漠。"

于是，王银吉把完成小儿子的遗愿作为余生的追求，这一干又是十几个春秋。慢慢的，王银吉发现自己的坚持和付出，使得这片不毛之地成了林草丰茂的绿地，相信小儿子一定会为这里的一切感到高兴。

王银吉说，再干两三年，就能完成当初制定的绿化 1 万亩沙地的目标。但未来，他还会继续劳作在这片沙漠，向着沙漠的腹地进发，努力让更多的沙漠披上绿衣。

八步沙六老汉、石述柱、王银吉……一个个普通的治沙劳动者，代表着武威市防沙治沙的先进典型。正是他们所付出的努力，在漫长的治沙岁月里，全市人工造林达 478.3 万亩，封沙育林草 248.6 万亩，森林总面积达 894 万亩，森林覆盖率由 2010 年的 12.06% 提高到 18.43%，草原植被平均覆盖率达 42.91%。通过持续治理，全市荒漠化、沙漠化面积较 2009 年分别减少 31.7 万亩、9 万亩。正是他们所彰显的武威精神，让绿色的生态屏障筑立于大漠之上。

$\sim\sim\sim$ 三 $\sim\sim\sim$

"就像人的静脉一样，我们的工厂是城市的静脉，对生活垃圾、餐厨垃圾、医疗废弃物统一进行处理。"武威光大环保能源有限公司负责人曲磊介绍说。

武威市投资 11.5 亿元，位于武威市中心的海藏湖生态治理工程（湿地公园）项目，是武威市坚持走生态优先，绿色发展之路，着力打造人文之城、生态之城的具体实践。

项目规划面积 1350 亩，于 2016 年 5 月开工，分三期建设，以"智慧发展、宜居新城"为理念，在公园原有景观基础上，整合南北两湖，借助原有水系格局提升改造形成一个景观轴，两条游行线、九个功能区、两条滨水绿化带的功能布局。已建成游客服务中心、水坝、景观桥等单体建筑 27 个，水域面积 266 亩。建设道路、公厕、停车场、广场等配套设施，种植各类乔、灌、花卉 286 万株，绿化面积达 857 亩。

项目负责人介绍，项目建成后的湿地公园对进一步优化城市生态空间，美化城市环境，全力打造武威市文城、德城、绿城、清城、智城，实现生态环境与社会经济发展良性循环，具有非常重要的意义。

2022 年 6 月建成投产的武威市凉州区静脉产业园 PPP 项目，每年可处理生活垃圾约 29 万吨、医疗垃圾约 0.3 万吨、餐厨垃圾 2.9 万吨，年产绿色电力约 1.1 亿千瓦时，上网约 0.8 亿千瓦时。凉州区静脉产业园 PPP 项目总投资 6.39 亿元，包含生活垃圾焚烧处理项目、餐厨垃圾综合处理项目、医疗废弃物处理项目和生活垃圾填埋场四个子项目及城乡一体化收转运服务项目，自投产以来运行稳定，环保指标达标排放。已累计接收生活垃圾 33.11 万吨，焚烧垃圾 29.37 万吨，产生绿色电力 9856.52 万度，上网电量 8152.37 万度，节约标煤约 1.21 万吨；餐厨垃圾已处理 2578.98 吨；医疗废物已处理

1699.332 吨。水环境质量全面提质，水质优良率 100%，石羊河创建为全国示范河湖、美丽河湖；重点生态功能区综合考评、生态环境质量变好状况 2 项指标均位列全省第一。

"一座城市就是一个公园。"把城市建在公园中，把山水融入城市里。2022 年以来，武威市完成城市绿化 176.17 万平方米，镇区绿化 43 个 3934 亩……这些家门口的绿地，形成了连续不断、纵横交错的生态走廊。

全市上下同频共振，打赢蓝天保卫战，打好碧水保卫战，推进净土保卫战这三大"保卫战"。实施大气污染综合管控，全面推进"控煤、管车、抑尘、治源、禁燃、增绿"六大措施，严防大气污染反弹。全流域"五水"共治，加强饮用水水源地保护，各级河湖长常态化巡河湖，扎实开展河湖"清四乱"专项行动，推动实现"河畅、水清、岸绿、景美、人和"的目标。加快垃圾、污水、污泥处理等设施建设投运，补齐环保基础设施短板。

天清云淡、草木青翠，仰天是醉人的"武威蓝"，环顾是舒心的"生态绿"。武威市生态文明建设"一盘棋"治理，不拘泥于老做法，创造了许多新经验，走出了一条以可持续发展为核心的生态治理现代化路径。

绿色在延伸，希望在升腾。武威市依托三北防护林工程、机关干部义务植树等，大力开展治沙造林、封沙育林草，完成治沙造林 23.16 万亩，完成八步沙退化林修复 4 万亩、民勤县东坝镇白古村治沙造林 0.5 万亩、凉州区夹草滩治沙造林 1 万亩、石羊河林业总场"蚂蚁森林"公益造林 2 万亩、亿利集团压沙造林 3 万亩等示范亮点。武威市坚持"南护水源、中保绿洲、北治风沙"布局，实施国土绿化倍增行动，努力构建科学合理的林业草原生态建设新格局。2017 年至 2019 年，全市完成人工造林 139.6 万亩，封育 116.6 万亩，义务植树 3407 万株，城市新增绿地 348.9 万平方米，较"十二五"期间年均造林 23.1 万亩增长 201.4%。市、县区层层签订责任书，领导干部每年带头义务压沙植树，形成了党委政府牵头谋划、干部职工带头落实、群众主动参与的生态建设良好氛围。

武威市林草局副局长韩万银说，多年来，武威市委市政府高度重视防沙治沙，认真组织实施石羊河流域防沙治沙及生态恢复、三北防护林、天然林保护、退耕还林等重点林业生态工程，持之以恒地开展生态治理，大规模开展治沙造林和国土绿化行动，生态林业建设取得了显著成效。全市人工造林面积达478.3万亩，封山沙育林草248.6万亩，目前，全市森林面积894万亩，森林覆盖率18.43%。

武威市生态环境局党组书记、局长张有恒说："下一步，我们将积极融入'一核三带'区域发展格局，筑牢生态安全屏障，加快建设绿色低碳、生态文明的新武威。"

很难想象，几年前的祁连山脉中，不乏人为造成的点点"伤疤"。痛定思痛，武威市坚决扛起祁连山生态环境保护政治责任，坚持标本兼治、源头治理，加快推进各类生态环境问题整改扫尾清零、见底见效。祁连山150个生态环境问题全部完成整改和市县验收。

现在，走进祁连山国家级自然保护区，林木繁茂，云杉、桦树、野白杨等层层叠叠，鹿走小溪旁、鸟鸣丛林间。大山的伤口在逐步愈合，水源涵养能力、水土保持能力进一步增强。

不破不立。祁连山的蝶变，折射出武威市对生态优先的不懈追求。

解开"破"与"立"的方程式，武威市以祁连山保护、生态移民迁出区为重点，大力实施退耕还林、封山育林、林草植被恢复等生态工程。多年来，累积营造水源涵养林2.8万亩，封山育林20万亩，建成古浪黑松驿东山绿化1万亩、天祝庄浪河两岸绿化0.2万亩、天祝冰沟河景区景点绿化0.12万亩等精品示范点。

系统治理的背后，是辩证看待"舍"与"得"的观念嬗变，是武威市对绿色发展的执着笃信。

甘肃省第五次荒漠化和沙化监测结果显示，武威市荒漠化土地3262.8万亩，沙漠化土地2289.01万亩，较2009年分别减少31.7万亩、9万亩，荒漠化程度由极重度向重度、中度和轻度减缓，呈现出面积减少、程度降低的"双减双降"态势。

〰〰〰 四 〰〰〰

2022 年上半年，凉州区优良天数 154 天、优良率 84.6%，民勤县优良天数 134 天、优良率 73.6%，古浪县优良天数 155 天、优良率 85.2%，天祝县优良天数 160 天、优良率 87.9%。7 个县级及以上集中式饮用水水源地和 6 个地下水考核点位水质达标率均达到 100%……全市生态环境持续向好，绿色发展成效显著，广大群众的获得感、幸福感和安全感不断提升。

重点区域空气质量改善监督帮扶是生态环境部为深入打好污染防治攻坚战作出的重要制度安排。2021 年，生态环境部创新采用"专项监督＋常态帮扶"新机制，通过组建专业组和常规组两支队伍，聚焦重点领域、行业、集群和企业，帮助地方发现并推动解决突出涉气问题，加强细颗粒物和臭氧的协同控制、挥发性有机物和氮氧化物的协同减排，有力促进重点区域环境空气质量持续改善。

武威市生态环境局针对重点区域，聚焦钢铁、焦化、石化、化工、建材等重点行业，开展空气质量改善监督工作，既坚持问题导向，从工艺全流程到治污各环节深挖细查，又开展"有温度"的常态帮扶，为地方和企业送政策、送技术、送服务，推动解决群众身边的突出问题。

2020 年，武威市生态环境局天祝分局排查组成员克服冰雪路滑、设备简陋的困难，来到甘肃省黄河流域入河排污口进行现场排查。排查员马元斌在这一天内走了 60 多公里，排查排污口 12 处。

为确认桥下有无排污口，马元斌爬下桥面拍照取证。桥面坡陡湿滑，天气寒冷，稍有不慎就会失足滑落。

有些排口位置隐蔽，车辆不易到达，"走，我们蹚水过去，车停得下来，我们的脚步不能停，核实排口就要较这份真。"和马元斌一样的排查员们，迎着直灌衣领的寒风，逆风踏水而上，确保"有口皆查，不放过任何一个排污口"。几段山路下来，几个点位采样后，马元斌已经累得气喘吁吁。

这份"较真"，是环保人的情怀，更是环保人的责任。也正是这份较真，让问题有了答案。

在排查员马元斌和队友们一丝不苟的排查下，终于将黄河一级支流金强河两岸排查清楚，排查终点到达金强河安门渠首。至此，现场排查组按时完成了 35 个排污口及疑似排污口的排查总量。

这样的情形不仅发生在一个人身上，更是现场排查人员的真实写照。"严要求、重落实"，所有排查点位都必须亲眼看到才放心。

没有光鲜亮丽的外表，工作完一天回家时，每位排查员的身上都蒙着灰尘。排查员马元斌经常开玩笑说自己"远看像逃荒的，近看像要饭的"。虽然嘴上这么说，但作为生态环保人的他从未退缩，把事情做真做细。

在一次排查结束后，一位老人站在车窗外一直挥手："你们干的是好事儿！"听见老人的话，马元斌的内心被深深触动，群众的点赞让每位排查人员心里暖暖的。

作为一名基层生态环保者，入行 12 年的马元斌身兼数职。监测工作、督察工作、省市反馈问题整改工作、省市布置的排查工作……一项项繁琐的工作，让他多在奔波，少有空闲。

在天祝县，生态环境的改善让当地黄河沿岸小商贩生意更加好了，旅游人数多了，当地收入增加了……流经九省的黄河，造福着两岸的人民，成为了名副其实的"幸福河"。

"我只是做了自己应该做的事情，保护生态环境、守护青山绿水，为我们的子孙后代留下美好的生活环境。"站在黄河边，马元斌的眼中尽是光芒。

2020 年 6 月 13 日，由武威市生态环境局领导带队，组成两个核查小组，分别对祁连山国家级自然保护区内的神树水电站、冰沟河景区、千马龙煤矿和塔窝煤矿生态环境问题整改整治情况进行了现场核查。

在千马龙煤矿，核查组对照生态环境整改整治要求进行拉网式核查，并对督办通知中提出的整改要求进行重点核查；在塔窝煤矿，对煤矿生态环境问题整改整治措施进行现场踏勘，召开座谈会，听取矿区负责人对生态环境问题整改整治的汇报，询问采取的生态修复措施以及取得的效果，现场查阅生态环境整改整治资料；在神树水电站，对"绿盾2018"自然保护区监督检查专项行动第12巡查组指出的9个生态环境问题进行逐一现场核查，对于发现的新的生态环境问题，现场询问相关负责人并进行交办；在冰沟河景区，现场查阅生活垃圾清运台账，查看生活污水处理厂运行情况，在污水处理厂进、出口采取水样，深入景区内查看生活垃圾和生态厕所污水收集、清运处理设施运行等情况，并利用无人机对景区重点区域进行航拍巡查，对发现的问题在现场予以交办。

核查中，局领导要求相关单位和企业，要深刻领会保护祁连山国家级自然保护区对构筑西部生态安全屏障重大意义，加强对保护区的监管和巡查力度，绝对不能"踩着西瓜皮往下溜"，无论是煤炭开采，还是发展景区旅游业，都不能以破坏生态环境为代价，企业务必要肩负起生态保护主体责任，坚决贯彻落实"绿水青山就是金山银山"理念，坚持走生态优先、绿色发展之路，以生态环境高水平保护托举武威经济高质量发展。

～～～ 五 ～～～

2022年盛夏7月，民勤县红崖山水库碧波涟漪。源于祁连山冰雪融水的石羊河，一路汇聚多条支流经蔡旗断面流入红崖山水库，为这座亚洲最大的沙漠水库注入了生命之源，滋养着沙漠边缘的广袤大地。

武威是全国最为典型的内陆河资源型缺水地区，筑牢生态安全屏障的瓶颈在水，推动经济社会高质量发展的关键也在水。近年来，武威市牢固树立"绿水青山就是金山银山"的理念，积极行动、主动作为，开展了石羊河流域上下游横向生态保护补偿试点工作，探索建立"成本共担、效益共享、合作共治"的石羊河流域保护和治理长效机制，有力推动了水环境质量改善，提升了流域上下游协同治理能力。

"试点工作厘清了石羊河上下游责任，按照'谁达标谁受益、谁超标谁赔付'的双向补偿原则，凉州区和民勤县签订了生态补偿协议，去年下游的民勤县就向上游的凉州区支付了生态补偿资金 108 万元。"武威市生态环境局民勤分局副局长杜骏说，如今的石羊河，不仅是全国美丽河湖、示范河湖，而且是全国内陆河干旱缺水区河湖管理保护的珍贵样板。

距离武威市区约 40 公里的石羊河国家湿地公园，总面积达 6176.2 公顷，是鸟类重要的栖息地和迁徙重要停歇地。数据显示，现在石羊河国家湿地公园及其周边区域，有鸟类 19 目 37 科 120 种。

"公园分为湿地保育区、湿地恢复重建区、湿地宣教展示区、湿地合理利用区等 4 个功能区，是石羊河流入民勤盆地后，唯一由河流湿地、沼泽湿地、人工湿地形成的复合湿地生态系统。"武威市生态环境局副局长沈兴林介绍，石羊河国家湿地公园在匀化洪水、净化水体、调节区域小气候、保护生物多样性等方面均显现出良好的生态效应。

在石羊河流域上下游横向生态保护补偿试点工作中，武威市还成立了由市财政、生态环境、发展改革、水务等部门组成的试点工作推进小组，及时组织召开工作会议，明确相关单位工作职责。在生态补偿推进过程中，市财政、生态环境、发展改革、水务等部门密切协作，制定印发《石羊河流域上下游 2020—2022 年横向生态补偿试点实施方案》，进一步明确了水质考核标准、跨界考核断面、水质数据监测、补偿方法和金额、补偿资金结算等内容。

武威市建立完善四级河湖长体系，确保河湖治理责任全覆盖。建立河长会议、河长巡河、考核问责与激励、河湖管理"红黑榜"等 16 项制度，为河湖保护提供了有力的制度保障。凉州区与肃南县、天祝县、古浪县、永昌县等邻县签订了《县区跨界河流联防联控合作协议》，与民勤县签订了《石羊河流域上下游横向生态补偿协议》，建立健全了地表水断面生态补偿机制。

"补偿机制全面推动了上下游生态环境保护工作，武威全域水环境质量稳中有升。"武威市生态环境局副局长沈兴林说，今年 1 至 5 月，武威市 9

个地表水国控、省控断面水质均在Ⅱ类及以上,其中 8 个断面水质好于考核目标 1 至 2 个类别。7 个县级及以上集中式饮用水水源地水质均在Ⅲ类及以上,水质优良率 100%。

值得关注的是,武威市在大力开展国土绿化倍增行动的同时,全力探索经济发展与生态保护双赢新途径。按照沿山、沿川、沿沙三大特色产业带布局,大力发展沙生中药材、经济林、沙漠旅游等绿色产业,全市以肉苁蓉、甘草、板蓝根等为主的沙生药用植物种植面积达到 10 万亩,推广示范梭梭嫁接肉苁蓉 6.88 万亩;完成经济林提质增效 24 万亩,绿色惠民产业已成为脱贫攻坚的有效途径和林草经济新的增长点。

～～～ 六 ～～～

武威市加快建设高效节水戈壁生态农业示范区,累计建成戈壁农业 2.01 万亩。创建了凉州区国家级现代农业示范区、民勤县省级现代农业示范区;武威荣华现代农业产业园、古浪县为民新村现代农业产业园、天祝县南阳山片移民点现代农业产业园等 6 个省级现代农业产业园区。设施农牧业发展规模、管理水平和产出效益在西北地区处于领先地位,已发展成为全省重要的蔬菜、肉类生产基地和农业部北方大中城市冬春淡季设施蔬菜生产基地。

先后引进了一批国内知名农产品加工龙头企业和一批扶贫龙头企业,培育壮大了一批地方企业,初步形成了以酒业、面业、醋业、制种、肉类加工、马铃薯加工、中药材加工为主的农产品加工体系。农业产业化重点龙头企业的发展壮大,带动了农村一二三产业发展,辐射带动了 199 个贫困村、22.76 万户农户增收脱贫。自 1992 年试验推广日光温室,至 2018 年底,武威市累计建成设施农牧业 95.3 万亩,大型规模养殖场达到 141 个,规模养殖场达到 443 个,规模养殖小区达到 780 个,发展规模养殖户 69370 户,畜禽规模养殖比重达 74% 以上,武威已成为甘肃乃至西北重要的畜产品生产基地。

一棵棵挺拔的树木拱卫着房舍农田，一望无际的沙柳林、野地里的花棒环绕着村庄，与远处的沙海相映成景。

武威市坚持科学开展防沙治沙，大力推广八步沙治沙造林经验，固沙、造林、封育齐抓，乔、灌、草并举，组织实施河西走廊生态保护和修复、防沙治沙综合示范区等重点项目，系统推进北部沙区治理，助推全国防沙治沙综合示范区建设。大规模防沙治沙和绿地倍增行动取得明显成效，累计投入16.6亿元，完成治沙164.4万亩、人工造林230万亩，均为前五年的2倍。

武威市治沙的过程，实际上是一个与沙搏斗与沙为友的过程。人们深刻地认识到，只有将生态效益与经济效益相结合，方可化被动为主动。武威市深化与中国林科院、北京林业大学等科研院所的合作交流，以市场为导向，大力发展林业产业，逐步形成了以酿造葡萄、红枣、花卉、林木种苗、林产品加工、中药材种植、特色养殖等为主的多门类、深层次、具有地方特色的林业产业化建设框架。

微风拂过，草木馥郁，花香扑鼻。行走在武威海藏湿地公园的木栈道上，百鸟啁啾、水草轻摇，这样的景象美不胜收。

很多人都还记得这里原来的样子：垃圾成堆，污水满地。就是在这样一块脏乱差的地方，如今建成了一座游人如织的湿地公园。

天更蓝、水更清、地更绿、空气更清新，是人民群众的热切期盼，如何持续加大全域生态治理力度，推进生态文明建设，做好"绿色文章"？

2022年4月6日，凉州区4500多名干部职工挺进祁连山北麓的凉州区谢河镇，挥锹挖坑，放苗填土，浇水施肥，覆膜固苗……吹响了"向南部山区要绿"的集结号。

守护好祁连山，是凉州区可持续发展的现实需要，也是保障国家西部生态安全的根本大计。去年以来，凉州区抢抓黄河流域生态保护和高质量发展、国家储备林建设的政策机遇，将国家储备林建设作为林业产业转型发展的重要抓手，谋划实施凉州区南部山区国家储备林建设项目。项目计划利用5年时间，在祁连山浅山区谢河、古城、张义、新华等镇采取集约经营方式，打造以山杏、樟子松、云杉、沙棘等为主的国家储备林 5 万亩。

"项目建成后，这里将成为春有花、夏有绿、秋有果、冬有景的'金山银山'，到时候，这里必将成为武威市生态观光景观走廊，一定会实现生态效益和经济效益的'双丰收'。"武威市凉州区林草局党组书记、局长陆科信心十足地说。

近年来，武威市坚决扛起祁连山生态环境保护政治责任，坚持标本兼治、源头治理，积极果断落实整改整治措施，大力推进中央和省级生态环保督察反馈问题整改，生态环境问题全部得到整改。

现在，走进祁连山国家级自然保护区天祝县境内，无论是石门沟、阿沿沟，还是扎马河、半阳河一带的矿渣区，或是炭山岭镇千马龙、大滩煤矿等地，曾经的生态"伤疤"，都已不复存在，取而代之的是一坡坡生机勃勃的山草、一片片孕育希望的林地。

作为农业大市，水资源严重匮乏，是制约武威脱贫攻坚、生态环境保护、经济社会发展的首要问题和关键因素。

"朝为庄园夕沙压，不知何处是我家。男人逃荒走口岸，女人在家咽菜糠。"这首歌谣，曾经是历史上民勤县恶劣生态环境的写照。《民勤县志》这样描述：新中国成立前，民勤县有 26 万亩农田受到风沙危害，60 多个村庄被沙压，每年约 2.3 万人迁徙他乡。

困则思变。就连最普通的民勤农民也清醒地认识到：守住"生态美"，才能换来"产业兴"，实现"百姓富"。民勤县严格落实"深度节水、极限节水"要求，加快产业结构调整步伐，大力普及膜下滴灌、垄膜沟灌等节水技术，推行适水种植、量水生产，压减低水效作物面积，稳步扩大高水效作物规模，民勤县采取"园区 + 基地"的模式，着力发展收成蜜瓜、东镇茴香、东坝人参果、大坝沙葱、蔡旗韭黄、双茨科辣椒、苏武蔬菜等 7 个农业产业园，不断提升红旗谷现代农业、大漠田园现代丝路寒旱农业 2 个示范区基础设施和产业服务功能。累计建成了 8 个万亩基地、17 个千亩基地、252 个百亩基地。

民勤县的青土湖有碧波荡漾的湖水，轻歌曼舞的芦苇，成群栖息的野鸭，展翅翱翔的天鹅……可谁能想到它曾经干涸了半个多世纪。

民勤县通过"以水定产"倒逼主导产业绿色发展，真正实现了生态文明建设和高质量发展互促共赢。

民勤县是一片在中国第三大沙漠巴丹吉林和第四大沙漠腾格里夹缝中生存的绿洲。

民国之前，这里的名字叫"镇番"。民勤人说："我们的孩子生在沙子里，我们的归宿也在沙子里。"这里还流行一句民谚："天下有民勤人，民勤无天下人。""民勤"二字，凝固了数不尽的苦涩。

作为中国四大沙尘暴策源地之一，民勤境内的风沙线长达408公里。2009年，全县荒漠化面积达到了94.5%。恶劣的自然环境，让民勤人从一出生就被灌输一种逃离的思想。民勤人把青土湖视作"母亲湖"，她的干涸，仿佛流尽了民勤人与沙漠搏斗的汗水与泪水。

2001年，中央对民勤治沙问题做出批示，首次提出"决不能让民勤成为第二个罗布泊！"民勤的命运掀开了新的一页。过去是一人、一铁锹、一架子车"零敲碎打"的治沙模式，现在是规模化、工程化的治沙造林。过去是与沙漠争土地、争生存空间；现在是向沙漠要生态效益、要经济价值。今天的民勤似乎有使不完的劲儿。

正赶上造林时节，一个个治沙队穿梭在腾格里沙漠，他们用稻草和梭梭为浑黄的腾格里沙漠披上了绿色的袈裟。红色、粉色、绿色、蓝色，治沙队妇女们的各式头巾是腾格里沙漠最美的风景。全民发动起来，民勤的公务员也是治沙造林的公务员。目前，民勤全县人工造林保存面积达到229.86万亩以上，森林覆盖率由2010年的11.52%提高到17.7%。

遥想3000年前，周文王在临终前告诫武王要加强对山林川泽的管理："山林非时，不升斤斧，以成草木之长；川泽非时，不入网罟，以成鱼鳖之长。"

3000年后的今天，《防沙治沙法》《森林法》《草原法》，禁止滥放牧、禁止滥开垦、禁止滥樵采，全面实施天然林保护……为绿色发展搭建了钢筋铁骨，也为美丽中国开辟了康庄大道。

治沙是一个漫长的过程。时间在这里不是以秒为记，而是以年，甚至五年十年。沙漠里，人们栽下一棵树，一眼望十年。他们喜欢说十年之后再来看吧。这诺言掷地有声，这信心矢志不渝。有了这诺言和信心，才有了21世纪以来荒漠化、沙化土地面积，连续3个监测期实现了"双缩减"。这样不可思议的成就，让世界为之惊叹。

2022年上半年，全市完成镇区绿化21个，村庄绿化209个，景区景点绿化12个，产业园区绿化34个，通道绿化810公里，建设农田林网0.19万亩，新建乡村森林小游园59个。2022年前10个月，完成人工造林24.11万亩，封育8.5万亩，退化林分修复4万亩，国土绿化提质增效12.72万亩，碳汇林建设5.04万亩，新增城市绿地104.03万平方米。武威市、天祝县天堂镇分别被甘肃省林草局授予"省级森林城市""省级森林小镇"称号。

多年来，武威市下大力气做好"水文章"，持续做好农村供水保障，实施4项农村供水保障工程建设，全方位提升农村供水服务保障水平，努力实现农村群众从"吃上水"向"吃好水"转变。同时，稳步推进重大水利工程建设，加快实施凉州区调蓄工程、古浪生态保护工程、金塔河河道生态治理项目和龙泉寺水库除险加固工程等重点水利工程建设，天祝县石门调蓄供水工程、二道墩水库工程竣工验收。水利项目开复工56项，完成投资9.61亿元。

武威市以水定规模、以水定产业、以水定结构，"三大特色产业带"初具规模，"8+N"优势主导产业产值占农业总产值的比重达到72.3%，经济发展向水资源精细化管理看齐，推进水价改革和水管体制改革，用市场的"无形之手"拧紧全市"水龙头"。

数据显示，近年来，武威市推广高效节水技术252万亩，城市再生水利用率达到46%，全市用水总量由五年前的15.8亿立方米减少到14.2亿立方米。石羊河成功创建为全省首条全国示范河湖，蔡旗断面过水量连续多年实现治理目标，青土湖水域面积扩大到26.7平方公里，旱区湿地面积达到106平方公里。

到 2018 年底，武威市累计投资 23.92 亿元，建成高标准农田规模 169.01 万亩。同时，全市高效节水灌溉面积累计达到 190.24 万亩，农田灌溉水有效利用系数达到 61.8%，初步形成了从输水到灌水、从工程到管理、从微观到宏观的立体化、多样化、系统化高效节水农业格局，为全市节水型社会建设和农业结构调整以及产业升级奠定了坚实基础。

有数据显示，武威市用水总量从 2010 年的 16.58 亿立方米减少到了 2018 年的 14.33 亿立方米，减幅 13.6%。全市万元 GDP 用水量由 2010 年的 724 立方米降低到了 2018 年的 320.3 立方米，下降 55.8%；万元工业增加值用水量由 2010 年的 137 立方米降低到了 2018 年的 77.88 立方米，下降 43.2%；农业灌溉水利用系数由 2010 年的 0.55 提高到了 2018 年的 0.628。全市 14 个江河湖泊水功能区水质达标率控制目标为 85%，水质达标率实际值为 93%。

凉州区南部山区的山坡上，曾经荒山黄土的景象不复存在，取而代之的是不断延伸的大片绿色。凉州区林业技术推广中心高级工程师王吉伟介绍说，凉州区南部山区国家储备林建设项目规划建设面积 5 万亩，2022 年规划造林面积 1 万亩，营造以山杏为主，樟子松、云杉、沙棘混交的国家储备林。5 年内，将在凉州区南部山区浅山区采取集约经营方式，营造国家储备林 5 万亩，切实增加南部山区林草植被面积。

武威市委宣传部副部长吴子胜介绍说，1949 年，武威经济以农业为主，三次产业结构比例为 91.3：1.9：6.8。上世纪 60 年代，武威积极推动五小工业发展，农业比重有所下降，到 1978 年，三次产业比例调整为 56.8：22.7：20.5。改革开放后，武威坚持以农业为基础，加快推进工业化进程，大力发展第三产业，加快产业调整步伐。2018 年，三次产业结构调整为 25.7：28.1：46.2，与 1949 年比，第一产业比重下降 65.6 个百分点，第二、第三产业比重分别上升了 26.2 个和 39.4 个百分点，基本形成了农业基础稳固、工业生产能力全面提升、服务业快速发展的格局。全市粮食种植面积稳定在 190 万亩以上，特色优势作物面积达到 190 万亩。2018 年，全市农业增

加值达到 70.38 亿元，粮食总产量达到 109.8 万吨；畜牧业增加值达到 47.69
亿元，占农业增加值比重达到 38.7%，肉类总产量 17.14 万吨。

城镇居民人均可支配收入也由 1984 年的 470 元增加到 2018 年的 27668
元，增长 57.87 倍，年均增长 12.7%；农民人均纯收入由 1978 年的 106 元增
加到 2018 年的 11518 元，增长 107.66 倍，年均增长 124%。城乡居民人均
储蓄存款从 1978 年的 13.82 元增加到 2018 年的 3.36 万元，是 1978 的 2432 倍。

在古浪县黄花滩移民区万亩寒旱农业示范园区，黄花滩生态移民后续产
业专业合作社党委书记胡中山介绍，园区是为帮带搬迁农户发展后续产业，
充分利用移民区光热沙资源和现代农业技术，扶持农户通过"五统一"模式
建设的以日光温室精细果蔬为主的产业园区。园区建成运营以来，共带动建
档立卡贫困户 4640 户增收致富。

推窗见绿、开门见园，空气清新、水清岸绿，令人心旷神怡，城市变得
越来越漂亮、越来越宜居。石羊河畔流水潺潺，两岸绿树花鸟为伴，湿地公
园令人陶醉……

河湖荡起的涟漪映照着蓝天，鸟儿飞过草原与游人并肩赏景。新中国成
立 70 多年来，武威发生了翻天覆地的变化。昔日的苍茫戈壁变成了生机盎
然的生态绿洲。沙退了，人进了。武威人民走出了一条生态优先、绿色发展
之路。

第三章　镍都金昌

一

1966 年 3 月 27 日上午，一列专列徐徐驶进由河西堡到金川公司的厂内专用线。车门开处，一个熟悉的身影出现在人们眼前，中共中央总书记兼国务院副总理邓小平同志来了！

在一片热烈的掌声中，小平同志首先踏上了金川土地。他和随行的中央领导同志一道视察了成立于 1959 年的金川公司。公司党委书记田汝孚和冶金部长吕东汇报了金川硫化铜镍矿床的特点，公司的生产流程、生产状况以及生产发展的前景。小平同志边听边点头，充分肯定金川矿产资源是个不可多得的"金娃娃"，是我国的"聚宝盆"。视察结束后，他在厂区接见了金川公司和第八冶金建设公司的干部及先进生产者代表，并与近千人一起合影留念。

历史记住了这一难忘的时刻！

金川镍矿的发现，像发现大庆油田对发展我国石油工业所起的重大作用一样，在共和国镍钴工业的发展史上具有划时代的意义，从此，中国甩掉了贫镍的帽子。

古老的祁连山孕育了金昌。它位于甘肃省河西走廊中段，祁连山北麓，阿拉善台地南缘。北、东与民勤县相连，东南与武威市相靠，南与肃南裕固族自治县相接，西南与青海省门源回族自治县搭界，西与张掖市山丹、民乐县接壤，西北与内蒙古自治区阿拉善右旗毗邻。辖金川区、永昌县。金昌地处河西走廊中段，为古丝绸之路重要节点城市和河西走廊主要城市之一。

金昌是美丽的，这个因矿而兴的城市，如今已如美丽的少女，日渐丰腴着。金川镍矿是祁连山给人类的馈赠，是祖国西部一颗最亮的明珠。金昌人在享受祁连山馈赠的同时，对人与自然和谐共生的理念有着深刻的认识。绿水青山就是金山银山，在金昌得到了最生动的诠释。

二

金昌缘矿兴企、因企设市，因盛产镍被誉为"祖国的镍都"。金昌原来就是一片戈壁滩，1955 年兰新铁路修成，这里就有了金昌站的前身"河西堡"车站。后来在 20 多公里外的地方发现了稀有的金属矿藏"镍矿"。这一发现可了不得，竟然是全国最大、世界第二大的镍矿。这就是后来赫赫有名的"金川集团"。

一个企业的发展带来了人口的增加，于是就把企业变成了一个城市，因企业而生的城市在我国不在少数，但像金昌这样在荒无人烟的戈壁滩上建立一座宜居城市（"2013 年城市竞争力报告"，金昌进入全国宜居城市排名第 77 位）不仅仅是惊叹，而是肃然起敬了。要说起金昌的城市名片，相信大家都能说出那么几个共同的答案，譬如"祖国镍都""紫金花城""浪漫金昌"等等。

金昌西南部祁连山冷龙岭及其支脉，山势雄伟挺拔，有"祁连近天都"之称。冷龙岭为境内最高峰，海拔 4442 米，终年积雪，山间分布天然森林，高山草甸，植被覆盖率达 75%，是金昌重要的水源涵养区，自古就有"祁连雪皑皑，焉支草茵茵"之说，是久负盛名的天然牧场。

中部的大黄山南依祁连，北枕龙首，是河西走廊石羊河、黑河分水岭。东西长约 36 公里，南北宽约 21 公里。主峰因山顶平坦，状似磨盘得名"磨磨顶"，海拔 3978 米。

大黄山素有"焉支雨洗湿融融，翠嶂晴岚出碧空""牛羊散漫落日下"的景致。

我乘坐的车子逐渐深入山内，车窗外也由草甸向着灌木与松杉过渡。行进到海拔 3240 米的山谷，下车徒步，峡谷两侧崇山峭直，山间溪流潺潺，灌草间不时可见探出身子觅食的旱獭。

登高远眺，粉红的绣线菊、明黄的金露梅、青翠的云杉……颜色各异的植物交相辉映，错落有致，在夕阳倾泻下，将大黄山染成一袭华美的锦缎。

大黄山南面的山腰里，一群马鹿正在悠闲地吃草。

上世纪下半叶，大黄山林区由于超载放牧和人为破坏，昔日的青山绿水变成荒山干沟。为了让"大黄山中无大黄"的情景不再出现，金昌认真践行"绿水青山就是金山银山"的生态文明发展理念，高度重视辖区内生态环境问题整治工作，不断加大祁连山国家级自然保护区的环境保护和问题整治力度。

2001 年，永昌县设立大黄山森林资源管理站，并依托国家启动实施的三北四期、荒山造林等重点林业生态工程，先后进行封山育林，现在，南坡上种植的成片云杉已有两米多高，成了一道新的风景。

距永昌县城 12 公里，有一片碧蓝平静的"湖泊"，青山里，几只飞鸟穿过，不时掠过水面，在这里嬉戏。

这里是金川峡水库，不是湖泊。金川峡水库始建于 1958 年，如今承担下游金昌市主要工业企业和河西堡、金川区 15 万亩农业供水任务，同时是金昌市一级饮用水源地，年供水量 1.8 亿立方米左右。

水库总库容 6500 万立方米，正常蓄水位 1873.25 米、相应库容 5800 万立方米。水库于 2006 年至 2007 年进行了除险加固，水库主要建筑物有大坝，溢洪道，一、二号输水洞组成。一号输水洞建有坝后式电站一座，装机容量 1600 千瓦，年发电量 720 万千瓦时。

为了实现"水清，河畅，岸绿，景美"的发展目标，永昌县委、县政府以库容 5800 万立方米为界，进行了 16.5 公里的围栏保护工程，架设库区监控摄像头 5 个，周边设立各类警示牌 168 个。

同时，为保护好水库的水生态水环境，永昌县委、县政府成立金川峡水库围栏管护站，在具体负责巡查巡视的同时，对库区周边围栏采取随坏随修和每年春秋两季进行集中维修，严厉管控可能污染水源的垂钓、偷捕、放牧等现象。

如今的金川峡水库，山清水秀、天蓝地绿、候鸟嬉戏、水美人和的画卷已经展开，吸引着越来越多的人前来旅游观光。

伴随着林草植被的逐日丰茂，许多原本销声匿迹的野生动物也再度出现。

猞猁曾是统摄大黄山的顶级捕食者，近年来也屡屡进入护林员的视野之中。

猞猁和大多数猫科动物相同，离群而居，善攀岩跳跃，体型瘦削却异常凶悍。耳尖上耸起的黑色簇毛，就像戏曲里将官头顶的雉翎，是它雄踞大黄山最好的通行证。

白天，它常趴伏在岩石上晒太阳，有时甚至会在一处静卧数日。但在夜幕落下之时，这名伺机而动的"先锋小将"，就成为大黄山这片旷野之下最危险的猎手。

食肉动物的频繁出现，通常意味着这条生态链的中间环节——中小型草食性、杂食性兽类的大量集聚。岩羊跳跃、旱獭探头、雪鸡觅食……这些都是管护站人员日常会碰到的场景，"有时候遇到二三十头成群的马鹿，见到我们也不会跑开。岩羊群更大，有时，甚至能看到 100 多只岩羊在山上觅食。"大黄山资源管护站站长李国有说。

生态环境持续向好，生物多样性不断丰富，这些都离不开大山深处护林员的辛苦付出。山坡上随处可见成林的云杉，就是林业部门每年定期补种的成果。自 2001 年建站以来，大黄山资源管护站的护林员们，数年如一日地穿梭在山林之中，守护着大黄山的生灵。

"管护工作并不是在林中简单行走，不仅要检查巡护区域的各项火灾隐患，也要及时制止非法放牧、乱捕乱猎、乱砍滥伐等行为，同时还要关注野生动物保护的情况。"李国有一边介绍，一边收拾行囊，准备再一次向山林深处进发……

在永昌县境内祁连山南坝乡云庄寺景区，两个种群数十只的国家二级保护动物蓝马鸡，在成群结队觅食嬉戏。

它们常常二三十只成群地生活在一起。在清晨的阳光里，美丽的蓝马鸡到树林中间觅食，边吃边叫，此起彼伏，声粗而洪亮，给宁静的大黄山增添了别样的乐音。

站在大黄山顶，永昌山河尽收眼底。蓝天、碧野，鳞次栉比的建筑群落、苍远雄浑的祁连峻峰，无不使人感到亲切和自豪。

三

在金昌市永昌县原新城子镇马营沟煤矿、兆田煤矿等18处采矿类项目的矿点，放眼四顾，层峦叠翠，是心旷神怡的"生态绿"；在金昌市区紫金苑景区、龙泉公园，姹紫嫣红，惠风和畅，抬头望去，是天朗气清的"金昌蓝"……

生态兴则文明兴，生态衰则文明衰。金昌市人大常委会曾先后组织15个政府相关部门和金川集团公司等企业学习固体废物污染环境防治法相关条款3次，不断推动依法治污理念深入人心，让政府、企业、公众共同行动起来，形成崇尚生态文明、保护生态环境的良好局面，让守护蓝天、碧水、净土成为全社会的自觉行动。

2019年7月，市八届人大常委会第二十一次会议作出《关于确定金昌市祁连山生态修复义务植树周的决议》，率先在全省以地方决议的形式，将每年5月第二周确立为"祁连山生态修复义务植树周"，进一步推进祁连山生态保护与修复持续优化、区域环境质量不断提升。

围绕祁连山生态修复治理、城乡环境综合整治、饮用水水源地保护等群众关心、关注的热点难点问题，金昌市人大常委会宝剑出鞘、精准出击，打出执法检查、视察调研、听取审议工作报告、作出决定决议、专项工作评议等"连环招"，强力推进大气、水、土壤、固废污染综合治理，环保法、固废法等相关法律法规得到有效贯彻落实。

2019 年前 6 个月，金昌市地表水、地下水水质优良（达到或优于Ⅲ类）比例为 100%，地表水考核断面水环境质量全省第一，市区环境空气质量综合指数全省第三。

2020 年 5 月，金昌市人大常委会组成视察组，深入祁连山三岔口、河西堡镇南部绿色生态长廊和大黄山林区等实地察看，全面了解和掌握市人大常委会相关决议执行情况、林业生态环境建设和保护等情况。市八届人大常委会第二十九次会议对金昌市祁连山生态修复义务植树周活动开展情况进行审议，进一步推动决议贯彻实施，加快祁连山水源涵养林保护、石羊河流域重点治理和"三北四期"防护林天然林（草）保护、退耕还林还草、北部荒漠化治理等重大生态工程建设，有效促进防沙治沙和大规模国土绿化，人居环境持续改善。

村庄清洁行动是 2021 年金昌市委部署开展的一项民生工程。市委有号召、人大有行动。金昌市人大常委会牵头成立了由常委会专家委员为组长的 14 个农村环境整治村庄清洁行动督导小组，针对现阶段农村环保点多、面广、污染复杂，部分农村环境卫生脏、乱、差等突出问题，制定了农村环境整治村庄清洁行动督导方案，以"两净一亮"（路净、院净、观瞻敞亮）为目标，不间断进村入社，深入开展村庄清洁行动，定期红黑榜通报，对村庄道路、农宅院落、农田渠道等生产生活环境进行集中整治，建立了 4 类 166 个村庄清洁公约及长效机制，将环境保护、卫生保洁、志愿服务、评比奖惩等写入条约规程，明确村民自身责任和义务，引导群众实现自我管理、自我教育、自我监督。目前，累计发现并督促整改典型问题 22394 个，全市农村生产生活环境得到明显改善。

2019 年，市人大常委会主任带队组织开展专题调研，有力推动了扬尘污染防治各项工作。2020 年，市人大常委会将关系群众切身利益、社会普遍关注的市区扬尘污染防治情况列入本年度专项工作评议的重点内容，成立了由市人大常委会副主任为组长、部分市人大常委会委员和市人大代表为成员的专项评议调查组，紧盯重点区域、重点行业、重点时段、重点因子"四个重点"，深入金川区第二小学以西裸露地块、25 区棚户区改造等项目点，全面了解市区扬尘污染防治工作情况。市八届人大常委会第二十八次会议对市生态环境局市区扬尘污染防治工作进行专项评议和满意度测评，并多次督促市政府及生态环境等相关部门限期逐项整改落实专项评议意见，推动其从严从实落实扬尘污染防治各项措施，确保评议意见整改工作取得成效，区域空气环境质量持续改善。

以法律法规为准绳，以生态环境质量"只能更好、不能变坏"为责任底线，以解决问题为突破口，始终聚焦生态环境突出问题，做到问题不解决、监督不松手。这已成为金昌市人大常委会履行环保监督职权的"铁律"。

紧扣中央和省级环保督察反馈问题和群众普遍关心的环境热点问题，响应群众生态环保诉求，强化督办落实，清单式督办，台账式跟踪，确保件件有着落、事事有回音。第一轮中央环保督察涉及金昌市的 24 大类 55 项具体问题，市人大常委会督促完成了 55 项；祁连山自然保护区金昌境内生态环境问题 8 类 30 项督促市政府及相关部门全部整改落实，省级环境保护督察梳理出任务共 41 项，已督促完成。目前，对照祁连山保护区生态环境问题整改任务台账，金昌市依法拆除 18 处矿点生产生活设施，并已经完成井口填埋封装、地形地貌恢复、植被恢复等工作；2 个水电项目严格按照要求进行了整治；祁连山自然保护区金昌境内的 20 个矿业权已全部关闭退出。

针对大气污染防治法执法检查中发现的以煤炭为主的结构性污染突出、市区扬尘污染控制不到位等问题，市人大常委会协调督促市工信局等有关部门清理整治不符合环保标准的储（售）煤场地 19 家次，清运处置不符合质量标准煤炭 626.21 吨，淘汰或改造燃煤小锅炉 550 台；提升改造金川集团公司镍冶炼厂火法冶炼物料现场粉尘治理项目；注销收缴临时许可证或许可证到期的 36 家烟花爆竹经营（零售）门店，关闭取缔非法销售烟花爆竹摊点 20 家次。持续推进扬尘污染治理，完成了 G570 至矿山原沙石路硬化、镍冶炼厂尾料堆场坡体生态修复一期工程，清理整顿市区老尾矿库周边等 5 个重点区域陈年垃圾堆放点。

针对水污染防治法执法检查梳理出的市区污水厂污泥无害化处理项目整改进度缓慢、河西堡化工循环产业园区工业污水处理尚未彻底解决等问题，市人大常委会及时转交市政府及有关部门依法纠正，督促立改立行；督促金昌沃力宝生物有机肥业有限公司完成了污泥预处理车间和污泥发酵腐熟车间土建工程建设，整改资金已全部拨付到位，污泥无害化处理项目主要设备已安装完毕，现已进入运行阶段。

市人大常委会土壤污染防治法执法检查紧盯农用地和建设用地安全利用、土壤污染风险管控和修复等情况，围绕梳理出的土壤污染防治基层监测能力薄弱、土壤风险管控和修复有短板等问题，持续开展对问题整改情况的跟踪监督。市政府及相关部门提出相应的具体整改措施，通过引进或招考专业技术人才，加强土壤污染防治技术支撑和执法队伍能力建设，推动建立土壤环境监管平台，有效提升了全市土壤污染风险管控能力。

四

环境就是民生，青山就是美丽，蓝天也是幸福。金昌锚定绿色发展主旋律，把"绿色产业发展、生态环境保护"摆在突出位置，加快推进大规模国土绿化，严格落实河湖长制、林长制，统筹山水林田湖草沙冰系统治理，持续打好蓝天、碧水、净土保卫战，提升生态系统碳汇能力，推动生态环境持续改善，筑牢生态安全屏障，促进经济社会全面绿色转型。

长期以来，金昌市以矿产采选、有色金属冶炼及相关化工产品加工为主导的产业结构，导致企业出现资源消耗高、环保压力大、产业链条短、资源依存度强的生存状况。

金昌曾一度陷入发展与环保的两难境地。面对人民群众对干净饮水、新鲜空气、优美宜居环境的新期待，金昌毅然选择了绿色发展之路。

2019年初，由华能金昌光伏发电有限公司建设的西坡二期50兆瓦光伏发电项目全容量并网发电。该项目是金昌市"十四五"期间首个投产的新能源项目，设计年发电量9510.6万千瓦时，运营后年可节约标准煤约3.12万吨，减少二氧化碳排放量约9.1万吨。

9月中旬，金昌市新能源电池产业链重要的延链补链项目——总投资40亿元的甘肃金车储能电池技术有限公司8吉瓦时磷酸铁锂方形储能电池项目，在金昌经济技术开发区镍铜钴新材料产业园启动。

金昌市盯紧"双碳"目标，坚守"不欠新账，快还老账"环保底线，在坚决关闭高耗能、高污染产能的同时，把新能源作为绿色低碳转型、实现"双碳"目标和培育新支柱产业的关键，不断培育壮大新能源产业，探索清洁低碳发展模式，新能源产业逐渐形成规模优势。

"发挥风光电资源优势，坚持新能源开发与相关产业协同发展，加快培育新能源产业链，重点培育发展光伏组件、晶硅切片等新能源装备制造产业；提升电池级硫酸镍、硫酸钴、三元前驱体等电池原材料开发生产水平，做大做强新能源电池材料产业，推进新能源汽车及电池回收利用等产业发展。"在不久前召开的相关会议上，金昌正式将新能源纳入"1+5"产业链，出新的部署。

金昌市科学编制实施"十四五"新能源产业发展规划，将境内可开发光电资源纳入西坡、金武公路、河清滩3个光伏产业园，推动新能源基地化、规模化、集约化、一体化开发。依托丰富的风光电资源，积极助推地区风电、光伏等新能源规划纳入国家能源整体规划，推进新能源项目"集中开发、打捆入网"，积极打造源网荷储一体与多能互补示范，提升新能源消纳能力；在永昌县推动分布式光伏建设先行示范试点工作，助推乡村振兴及县域经济发展；依托金昌紫金云大数据中心，打造新能源产业集群数字平台示范，构建新能源数据共享和调度运行一张"网"，实现政企数据"全打通、全归集、全共享、全对接"，努力助推全市"双碳"目标的实现。

同时，在现有装备制造企业、电池制造生产企业基础上，金昌围绕打造新能源"一基地两区一中心"目标，绘制产业链图谱，建立重点项目和招商引资"两个清单"，实行产业链链长制等"七大机制"，持续做大做强产业链条，成功引进三峡新能源等 15 家企业，开工建设 23 个风光电项目，装机规模达到 200 万千瓦，目前已有 5 家企业建成并网发电。

2020 年 4 月，总投资达 43 亿元的 15 个在循环经济领域有代表性的"强链、补链、延链"项目，在永昌县河西堡化工循环经济产业园集中开工。项目全部建成后，将形成一系列产业链，实现区域内煤焦、电石、煤焦油、煤气循环利用、就地消化。

来到金泥集团干法乙炔有限责任公司中控室，巨大的电子屏幕上显示着完整的氯碱化工循环经济产业链。"金昌氯碱化工循环产业链是由金川集团、金泥集团投资建设的循环经济产业链，是全市工业循环经济的重要组成部分，也是金昌推动传统产业改造升级的重要补链项目，包括石灰石、电石、乙炔、烧碱、水泥等生产单元。"公司总经理刘培雄介绍说，"我们的电石厂和石灰石矿可以通过石灰石生产电石，电石用于生产乙炔，乙炔生产出来的乙炔气，输送到金川集团化工新材料公司用于生产 PVC，剩下的电石渣输送到水泥厂用于生产水泥，水泥可以用于金川集团公司矿坑填充，整条产业链环环相扣，实现了资源循环利用、吃干榨尽。"

金昌是一座因矿而兴的工业城市，工业废弃物多，仅将主要大气污染物二氧化硫回收制成硫酸，再运到外省"消化"，每年就要花费好几亿元。为此，金昌把大力发展循环经济作为重要抓手，围绕重点企业废弃物综合利用招商引资，就地转化，变废为宝，化害为利，努力实现资源利用的最大化和污染物排放的最小化。按照"资源有限，循环无限"的理念，金昌市经过数年的实践探索，逐步探索出了"企业小循环、产业中循环、区域大循环"的发展新模式，被确定为全国区域循环经济典型案例。

如今，在金昌新材料工业园区和河西堡化工循环经济产业园，通过招商引资引进的四川新希望集团、贵州宏福集团、中化化肥公司、内蒙古太西煤业等知名企业纷纷加盟"循环经济圈"。30多家投资主体不同的企业，以上下游产品、副产品为纽带，形成了关联紧密的物料链、产业链，实现了原料、中间原料及废弃物的互供互用。同时，区域内副产的硫酸、氯气、电石渣、水泥等得到充分利用，逐步实现工业"三废"零排放，并形成多条闭环的循环经济产业链条。到目前，全市以消化工业废气、废料催生的各类化工产品年产能已达到500万吨。

五

秋日，环绕金昌市区东北西部、总长近26公里的防护林带层林尽染。驱车驶过，一排排新疆杨、刺柏高高耸立，一片片国槐、旱柳在林中交错互织。

"因为有了这条'绿色长龙'，现在市区每年冬春沙尘肆虐的天数都少了许多。"金昌市林业和草原局工作人员邓彬说。作为土生土长的金昌人和从事植树造林的专业人员，邓彬对市区防护林建设带来的变化有着切身的体会。

金昌紧邻腾格里和巴丹吉林两大沙漠，辖区内沙化土地面积大，林草植被覆盖率低，优质林分和优良草原占比小，气候干旱少雨，生态环境严酷。境内沙区面积达747.62万亩，占到全市国土总面积的56%。

面对这一现实，金昌市始终坚持把"南护水源、中建绿洲、北治风沙"的生态保护和建设方针作为项目规划和实施的主题，以生命共同体理念引领生态保护与修复。

"至2020年底，全市沙化土地面积从1994年的近340万亩减少到

175 万亩左右，林地面积达 257 万亩，森林覆盖率由 1981 年的 4% 增长至 18.88% 以上，市区人均公共绿地面积达 23.77 平方米，先后荣获'国家园林城市''甘肃省绿化模范单位'等称号。"金昌市林业和草原局局长张宇锋说，"市区北部荒漠植被纳入芨芨泉省级自然保护区，170 多万亩人工林和天然灌木林纳入中央财政重点公益林补偿范围，为生态林业和草原建设、保护奠定了坚实基础。"

金昌市地处河西走廊"蜂腰"地带，祁连山区大气降水和冰雪融水缓缓北流，形成东大河、西大河及 18 条小沟小河。诸多小径流在流淌途中渗入地下，在永昌县焦家庄镇等地形成大小泉眼万余处。泉水又依其地势汇流，并分别接纳西大河、东大河部分洪水，组成西大河—金川河、东大河—清河两大水系，浇灌着金昌广袤的农田，养育着金昌 40 多万人口。

东、西大河是维系金昌市社会经济可持续发展的生命线，上游的冰川、雪山、原始森林、高寒草甸是地表径流的集中发育地带。两条径流占金昌市地表水资源总量的 64%，对流域生态平衡起着决定性作用。为此，保护河流上游的祁连山水源涵养林是金昌生态建设的重中之重。

金昌将境内的 18 处矿点、2 处水电站全部关停，恢复植被。如今，放眼四顾，整治后的永昌县新城子镇马营沟煤矿、兆田煤矿等矿点，已是层峦叠翠。

漫步永昌县南坝乡何家湾村，整齐的房舍，宽阔的马路，蓬勃兴旺的富民产业，如诗如画的田园风光，都仿佛在"诉说"着这里天翻地覆的变化。这个荣获"省级美丽乡村""全市美丽乡村"等称号的小山村，早已摘掉了"贫穷落后"的帽子，从一个干河滩变成了生态宜居的美丽乡村。

生态建设的春风使何家湾村民的幸福生活从梦想变成现实。近年来，在立足绿色发展的基础上，金昌市大力实施生态护林、退耕还林、森林生态效益补偿等生态扶贫项目，把生态文明建设与开发式扶贫有机结合，探索了林草产业扶贫、生态护林扶贫、生态补偿扶贫、造林务工扶贫等脱贫致富新路径，让贫困人口从生态保护与修复中得到更多实惠。

家住永昌县焦家庄镇双磨街村的严生发几年前因病致贫，被确定为建档立卡贫困户。经村干部协调后，他被当地林草部门选聘为生态护林员，享受到了生态扶贫政策的红利。

自 2017 年起，金昌依托生态护林员项目，在祁连山沿山 7 个乡镇设立生态护林员。把具备条件的建档立卡贫困户转为生态护林员，每年给予固定的管护劳务报酬，助力贫困户脱贫致富。2020 年，生态护林员项目惠及贫困人口 440 多人，管护各有关乡镇湿地和草原 46 万余亩。

永昌县南坝乡位于祁连山北麓浅山区，村民们世代依山而居，过着半农半牧的生活。过去，这里干旱少雨、资源匮乏、产业落后、交通不便，十分贫穷。

招商，开荒，种树，南坝人以愚公移山的精神，为沟沟坎坎披上绿装，不仅将昔日落后山村改造成"全国生态乡镇""省级环境优美乡镇"，还吃上了生态旅游饭。

金昌市已建成南坝乡这样的国家和省级生态乡镇（村）20 多个，完成了 70 个行政村的环境连片整治，新城子镇油菜花景观被评为"中国美丽田园"……

2022 年 6 月 5 日上午，金昌市举行"六五环境日"宣传活动启动仪式。副市长赵正红出席启动仪式，宣布金昌市 2022 年世界环境日系列宣传活动启动，并为第四届"环保杯"自行车赛鸣枪出发。

活动现场，市文明办、市发改委、市科技局、市工信局、市公安局、市司法局等单位通过现场设置咨询台、发放宣传资料、现场咨询讲解、发放环保参与纪念品等方式大力宣传生态文明建设及环境保护知识，引导广大居民关注"生态环境保护"微信微博，参与环境保护宣传活动，进一步提高公众环保参与度。

金昌市生态环境局干部朱艳英说，希望通过这种形式，把"共建清洁美丽世界"的理念传播出去，从一支烟、一次垃圾分类做起，让更多的市民群众主动参与，形成绿色、低碳、健康、文明的社会新风尚，营造保护环境人人有责、人人参与、人人受益的浓厚氛围，让更多的人积极行动起来，共建清洁美丽世界，共建青山常在、绿水长流、空气常新的美丽金昌。

处在大西北的金昌，一年四季分明，各季美得不能用语言描述。秋季似乎是色彩最斑斓的时光，它把仲夏深黛的绿色原野变成金红色的海洋。向着阳光、迎着微风，远远望去似一幅巨画挂在天地间。登临北武当山，永昌县城就像绿树碧水围拢起来的一颗翡翠。山脚，金川河清澈见底，犹如一条洁白的玉带，构成了一幅天然的山水画。

巴丹吉林沙漠，是全世界旅行者最理想的旅游目的地之一。作为前往巴丹吉林最便捷的通道，金昌成为大家体验沙漠之旅的桥头堡。奇峰、鸣沙、湖泊、神泉、寺庙"五绝"齐聚巴丹吉林。沙漠冲浪，驼峰荡舟，大漠孤烟、长河落日的塞外风光让每一位旅行者流连忘返。

六

经过 60 多年的建设，中国镍都早已闻名于世。今天的金昌，镍产量全球第三，钴产量全球第四，铂族金属产量全国第一。站在祁连之巅我们看到世界五百强企业——金川集团公司昂然挺立。

北纬 38°，农作物生长的黄金纬度，更是葡萄生长的理想之地。金昌市金川区古城村就处在这个纬度上。家住这里的赵建军今年迎来了葡萄丰收。自2009 年起，赵建军开始种植葡萄，10 年的时间里，他与葡萄结下了深厚的感情，捧着葡萄笑得合不拢嘴的赵建军竖起大拇指说："我们的葡萄是最好的！"

地处北纬 38 度黄金线上的金昌，建成 4 个粤港澳大湾区"菜篮子"生产基地，10 个万亩绿色蔬菜标准化生产基地。独特的气候环境和优质的水土资源，生产出了最好的高品质蔬菜。

金昌种植优质牧草面积达 25 万亩，已成为我国优质牧草重要产地。在国内牧草行业享有"中国苜蓿看甘肃、甘肃苜蓿看金昌"的美誉。

作为甘肃省第一个全国文明城市，勤劳质朴的金昌人，用自己的双手建设了一个幸福美好的家园，站在祁连望金昌，一个绿色之城，生态之城，文明之城，幸福之城，踏着新时代的鼓点，正在描绘更加美好的明天。

全国文明城市、国家卫生城市、国家园林城市，全国宜居城市百强……十年来，一块块金字奖牌被镌刻在金昌发展的历史长廊上。一个个耀眼的荣誉背后，是金昌生态文明建设的锦绣答卷。

党的十八大以来，金昌践行"绿水青山就是金山银山"理念，坚持把生态文明建设作为重大政治任务、民生任务和底线任务摆在全市工作的重要位置，融入全面转型高质量发展的各方面和全过程，用生态"底色"描绘发展"绿色"，全市生态文明建设迈出坚实步伐，生态文明理念深入人心，人居环境质量全面改善。

自 2012 年以来，共实施各类人工造林 24.68 万亩，封山育林 28.34 万亩，沙化土地综合治理 166 万亩。城市建成区绿化覆盖率达到 38.36%，森林覆盖率达到 17.9%，人均公园绿地面积 28.03 平方米……一串串数字，印证了金昌从戈壁荒漠到绿洲的蝶变，也筑牢了金昌高质量发展的生态安全屏障。

金昌地处甘肃省河西走廊东段、祁连山北麓、腾格里沙漠和巴丹吉林沙漠南缘，干旱缺水少雨，自然生态脆弱，长期以来植被稀少，饱受风沙侵袭。恶劣的生态环境不仅影响着国土生态安全，还严重制约着全市经济社会的快速发展。通过植树造林改变这里严酷的自然生态环境条件，是每一个镍都儿女的最大心愿。

自 2001 年以来，金昌市在市区外围先后组织实施了绿色长廊一期二期二期、市区西部沙枣胡杨林观赏林一期二期、高速公路枢纽区绿化一期二期、东环路西侧、西环路、机场路等大型防护林绿化工程。通过政府加大投入，全民义务植树，栽培各类苗木 60 多种、400 多万株，建成了总面积 3.2 万亩的"绿海"。不仅有效地抵御了北部风沙的侵袭，而且给金昌人民筑建了一个宜游宜居的工作生活家园。

按照"南护水源、中建绿洲、北治风沙"的生态建设和环境保护总体工作思路，打造出了人与自然和谐发展的新格局。着力实施祁连山水源涵养林保护、石羊河流域重点治理和"三北四期"防护林、天然林（草）保护以及退耕还林还草、北部荒漠化治理等重大生态工程。恢复祁连山国家级自然保护区治理面积达 1300 多亩，如今的祁连山，少了人为扰动，多了动物种群、草木葱茏，生产设施和建筑拆除后的空地被青草野花覆盖，补栽的松树、柏树已渐成林。

初秋的金水湖景区，微风阵阵，柳树伴随着波光粼粼的湖面随风飘摇，三五成群的水鸟在水中嬉戏。在此拍摄照片的李先生不由得感慨："很难想象，在一座西北戈壁上的工业城市里，会有如此美丽的蓝天、白云、碧水。"

2021 年，市区环境空气质量优良天数 321 天，连续 5 年保持在 300 天以上，市区环境空气质量中 6 项考核指标全部达到国家二级标准以上，排名全省第 3；水环境质量保持良好，地表水、地下水水质优良（达到或优于Ⅲ类）比例 100%，地表水国控断面水质达到Ⅱ类，地表水考核断面水环境质量排名全国第 9，乡镇集中式饮用水水源水质达到或优于Ⅲ类比例 100%；完成全市 16 个重点企业行业土壤污染调查，10 家企业具有危险废物经营处置能力，完成 2 个农用地土壤污染治理与修复技术应用试点项目，土壤环境安全总体可控……

沿着宽阔的"彩虹步道"盘山而上，便来到永昌县南坝乡西校村花果山。三年前，这里还是一片撂荒地，如今却满山翠绿，花果飘香，新植的山楂树在微风中轻摇绿叶，鲜红的果子挂满枝头，一拨拨慕名而来的游客，在这里生态采摘、拍照打卡，感受生态美景，体验乡村乐趣。

金昌突出地企融合、城乡融合、产业融合，着力发展先进制造、循环农业、节能环保、清洁生产、清洁能源、通道物流、文化旅游、中医中药、数据信息、军民融合等十大生态产业。2021 年，十大生态产业增加值 126.6 亿元，占地区生产总值比重达 30%。大力推动清洁能源基地建设，风电装机 44.65 万千瓦，同比增长 50.3%；光电装机 218.5 万千瓦，增长 10.35%。先后被列为全国首批工业资源综合利用示范基地、全国大宗固体废弃物综合利用示范基地、全国绿色矿业发展示范区。如今，在金昌，一方方水土之上兴起了一个个绿色产业，以"绿"生"金"的探索遍地开花。

七

一方水土滋养一方人文的美好。金昌是一个古老而又富饶的地方，沧海桑田、岁月悠悠，给这里留下了众多的历史遗迹和人文景观。古朴典雅的永昌钟鼓楼，俯视芸芸众生，记录着历史烟云；北海古建筑群和秀丽的山水融合成一幅江南园林的画卷，极目山川、心旷神怡；丝路名刹圣容寺唐塔誉满河西，历史长河积淀下丰厚的文化精髓，让人领略到昔日佛教文化的辉煌；烟波浩渺，水天一色，金川峡水库就像一面镜子，镶嵌在万山丛中，映照着你和风景的每一次邂逅。人们在这里安享生活，体会美食美景，感受温暖与爱，金昌似乎就是一个世外桃源。

如果有机会，我想来这里体验春夏秋冬不同的四季之美。"长河落日圆，大漠孤烟直"。绚丽的大漠风光一直是我心中的向往。在金昌你会淋漓尽致地体会到沙漠冲浪的刺激，去感受大自然的魅力，去寻求超常的乐趣，大漠并不是我们想象中的死亡之海，它同时有着亲和、温柔、美丽的一面。

时光荏苒，物是人非，昔日的小城，今日的中国镍都。过去的戈壁滩，如今变成了西部花城。戈壁起平湖，国家4A级景区金水湖，"万方安和、飞龙点滩、渔舟唱晚、水木自清"等人文景观大气磅礴，塞上明珠金川公园湖光山色，恍若戈壁江南，娇艳浓烈的玫瑰谷、姹紫嫣红的植物园、百花争艳的北部绿色长廊……

凡是有树的地方，有草的地方，就有绿色就有鲜花，不对，应该是凡是有土地的地方，都成了绿的世界，花的海洋，那高低不一、深浅不同的绿色，把整个城市装扮出来。

把金昌称为"四季花城"也不为过。不同季节的花，把四季开得热情洋溢，红红火火。马路两侧，公园内外，高低不一、色泽不同的花和着清淡的、浓烈的花香，让人目不暇接，流连忘返。盛夏，那一眼望不过来的紫色，间或着其他的花，就让人醉了，就是秋末寒风凌虐的时候，清晨的花朵上即使挂着霜花，也依然坚挺地盛开着。那千姿百态的花，带给你的不仅仅是色的艳丽、味的馨香。更多的是这个城市的自信、耐久和品位。

其实，金昌的花之大器，当属花文化博物馆，在这个全国有名的干旱城市，在许多人眼中连草都不长的地方，竟然有这样一座花的集大成者，不仅仅是眼下的度量和胸怀，更是明天的希冀和向往。

这个从前的戈壁小镇，之所以有今天的变化，是几代金昌人共同努力的结果，是敢于向自然说不的结果，要知道，金昌的每一棵树，每一朵花，甚至于每一株小草，都是几代金昌人辛勤种植的结果。在过去的每个春季，都要涌向植树的地方，每个单位每个人都以定量标准，向荒凉开拓春色，向烈日索要阴凉，日复一日，年复一年地不懈努力着，即使在农村，每家每户每个人都有在田头地角，房前屋后植树种花的习惯，栽下的是希望，看到的是美景，收获的是对美好生活的坚守，传承的是对家乡那份满满的热爱。凡是有人居住的地方，都是绿的海洋，花的世界。

花地边、林荫间、沙海里，时常看见一群群劳动者的身影，他们戴着遮阳帽和袖套，或除草或修树，他们有一个共同的特点，都有一双比其他人粗糙的手，粗糙黝黑，满是老茧，整个手能清晰地看到筋骨。那双手上沾满了杂草和污泥。正是因为这一双双并不怎么美的手，创造着、守护着金昌这座家园的美丽。其实，他们只是祁连山川生态美的创造者的代表和缩影。

物因城在，城因物名。行走在镍都大地，绿水青山绵延逶迤，休闲绿地繁花似锦。矿山公园、紫金花海、金水湖湿地……各式公园让市民在休憩娱乐时抬头见绿、低头有花、远眺成景。

一阵花香扑面而来，大片的紫色花海，城市被紫色围裹，浪漫如影随形。紫金苑，这片花海有一个很好听的名字。小城也有了另外一个美誉：中国的"普罗旺斯"。

我不是金昌的女儿，但我的梦里，曾无数次氤氲着那片如梦如幻的紫色，清香的紫气萦绕着我的身体，这片土地似乎给了我莫大的灵气。

第四章　金张掖

～～～ 一 ～～～

一片湿地，孕育了世界最长的文明走廊，崛起了辉煌的丝绸重镇。透过一张张精美绝伦的画面，让人们进一步了解了一条黑河造就的溪流纵横、湖泊密布的"塞上锁钥"——"金张掖"。

张掖，甘肃省省辖市。以"张国臂掖，以通西域"而得名。位于中国甘肃省西北部，河西走廊中段。古称"甘州"，即甘肃省名"甘"字由来地，素有"桑麻之地""鱼米之乡""塞上江南"之美称。也有"一湖山光，半城塔影，苇溪连片，古刹遍地"之美景。

古"丝绸之路"南北两线和"居延古道"在这里交汇，是中原通往西亚东欧各国进行经济文化交流和友好往来的要冲。张掖总面积40874平方千米，人口131万。辖甘州区、临泽县、高台县、山丹县、民乐县、肃南裕固族自治县六个县区。

张掖历史悠久，至今已有2000多年的历史。有着深厚的历史文化积淀和突出的农耕文化特色。是国务院批准建设的国家级湿地保护区，是被美国《国家地理》杂志评为世界十大神奇地理奇观的张掖国家地质公园。1986年被国家颁布为全国历史文化名城。

张掖南枕祁连山，北依合黎山、龙首山。地势平坦、山川秀丽、土地肥沃、林茂粮丰、瓜果飘香、民风淳朴。雪山、草原、碧水、沙漠相映成趣，既有南国风韵，又有塞上风情。民国诗人罗家伦有诗赞曰："绿荫丛处麦毵耗，竟见芦花水一湾。不望祁连山顶雪，错将张掖认江南。"

中国第二大内陆河黑河横穿全境，境内流域长达330公里，孕育了闻名遐迩的张掖绿洲，孕育了河西走廊文化。在黑河的滋润下，有着美不胜收的原生态城市湿地，气势磅礴的彩色丹霞地貌，西北最美的油菜花海，亚洲最大的军马场，独特的裕固族风情，祁连山旷野风光，戈壁滩冰川奇峰。

张掖地处中国西北地区、甘肃省西北部，河西走廊中段，是国家西部重要的生态安全屏障。因为在生态环境保护上有深刻教训，痛定思痛，生态整改修复是近几年来张掖奋力践行的一份历史任务。

张掖作为祁连山生态保护由乱到治的重要执行者，与其说修复整改，不如说是兢兢业业的"补"政治作业。祁连山生态破坏问题由来已久，2017年1月，媒体曝光后，引发社会普遍关注。同年2月，党中央、国务院有关部门组成督查组，对祁连山自然保护区生态环境问题展开调查。2018年3月，甘肃省通报中央环境保护督察移交生态环境损害责任追究问题问责情况，共对218名领导干部进行了问责处理。其中，祁连山国家级自然保护区生态环境问题问责100人。

按照当地整改汇报的情况，截至2022年年初，张掖如期完成了祁连山国家级自然保护区张掖段生态环境问题整治任务，中央生态环保督察等各级各类反馈的962个问题按时限完成整改或达到进度要求。

二

张掖市是甘肃省辖下14个地州之一，是河西走廊经济圈的重要组成部分。张掖的区位和资源都可圈可点，占据着河西走廊的C位。张掖境内矿产资源十分丰富，有大量的钨矿、铁矿、石膏、萤石等。在所有矿产资源中，位于肃南小柳沟区的钨钼矿，是国家重要的能源战略资源。

张掖是一座拥有两个国家级自然保护区的城市，也是一座坐落在湿地上的城市，绿洲北面是内蒙古高原，南面是青藏高原，地处河西走廊和两大高原板块之间的黑河流域，在张掖形成了丰富的湿地资源，是一座天然的生态屏障，有效遏制屏障两边巴丹吉林沙漠和腾格里沙漠会合，防治沙漠南移。保护好黑河流域湿地资源，对保障河西走廊绿洲和内蒙古额济纳旗绿洲的生存发展，维护西北地区生态安全、民族团结和国防稳定，促进张掖经济社会可持续发展都具有十分重要的作用。

张掖市专门成立了"张掖市黑河流域湿地管理局"，组织实施黑河流域湿地资源保护规划，保护和管理黑河流域湿地内的自然环境和自然资源等。

位于张掖市甘州区城郊北部的张掖国家湿地公园，与市区紧密相连。湿地面积 6.2 万亩，主体位于城区北郊地下水溢出地带，与城区毗邻，是国内离城市最近的湿地公园。规划区内多样化的湿地类型，是张掖绿洲这一内陆干旱区脆弱生态系统的重要组成部分，发挥着水源涵养和水资源调蓄、净化水质、维护湿地生物多样性、防止沙漠化和改善区域外气候等重要的生态功能，作为区域关键生态支撑体系，对于维护张掖绿洲及黑河中下游生态安全具有重要意义。走进张掖国家湿地公园，就会看到中国十大最美湿地博物馆——张掖城市湿地博物馆，这里记录了张掖生态发展保护的演变历程。

炎炎夏日，行走在张掖国家湿地公园曲曲折折的栈道上，虫喧鸟鸣不绝于耳，风过苇梢一望无际，清洁的空气湿润了鼻腔，静谧优美的意境引人无限遐想、沉醉其中。

"我们以前也不知道这里就是湿地，还纳闷怎么那么潮湿，种啥啥不成，我家的十几亩地一年到头也就收入几千块钱。"湿地公园公益性岗位工作人员袁冬花是张掖市甘州区新墩镇流泉村十社村民，回想起以前的景象，她忍不住直摇头："穷就不说了，环境是真不行，那时候野草满地、芦苇乱长，房子的墙面一到冬天就冻住了，天热了就往下掉渣，年年都得加固。"

据张掖国家湿地公园管理局干部代玉萍介绍，由于以前这片湿地没有得到很好保护，不同程度被盐碱地、荒土地、垃圾场覆盖。2009 年 3 月，张掖国家湿地公园开工建设，以前住在这里的流泉村四社、五社、十社的 100 多户村民先后搬迁到了附近的流泉新村，政府不仅在住房、失地等方面给予村民各项补贴，还向每户提供一个公益性岗位。

和袁冬花一样，蒙雪梨也是湿地公园公益性岗位的一名工作人员，目前在观光车售票处工作。这些年在政策的扶持和红利下，她家在原址上修盖了一幢两层的民宿客栈，既可以自己居住，还能够自主经营。"现在的生活真的是今非昔比，不仅生活条件变好了，居住环境更是大变样，每天住在'天然氧吧'，幸福感满满的！"蒙雪梨笑着说。

过去，甘州区农民冬季睡烧炕，炕烟炉烟对大气污染相当严重。区委决心引导群众转变生产生活方式，大力推进清洁取暖设施改造，从源头上解决冬季"炕烟围城"问题，全力推进城郊乡镇和重点区域炕烟炉烟改造工作，按照"整村推进、应改尽改、一户不漏"的要求，全面完成城郊5个乡镇土炕改造，实现城郊5个乡镇以户为单位土炕"清零"，并向周边乡镇延伸，有效遏制冬季炕烟炉烟扩散，持续改善空气质量。

2017年以来，全区综合整治农村土炕4.8万铺，改造节能环保小煤炉2.3万个，清理取缔燃煤锅炉680多台。"以前劳动一天回来，虽然又累又饿，但还得先煨炕，手上经常被刺扎，身上也弄得黑乎乎的，家里还是一股炕焦味。现在'土炕'改'电炕'，干净又环保，省时又省力，再也不用煨炕了。"梁家墩镇六闸村五社张菊玲的喜悦之情溢于言表。

"经过十多年来的努力建设，现在的张掖国家湿地公园已经成为蓝天碧水、苇溪连片、荷花娇艳、游人众多的4A级旅游景区。"代玉萍说，"今后，我们将进一步依法打击破坏湿地生态系统、侵占湿地等违法行为，为子孙后代留下一个水清、草绿、天蓝的生存环境。"

步入张掖芦水湾旅游度假区，碧波荡漾、湖湖相连，处处皆景，是张掖城市发展一道最靓丽的风景线，被形象地喻为张掖城市的"后花园"和"加湿器"。

市民张国轩饶有兴致地说，之前，我常在这里跑步，往前看，爱心拱桥那边一直看到的都是紫色，现在换成了彩色的，让人看着非常愉悦，路边的花草都特别有生机，让人心情非常舒畅。

初夏，人们或在公园闲庭信步，或漫步于湿地栈道之上，呼吸着清新的空气，惬意悠然。"张掖现在越来越美了，空气好、绿化好，居住环境舒适。心情也跟着变美了。"家住滨河新区的刘女士是芦水湾的"常客"。饭后沿着芦水湾健身步道散步成为她的生活习惯。

甘州区芦水湾生态景区碧波荡漾，水光潋滟，湖边树木葱绿，平整宽敞的彩色跑道将燕然、云中、居延三湖盘绕连贯，与城市高楼、绿地构成"一湖山光、半城塔影、苇溪连片"之景观。

搭乘观光电动车环湖游览，放眼望去，蓝色的湖面泛起一层微微的涟漪。环湖彩色健身步道、自行车道一尘不染，宛如一条条彩带。

"景区面积4500亩，其中水域面积2260亩，蓄水量265万立方米。包括9个休闲广场、20多公里健身步道，1790亩绿化林地联通三湖。"芦水湾生态景区负责人赵龙说。

经常来这儿锻炼身体的刘生君老人说，9年前，这里还是一片乱坟岗、乱石滩、采砂场，特别荒凉。

赵龙介绍，近两年来政府按照"环境就是民生，青山就是美丽，蓝天也是幸福"的理念，着力推动生态环境保护，打造山水林田湖共同体。先后投资9800万元对芦水湾景区进行彻底改造和品质提升，按照旅游、文化、体育、医养融合发展的思路，高标准规划和定位，打造城市"加湿器"，造福百姓。

芦水湾生态景区只是张掖国家级湿地公园的一小部分。张掖各种湿地湖泊彼此相互交融，互为一体。

"张掖国家湿地公园是我省首家通过验收的国家级湿地公园，地处城市中心，有沼泽湿地、湖泊湿地、河流湿地1.5万亩。"张掖市生态环境局副调研员韩多钢自豪地说。

前来张掖旅游的外地人，大多看完七彩丹霞风光，就会来到湿地公园游玩，感受"塞上江南"特有的风情，身临其境，感受张掖"半城芦苇，半城塔影""一湖春光，半湖芦花"的自然美景和历史风貌，感受张掖"千里冰封、终年积雪"的北国风光，感受张掖"田畦交错、河渠纵横"的江南景致；感受张掖"农耕植茂、瓜果遍地"鱼米之乡的诗情画面，感受张掖"举步踩塘、抬头见苇"天然湿地的独特风貌。

"很干净、生态环境优美，湿地公园可以改善城市气候，大西北少见。"几位结伴前来游玩的南开大学学子对于张掖湿地公园更是赞不绝口。

2022年端午节，在这里举办了龙舟赛，不少外地朋友惊叹，张掖竟能办龙舟赛，变化真的太大了！的确，这里风光四季秀美，春天百花争艳，夏天绿树成荫，秋天层林尽染，冬天银装素裹。

夏日的张掖国家湿地公园，天蓝水清，树绿景美，市民漫步于栈桥之上，呼吸着清新空气，陶醉在生态美景当中；秋天的芦水湾生态景区，秋高气爽，游人如织，宛如置身一幅游人赏景、水鸟嬉戏飞翔、人水和谐的美丽画卷中……如今，行走在甘州大地，满眼尽是动人的生态画卷。

～～～ 三 ～～～

湿地公园与森林、海洋并列为全球三大生态系统。张掖以湿地保护为突破口，不断推进生态保护建设，实施退耕还林、生态公益林保护、"三北"防护林、天然林保护、湿地资源保护等国家重点生态建设工程。"张掖国家湿地公园""张掖国家城市湿地公园"相继命名。

独特的资源优势，成就了张掖"戈壁水乡"和"湿地之城"的美誉。张掖市也被评为"全国绿化模范城市"。

国务院批准建立了"张掖黑河湿地国家级自然保护区"。国家级自然保护区位于黑河中游，跨张掖市的甘州、临泽、高台三县区，长204公里，总面积61.5万亩，其中核心区20.5万亩、缓冲区18.5万亩、实验区22.5万亩。

属荒漠地区典型的内陆湿地和水域生态系统类型，生态区位十分显要，这些湿地资源是遏制巴丹吉林沙漠南侵、保护祁连山水源涵养区生态安全的天然屏障。

有关专家表示，湿地能影响局地气候，也能影响一个地方的降水量，能保持当地的湿度。根据最近 5 年观测气象水文资料显示，张掖地区气候特征正逐步向暖湿型气候过度，作为张掖地区温和型绿洲之一的甘州区，近几年来降水量呈现递增趋势。

有关专家介绍，张掖地区近几年大风、沙尘灾害性天气明显减少，风速减小、降雨量增加，气候变得越来越潮湿，空气质量连续 5 年在全省之前。张掖市境内依托黑河形成的湿地超过 300 万亩，是中国候鸟迁徙西部路线的重要组成部分。

在张掖湿地博物馆、张掖甘州区芦水湾、甘州区靖安乡弱水湾休闲旅游度假区、临泽县水系连通建设项目、高台城市湿地公园、山丹军马场、民乐扁都口生态休闲旅游区、肃南裕固族民族风情走廊挂牌成立 8 个习近平生态文明思想教育基地，定期开展自然生态、历史人文地理、红色教育等主题教育，搭建中小学思政课和开展习近平生态文明思想教育的平台。用科普体验的方式，感受自然之美、讲述湿地故事、传承湿地文化、传播湿地声音，培育"绿色文化"，诠释湿地生态多元价值，不断提高全民湿地保护意识，形成了保护湿地、关爱绿色、共建生态家园的强大合力。

高台黑河湿地是张掖黑河湿地国家级自然保护区的核心区，拥有湿地 2.95 万公顷，占张掖黑河湿地国家级自然保护区总面积的 71.6%，是全球 8 条候鸟迁徙中亚通道的中转站和停歇地。入夏，国家重点保护的珍稀鸟类黑鹳在高台黑河湿地保护区开始筑巢繁殖。因黑鹳数量稀少，被喻为鸟类中的"大熊猫"。经多年连续监测，黑鹳每年在张掖黑河湿地国家级自然保护区高台段栖息的数量约在 400 只以上。

高台县湿地管理局巡护人员在张掖黑河湿地国家级自然保护区罗城段巡查时发现，有 300 多只国家二级重点保护野生动物灰鹤在湿地保护区活动，这是近几年黑河湿地保护区见到数量较大的灰鹤群。

数百只黑翅长脚鹬嬉戏觅食，它们将在这片湿地内开始筑巢，繁育后代。监测数据显示，每年约 6 万只水禽在高台湿地范围内集结和停歇，特别是国家 1 级保护动物黑鹳在高台湿地范围内筑巢繁殖，最大观测种群数量近500 只。

彩鹮属我国一级保护鸟类，体羽大部为青铜栗色，嘴长而下弯，形态优美，具有较高的识别度。它是黑河湿地在生态建设、湿地保护与修复、生物多样性保护工作的见证。

大批天鹅飞抵地处黑河中游的甘肃省张掖市越冬，引起千人观鸟的热潮。据张掖黑河湿地国家级自然保护区负责人介绍，保护区是以黑鹳为代表的湿地珍禽及鸟类迁徙重要通道和栖息地；每年来此越冬的天鹅、大雁等候鸟数量已增加到 2 万多只，湿地生态环境得到明显改善，吸引了国内外的众多游客前来参观游览。

随着张掖黑河湿地自然生态环境的不断改善，春季来黑河湿地繁殖的候鸟种类和数量也明显增多。由于境内湖泊、沼泽、滩涂众多，水域面积达16.11 万亩，水生植物资源十分丰富，为野生鸟类繁衍生息创造了得天独厚的条件，国家一、二级保护鸟类大天鹅、黑鹳、金雕等珍禽达 40 多种，成为享誉西北的"天鹅乐园"。临泽湿地局生态监测站人员在黑河鸭暖段和西湾水库监测到 5 只疣鼻天鹅，这在张掖黑河湿地临泽段尤为罕见。

疣鼻天鹅是国家二级重点保护野生鸟类，一种大型游禽，脖颈细长，因前额（鼻孔上方）有一黑色疣状突起而得名。全身羽毛洁白。嘴基和下嘴黑色，鼻孔黑色与疣状突起相连，其余嘴部橘红色，其他特征与大天鹅相似。栖息于湖泊、江河或沼泽地带。飞行时也将头部伸直，但很少发出叫声，故又得名"无声天鹅"。以水生植物为主要食物，分布于欧洲、北非、亚洲中部与南部。

自 2020 年 11 月首次发现后，2021 年 12 月再次监测到 5 只疣鼻天鹅，充分说明临泽黑河湿地生态环境已经明显改善并适宜疣鼻天鹅越冬。据监测成果显示，黑河湿地保护区内监测到的鸟类由保护区成立时的 155 种增加到了 167 种，鸟类数量由 2016 年的 29851 只增加到了 70504 只。湿地植被覆盖率保持在 90% 以上，地表水质量全部达到了Ⅲ类以上标准，湿地土壤生态环境风险为低风险。

在高台湿地保护区周边的巷道、城关、合黎、宣化、黑泉、罗城 6 个镇增设湿地生态保护职能职责，坚持属地管理原则，严格落实县、镇、村三级"河长制""林长制"责任。将全县湿地保护区合理划分为 5 个片区，设立湿地管护站 5 个，聘请 17 名湿地巡护员，开展日常巡护管护工作。科学划定湿地保护生态红线，将湿地保有量、天然湿地保护率等指标纳入镇村责任目标考核体系，建成县、镇、村三级湿地管护网格化体系，形成时时有人问、处处有人抓、事事有人管的管理体系，织密横向到边、纵向到底的管护网络，实现湿地监控管理全覆盖。湿地保有量保持率为 100%，湿地保护率达 65% 以上。累计投入各类项目资金 3.5 亿元，设置围栏 180 公里，封滩育草 15 万亩，人工恢复植被 7000 余亩，疏浚水系 10 多条 11 公里，补偿因保护候鸟等野生动物受损耕地面积 4.4 万亩，配套完善了湿地周边乡镇、村社垃圾处理设施，有效促进了湿地生态系统的保护和恢复。秉持"生态优先、绿色发展"理念，将城郊黑河湿地纳入城市建设总体规划，利用 1 万亩湿地资源，建成甘肃高台国家城市湿地公园。以重大项目建设推动传统产业转型升级，加快新兴产业引进培育，着力构建符合绿色发展要求、切合县情实际、富有生机活力的绿色生态循环产业体系，推动"绿水青山"转化为"金山银山"。

四

张掖黑河湿地是河西走廊独特而宝贵的自然资源，张掖城北部天然湿地和已建城区几近相连，是目前全国和城市相连的规模最大、鸟类和动植物最丰富、最具特色的城市湿地。城市湿地公园的中心地带，重点以现有天然湿地为依托，补给水源，突出保护，按照生态旅游景观区的要求，规划有集"水、岸、滩、路、景、桥、亭"于一体的旅游景观，利用了湿地的景观价值和文化属性，丰富了居民休闲游乐需求，为发展旅游经济奠定基础。西部黑河滩一带以原生态保护为主，规划中突出湿地的生物多样性功能和鸟类、水生动物栖息地的特征，设计有一些北方植物园和湿地动物园等科普教育园地。

这里溪流纵横、湖泊密布，黑河贯穿全境，滋润了大片的绿洲农田，演绎着湿地和生命的传奇。

"70年前，这里曾经是一片荒地，土地盐碱化严重，不适合植物生长，如今却发生了翻天覆地的变化。"

1942年出生的闵正德是土生土长的张掖人，自小在这里长大的他从未想过家乡会被建设的这么美丽。站在张掖市湿地公园的木栈道上举目四望，天光苇影共徘徊，飞鸟游鱼竞相逐。在年过古稀的闵正德看来，优美的湿地公园不仅成为当地市民休闲散步的好去处，也成了科普生态保护知识的好地方。

被称为"地球之肾"的湿地具有保护生物多样性，调节径流，改善水质，调节小气候，以及提供食物及工业原料等多种功能。而黑河湿地国家级自然保护区对于整个张掖地区小气候的形成起到了至关重要的作用。

"有了这片湿地，我们张掖市沙尘天气明显减少，年降水量不断增加。"张掖黑河湿地国家级自然保护区管理局阎好斌说。湿地是珍贵的自然资源，不仅为人类提供了大量的食物、原料和水资源，而且在维持生态平衡、保持生物多样性和珍稀物种资源以及涵养水源、蓄洪防旱、降解污染调节气候、补充地下水、控制土壤侵蚀等湿地等方面均起到重要作用。

"绿水青山就是金山银山"和"保护优先、绿色发展"的理念已深入人心，大家认为，保护湿地就是在保护自己的家园。

以张掖黑河湿地保护区为重点，持续开展以湿地动物（鸟类）、植物为主的湿地资源监测，以湿地地表水水质、土壤、气象、水文为主的生态环境因子监测工作卓有成效。至2022年，用已积累5年的湿地动植物、生态环境监测数据，初步建立了保护区动植物资源库和生态环境因子数据库，为加强湿地资源保护和履行国际重要湿地管理职责提供了科学依据。同时，积极与相关高校和科研单位合作，先后开展"甘肃张掖国家级湿地自然保护区生态服务功能价值及演替驱动力研究"等课题项目研究并获得科技进步奖项。

聘请国内湿地领域领军人才 12 名，成立黑河湿地生态保护专家智库，为湿地资源保护与修复、科研管理等提供智力支撑。

坚持自然修复与人工治理相结合，整治恢复区域 2572 亩，恢复植被区域 3894 亩，对整改拆除的 70 处设施点采取人工措施修复植被面积 1666.95 亩，栽植各类苗木 73 万株，生态修复取得了明显成效；2020 年第二轮中央环保督察反馈张掖经开区 5 家企业侵占黑河湿地保护区问题，现已对 5 家企业全部采取迁建措施，拆除地面设施，平整覆土恢复生态，恢复整治 389 亩。

甘州区累计完成退耕还湿地 3163 亩，恢复湿地植被 5000 多亩，疏浚渠系 23 公里，形成湿地湖泊水面 2800 亩；临泽县完成退化湿地恢复（植被恢复）面积 5280 亩，完成湿地生态补水 8600 亩；高台县通过采取植被恢复、生态补水、围栏封育、栖息地恢复等措施，累计完成湿地修复 7000 余亩；山丹县新建湿地围栏 45.5km、标示牌（警示牌）225 块，新设界碑 300 个、界桩 820 个，修缮维护管护站点，提升湿地管护能力；民乐县先后通过设置标识设施、开展植被恢复、加强巡护管理等方式，在马蹄河、童子坝河、永固西湖、洪水大河等区域完成湿地修复面积 33100 亩。

黑河湿地保护区设置有植物监测样方 36 个，动物（鸟类）监测样线（点）35 个，水质监测点（断面）13 个，水文监测样地 15 处，土壤监测样地 18 个，气象监测站 7 个。完成了甘肃黑河湿地生态系统国家定位观测研究站实验室的改造升级。

"随着经济社会发展，全市生态环境监管工作点多、线长、面广以及高度分散等问题突出，监测方法时空间隔大、费时费力，传统的人巡环境监管方式已力不从心了。"张掖市生态环境局调研员韩多钢说。

张掖市是一座拥有祁连山和黑河湿地两个国家级自然保护区的城市。作为中国西部生态安全屏障的祁连山，逾八成区域在张掖市境内，当地亦是祁连山生态环境整治、保护和修复的"主战场"。

在河西走廊，张掖守正居中，作为古丝绸之路的核心腹地，张国臂掖沟通东西，张掖从不缺乏成长的气质。

张掖，向来被寄予厚望。

如今，智慧化建设、大数据监控对比和管护巡查成为了当下张掖生态保护的日常之举，形成了"天上看、地上查、网上管"的立体化生态环境监管格局，为生态环境保护建设提供有力保障。

韩多钢介绍说，张掖市以高分专项甘肃数据与应用中心为依托，以高分辨率对地观测系列卫星为核心，利用卫星遥感技术建设以"一库八网三平台"为主要内容的天地一体化的生态环境监测网络开展工作。

"一库"即生态环境数据平台；"八网"即实现对空气、水质、土壤污染、城区声环境、机动车尾气、辐射、排污、城市重点区域和人类活动密集区的一体化监测网络。

针对境内两个国家级自然保护区，张掖市官方还建立了"三大平台"，即可以对保护区内的森林退化、雪线上升、草原退化、湖泊变化、沙漠化、生物多样性等问题实现监管的科学化和精准化。

另外，对于祁连山地区，大熊猫祁连山国家公园甘肃省管理局张掖分局还于2017年研发"智慧祁连山大数据应用平台"，基本架构已初步搭建完成，实现了数字林业到智慧林业的过渡。

"祁连山生态好转，用什么说话？数据是最重要的监测指标。"大熊猫祁连山国家公园甘肃省管理局张掖分局局长廖空太说。该平台利用卫星遥感、无人机、激光雷达扫描仪、土壤呼吸测量仪等国内外先进仪器设备，实现了从冰川、草甸、森林、灌木、草原五个台级的"数字化"全方位生态观测网络体系，为祁连山生态效益保护评估提供重要科学依据和大量第一手资料。

2022年，祁连山（张掖段）范围内的179项生态环境问题已全部完成整治，同时，该179项问题点位卫星遥感定位及比对监测系统已基本建立。

"更为重要的是，生态环境监测数据各部门实现共享。"韩多钢说，通过对祁连山和黑河流域环境质量、生态状况、森林覆盖、草原植被、气象防雷、水利资源、水土流失、地理信息、农田灌溉等遥感数据的有效集成，为国土、林业、水利、农业等部门提供长期的网络数据共享服务。

～～～ 五 ～～～

近年来，张掖城市森林公园项目通过恢复植被、配套水系、生态修复将戈壁荒滩变成林地湿地，通过植入文化、丰富业态、多元融合将林地湿地变成休闲胜境，努力建设城市绿肺和后花园，全力打造"两山"理论实践新基地，切实把"绿水青山"融入城市，将"金山银山"植根大地，让群众享受更多更好、更可持续的绿色福利、生态红利。

春回大地，正是植树造林的好时机。在张掖城市森林公园黑河生态园二期建设项目的现场，工人们在已经完成覆土、管网铺设的地面上，挖坑进行苗木的栽植工作，一排排已经栽植好的苗木在春风中摇曳。"明年甘州区将继续开展大规模国土绿化行动，重点实施5万亩城市森林公园、20万亩国家储备林基地、4万亩绕城水系公园等重点生态项目建设。我们将咬住青山不放松，一张蓝图绘到底，一年接着一年干，加速补齐生态环境保护'短板'，用绿色造福群众、昭示未来。"区委负责人说。

张掖城市森林公园项目总占地面积6万亩，按照"道路连通、水系连通、景观连通"的规划建设思路，重点实施万亩常青苗木储备林基地、弱水花海、胡杨林区、黑河生态带、黑河生态园一期、黑河生态园二期、黑河绿化带7个子项目。2022年，张掖城市森林公园完成弱水花海、胡杨林、黑河大林带、黑河生态园一期、黑河绿化带5个项目3.64万亩造林绿化任务，栽植各类苗木1880余万株、花卉1273亩；采取改造自然坑、开挖蓄水塘坝和敷设管网、疏浚渠系等方式配套灌溉水系，新建蓄水塘坝4座，敷设管网554.76公里，疏浚河道13.2公里；完成道路建设79公里。如今的黑河两岸，绿树如茵、花香四溢、山水如画、景色宜人。

甘州区统筹推进"一园四带"国土绿化造林工程，持续巩固提升祁连山和黑河湿地生态保护治理成效，大气、水、土壤环境质量显著改善，市民开窗见绿、出门入园成为现实，身居其间，宛如生活在绿色公园里，这一份"绿色资产"真正变成了老百姓的"生态红利"。

秋日的东环路芦苇池河道两岸河堤和栏杆整齐划一，新修的健身步道上，不少市民正在锻炼。远处大片的芦苇被收割，倒影在池水中的高楼随波晃动。"几年前，这里污水横流、臭气熏天，周边居民怨声载道。如今，这里水清苇盛、鸭鹅嬉戏，市民群众都愿意到这健身休闲。"市民李先生说。李先生所说的地方，就是让市民印象深刻的甘州区东环路芦苇池，它的美丽嬗变，得益于祁连山黑河流域山水林田湖草生态保护修复工程。自 2017 年以来，甘州区实施了 6 项水生态环境保护工程，敷设污水管网 74.3 公里，全面完成饮马河、阿薛渠等城区八大水渠排污整治，完成张掖市污水处理厂一级 A 提标改造和三期建设工程，有效改善城区水环境质量。

既要绿水青山，也要金山银山。甘州区坚持"生态、自然、宜居"理念，依托祁连山黑河流域山水林田湖草生态保护修复工程，投资 12.13 亿元实施黑河流域生态综合治理、水生态环境保护等 20 项生态修复项目，恢复植被面积 54.6 万亩，疏浚河道 63 公里，全区生态功能显著提升。依托"三北"防护林、防沙治沙等林业重点工程，坚持"造林"与"造景"相结合、"防护林"与"景观林"相融合，深入推进"一园三带"生态示范建设，实施黑河生态园、黑河滩生态修复胡杨林营造、万亩长青苗木储备林等重点生态项目，完成人工造林 21.4 万亩，全区森林覆盖率达 16.2%，荣获第三批国家生态文明示范城市称号。

过去的五年，张掖市区空气质量连续四年达到国家二级标准，地表水考核断面水质达到Ⅱ类及以上标准，土壤环境质量达到清洁等级，生态文明体制改革成效评估居全省第一，"一库八网三平台"生态环保信息监控系统获评"全国 2018 年十大智慧环保创新案例"，全市建成公园绿地 152 处，城市建成区绿地面积达到 2819.39 公顷，人均公园绿地面积 21.22 平方米。

2021 年，全市城区空气质量优良天数为 326 天，优良比率为 89.3%。持续实施空气质量改善行动，颁布实施《张掖市大气污染防治条例》，整治涉气"散乱污"企业48家、燃煤锅炉1120台、农村炕烟炉烟8.7万铺，各类工地"6个100%"抑尘措施合格率达98%。建立机动车排放检验和维护闭环管理制度，机动车检测合格率达82.85%。2021年城区空气质量优良天数比较2018年提高6个百分点。

同时，扎实推进土壤污染防治，有效防控农用地和建设用地土壤环境风险，完成重点行业企业用地土壤污染状况调查，实施土壤修复项目，受污染耕地、污染地块安全利用率达到100%。全力推进厕所、垃圾、风貌"三大革命"，乡镇垃圾无害化处理率达100%，废旧农膜回收、秸秆饲料化、畜禽粪污资源化利用均达到85%以上，尾菜综合处理利用率达到81%。

一场小雨过后，在黑河西岸甘州段，一望无际的万亩常青林迎风而立。如同一排排整装待阅的士兵，和远处的巍巍祁连山遥相呼应，构成了一幅绝美的生态画卷。

"太不可思议了，几年前这里还是沟壑纵横、漫天风沙的沙石滩，现在变成我们的后花园了！"甘州区市民詹军说。

20世纪90年代，诸多企业进入这里挖砂采石。20多年的无序采挖，致使这里满目疮痍，生态环境遭到严重破坏。

绿水青山就是金山银山。2019年，甘州区以刮骨疗毒的勇气，决定治理这块区域。

采砂区停挖了。然而，曾经的采砂区，春季飞沙走石、夏季雨水冲刷，水土流失严重。遗留的大量砂石料坑，靠自然能力慢慢恢复生机，至少得几十年。

要想修复脆弱的生态环境，植树造林势在必行。最终，一个万亩常青林高原储备林基地治理规划出台。项目建设黑河流域储备林2.3万亩，栽植苗木274.3万株。

林海茫茫，还需碧水滋养。而全区一年能用的水就那些，多种这么多树，水从哪里来？

之前采取了行之有效的节水措施，置换出的大量水资源，让甘州人心里有了底。

甘州区水务局局长赵乾升说，2019 年甘州区实施节水灌溉面积为 95.59 万亩，节约水资源总量 4700 万立方米，之后节水量逐年增加。

在万亩常青林腹地，曾经的 2 个砂石料坑被改造成了"塘坝"，飞鸟嬉戏，波光粼粼。

这个精致的"塘坝"，其实是一个洪水调蓄池，既节约了修复成本又为就近造林提供了灌溉水源。灌溉时，又采取了经济有效的根区导灌模式，既提高了苗木成活率，又节约了水资源。

仅仅三年，昔日的采石场已绿意盎然。眼前的樟子松、油松、青海云杉、爬地柏等针叶类苗木身姿挺拔，甘州区相关负责人说，这里已栽植常青苗木储备林 2700 亩，共储备 95 万株。

如今，在甘州城西，昔日的戈壁滩上，6 万亩奥林匹克森林公园正在建设之中；城北，北郊湿地正在修复治理；远远的祁连山浅山区，栽出了 2 万亩高原储备林……甘州区现已建成城市生态公园 83 个，一个个"戈壁变绿洲"的奇迹频频上演。张掖市正以筑牢国家西部重要生态安全屏障为使命，把生态环境保护作为"国之大者"，在这座七彩斑斓的"彩虹城市"，从林草密布的祁连山区到抬眼见绿的宜居城区，从风景如画的美丽乡村到芦苇摇曳的湿地公园……所行之处皆是风景，蓝天、绿树、碧水、净土正实实在在地转化为人民群众的幸福感和获得感，生态优先、绿色发展的理念深入人心。

黑河如带向西来，河上边城自汉开。从祁连深处奔涌而下，黑河集祁连冰川雪水万涓溪流，阻止着巴丹吉林沙漠南侵，维护着青藏高原的生态平衡，成为生态安全的"卫士"。

张掖是我从小生活学习的地方，从我记事起的 20 世纪 60 年代末到如今，我在祁连山北麓与张掖平川地带来往奔忙，我看着张掖市区和城郊一点点变化，特别是近 20 年时间日新月异的变化，感慨良多，我的视线、我的情感，过多地集中到我看到的湿地之变中，所以在这一章中，我重点写了张掖湿地，以表达我对张掖普通劳动者的崇敬之情。

第五章　夜光杯故乡

~~~~~~ 一 ~~~~~~

公元前 121 年夏天，骠骑将军霍去病西征匈奴大获全胜，汉武帝赐御酒一坛，千里迢迢送到泉湖之畔，将军以为功在全军将士，安能独享？遂将御酒倾入泉中，与众将士开怀共饮，酒泉因此而得名。

此事引得诗仙李白纵情高歌："天若不爱酒，酒星不在天。地若不爱酒，地应无酒泉"。

诗圣杜甫也应声和唱："道逢曲车口流涎，恨不移封向酒泉。"

从此，诗人们"玉杯高擎优雅间"。那玉杯，便是酒泉一带所产的夜光杯。它是一种名贵的饮酒器皿，已有两千七百多年的历史。相传周穆王时，西戎曾献"五光常满怀"，倾酒入怀，对月映照，雪白有光，香味倍增，名"夜光杯"。杯体浑圆深沉、古朴典雅，造型独特，象征着北方民族朴实、大方的性格，与祁连山的古松纹相配，更为传神。

酒泉为汉代河西四郡之一，自古是中原通往西域的交通要塞，丝绸之路的重镇。位于甘肃省西北部，河西走廊西端，是甘肃省面积最大的城市。东接张掖市和内蒙古自治区，南接青海省，西接新疆维吾尔自治区，北接蒙古国。东西长约 680 公里，南北宽约 550 公里，总面积 19.2 万平方公里，占甘肃省面积的 42%，辖肃州区，玉门市、敦煌市、金塔县、瓜州县、肃北县和阿克塞县，总人口 112 万人。

"酒泉酒美泉香，雪山雪白山苍。"祁连山冰雪融水滋养的酒泉，山脉连绵，戈壁浩瀚，盆地毗连，构成了雄浑独特的西北风光。既有银装素裹的冰川雪景，也有碧波溪流的平原绿洲，还有沙漠戈壁的海市蜃楼。这里是典型的戈壁绿洲地区，境内耕地和绿地资源稀少，戈壁荒滩等未利用土地达1134.2 万公顷，占全市土地面积的 67.4%。

"让中华大地天更蓝、山更绿、水更清、环境更优美。"习近平总书记的动情描述，反映的正是酒泉人民的期盼，也是中华民族永续发展的根本要求。

时间回到 2017 年 7 月 20 日，中办、国办发出通报，直指甘肃祁连山生态环境问题。通报措辞之严厉，指出问题之尖锐，前所未有。

祁连山作为我国西部重要的生态安全屏障，是黄河流域重要水源产流地，河西走廊的生命依托，对祁连山的破坏，无异于是自毁家园。

这也为酒泉的生态环保工作敲响了警钟。

〜〜〜〜 二 〜〜〜〜

每年 9 月，当盐池湾草原逐渐被秋色浸染，对当地牧民而言，意味着转场的时候到了。

那天清晨，牧民孟克吉一家早早忙碌起来。

孟克吉的家离党河不远。他和乡亲们要在这个时节出发，循着先人走过千百年的路，向下一个牧场出发。用生态发展的眼光看，牧民逐水草而居的习俗蕴含着最古老的生态理念：夏季北上、冬季南归，草场得到最大程度的利用，牧草也有充足的时间得到休养。

转场的路还是那条，但大半路线已变成平直的公路；牧群依旧缓慢，但牧人可以坐着摩托车在牛羊群后扬鞭；牛羊还是必不可少，但早已换成汽车驮运物资。

出发前，孟克吉还有一个重要的仪式——升国旗。秋风拂过，孟克吉和乡干部走向门外。一轮朝阳已从群山间跃出，照耀着草原上迎风招展的那一抹鲜红。

接过乡干部送来的一面崭新的国旗，孟克吉挂旗、甩旗、支起旗杆，注视着冉冉升起的五星红旗，高唱国歌。

"现在的生活，我很满意。县上有房子，生活有保障，草场有补贴，过日子没什么发愁的。这得感谢党和政府的好政策。"孟克吉笑着说。

说话间，到了出发的时候，草原的风吹得国旗猎猎作响。孟克吉发动汽车驶向远方的牧场……至此，转场在蓝天雪山的见证下落下帷幕。

被誉为"百里黄金地，塞外聚宝盆"的阿克塞地处祁连山脉末端，境内风光秀美、资源丰富，可利用草原1480万亩，是一个传统的纯牧业县，草原是阿克塞儿女赖以生存的家园。

随着经济社会发展，草原重利用轻建设、超载放牧现象严重，草原鼠害、病虫害频发。草原退化、沙化及荒漠化趋势加剧，严重破坏了草原生态平衡。

守护草原成了阿克塞儿女共同的目标。近年来，阿克塞县积极调整畜牧业经济结构，从传统靠天养畜逐步向以生态保护建设为主，通过落实国家草原生态保护各项惠牧惠农政策，草原畜牧业实现了可持续健康发展。

2016年和2017年，县上争取资金8054万元。科学建立草原禁牧区480万亩、草畜平衡区1000万亩，依法落实国家草原生态禁牧制度、休牧制度和草畜平衡制度，严格划定生态保护功能区，草地生态系统趋向良性循环。

"国家草原生态保护奖补政策的有效实施，不仅减轻了阿克塞天然草场放牧压力，使禁牧区草原生态植被得到休养生息，还提高了牧农户经济收入，为自治县带来的生态、经济、社会效益不可估量。"阿克塞县环保局负责人说。

据了解，第一轮国家草原生态保护奖补政策惠及阿克塞县1102户牧农户。其中，305户纯牧户户均获补助6万元，人均增收1.98万元。

2016年，阿克塞县启动实施新一轮草原生态保护奖补工作，对牧农户禁牧补助和草畜平衡资金发放额度实行封顶保底政策，禁牧补助标准为3.87元/亩，草畜平衡补助标准为2.17元/亩，保底标准为15000元/户。

鼓励牧农民减少牲畜饲养量，减轻天然草原放牧压力，是阿克塞促进草原生态环境稳步恢复采取的重要措施之一。

近年来，阿克塞县稳步实施国家退牧还草工程，实施草原围栏禁牧90万亩、休牧210万亩、补播改良55万亩，建设人工饲草基地1万亩。鼓励牧农民减少牲畜饲养量，完成2.8万只羊减畜任务，使天然草原载畜量核定更加科学。

同时，继续实行禁牧补助和草畜平衡奖励政策，取消牧草良种补贴和牧民生产资料综合补贴，有效鼓励牧农民减少牲畜饲养量。

阿克塞县在海子草原全面推行禁牧制度，其他地区实施休牧轮牧和草畜平衡制度。同时，积极开展草原治虫、灭鼠工作，有效遏制草原鼠虫害蔓延，确保全县无重大鼠虫病生物灾害发生。

每年定期开展禁牧区巡查、草原野生植被巡查、草原防火检查等，加大对违法行为的处罚力度，有力维护草原生态安全，全县草原破坏案件明显减少，无重大非法开垦和破坏草原生态的案件发生。

每年组织开展草原生态普法宣传月、法制宣传日等活动，大力宣传《草原法》《草原防火条例》等相关法律法规，牧民懂法、守法、依法保护草原的意识明显增强。

初秋的党河湿地，草香扑面而来，绿草渐渐被秋风染黄，与白、红、紫等各色小花绘成一幅层次鲜明的风景画。

每年4月中旬，都会有候鸟迁徙到党河湿地，在这里筑巢孵化。"在候鸟孵化期，我们最怕的就是陌生人来打扰。"祁连山国家公园党河湿地保护站班长达灵浩斯说。

白露过后，达灵浩斯等来了候鸟迁徙的季节，看到保护站内候鸟带着幼鸟觅食，他悬着的心终于放了下来。

"通过视频监控，我们能实时看到党河湿地候鸟集中繁殖的情况。在大湾2监测点，最多时有上千只斑头雁栖息，再过几天，它们就要成群结队从这里飞走了。"达灵浩斯说。

达灵浩斯从小生活在草原上。他说，能在这里工作，守护这里的一草一木，非常有成就感。作为管护者，有责任、有义务保护好党河湿地，保护好生态环境，让党河源头的清水造福更多人。

体形优美的雪豹，高贵优雅的黑颈鹤，呆萌可爱的白唇鹿……

在肃北县融媒体中心记者孟根朝力的镜头里，能看到肃北最美的样子。在他的眼中，党河孕育的万物都是有灵性、有情感的，这在他的摄影作品中展现得淋漓尽致。

盐池湾是野生动物的乐园、呈现生物多样性的沃土。2013 年 5 月，孟根朝力跟随盐池湾国家级自然保护区管理局工作人员深入无人区布图达坞拍摄纪录片。

布图达坞是蒙古语，意为"走不出去的山沟"。想要进入这走不出去的山沟，需要翻越海拔 4800 米的达坂，马是唯一的交通工具。

随着孟根朝力第一次拍到棕熊、雪豹、岩羊、白唇鹿等珍稀野生动物，连续 5 天在马背上颠簸带来的不适烟消云散，他真正感受到了盐池湾的野性之美。

从 2014 年开始，孟根朝力便自己购买设备往山里面跑。现在，他几乎拍遍了盐池湾所有的野生动物和党河沿线的自然风光。

在孟根朝力的工作室里，100 多 T 的视频照片素材见证了盐池湾与党河的生态之变。长期的拍摄经历，让孟根朝力与这片土地的联系愈发紧密，对这片土地的热爱也愈发浓烈。

"天地有大美而不言"，随着自然生态摄影逐渐盛行，与普通摄影师相比，自然生态摄影师们深入森林、湿地、高原，将镜头对准自然生态原貌与野生珍稀动植物，用镜头里的美景和生灵，唤起人们的环保意识。

"现在有句话叫影像保护自然，我想通过影像更多地介绍家乡，让更多人了解肃北。"孟根朝力说，盐池湾是个神奇的地方，我希望不要轻易打扰核心区的宁静，通过照片了解这里的美就好。

三

江飞，一个地道的酒泉人。2014 年大学毕业后，他选择北上创业，成为"北漂"。2021 年，他看了酒泉市"才聚酒泉·筑梦飞天"引才新闻发布会直播后，便萌生了返乡工作、生活的想法。江飞说，春节回家过年，当他站在鼓楼前，面对璀璨绚丽、如梦似幻的酒泉夜景时，他返乡的想法更加强烈。春节一过，他便辞去了北京的工作。在江飞看来，眼前的酒泉虽比不上一线城市的繁华，但近年来酒泉城市建设与生态环境的巨变，让他对这座城市充满了期待。

出租车司机李师傅从酒泉城区富康购物中心附近拉客去大众巷，不到 10 分钟就到了。"要是在整治前，起码得半小时。"李师傅说，以前街上占道经营等小摊点随处可见，严重影响市容市貌和城市交通，现在这些现象不存在了。

2021 年 4 月的酒泉生机盎然，令人陶醉。华灯初上，俯瞰酒泉城区，璀璨夜景展示着这座城市的活力与魅力。城区从"一处美"到"一片美"，逐渐向"全域美"发展，"一路一特色、一街一景观"的画卷正徐徐展开，魅力宜居之城光彩夺目。

过去，在酒泉城区仓后街、龙腾路、南后街等沿街商铺墙面、地面，随处可见各种小广告。现在，这些"牛皮癣"几乎销声匿迹了。"鼓上飞天舞""唐装不倒翁"等文化演艺活动在街巷兴起，成为市民娱乐消费、"打卡"休闲的新看点。

和江飞一样，不论是漂泊归来，还是生活于斯，大家都有一个共同的感受：家乡变化巨大，生活环境越来越好，城市越来越美！

栽下梧桐树，引得凤凰来。加强城市治理旨在打造宜居环境、吸引人流聚集人气，带动城市经济发展。2021 年以来，肃州区对以鼓楼为中心的四大街和城区七大出入口、北大河风情线、世纪大道、汉唐美食街等重要区域进行亮化美化，累计完成投资 5800 万元。

2022 年初，家住酒泉城区弘胜佳苑小区的王阿姨为孙子上学的事苦恼不已。"我来城里带孙子 3 年了，眼看孩子要上小学了，附近却没有学校。"没多久，王阿姨听说小区对面的施工现场是正在建设的敦煌路小学。"得知消息后，一家人都很高兴。听说学校秋季就能建成，我孙子上学正好赶上。"王阿姨说。

酒泉市住建局副局长仲应兵介绍，今年酒泉城区实施 35 个重点建设项目。至 4 月 1 日，百货大楼拆迁改造、酒泉市人民医院迁建、祁连路环境综合整治、酒泉市妇幼保健院服务能力提升等 9 个项目已开工建设。酒泉市实验幼儿园分园建设、世纪大道绿化提升改造、城镇老旧小区改造等项目将于近期开工建设。其余项目前期工作正在开展。

在抖音平台，家住酒泉城区丽水茗都小区的网友"遥远的风"发短视频感慨："酒泉市人民医院正在建设中，以后就医更方便了。"有的市民拍下早春淡绿的草地，感慨酒泉城区绿化带来的舒适感、幸福感。百货大楼拆迁后，一些老酒泉人为曾经酒泉的地标性建筑一去不返感叹，也有网友表示："旧的不去新的不来，消失的是历史中的百货大楼，新生的是时代发展中快速崛起的新酒泉。"

"酒泉的初春美不胜收。"28 岁的摄影爱好者陈欣说。他选了几张好看的春光图，在微信朋友圈分享，让外地朋友也能领略酒泉的春景，领略河西古郡散发出的时代新韵。近年来，酒泉城市面貌发生了很大变化。酒泉市住建局工作人员介绍，酒泉市积极实施城市片区长制服务管理工作，着力构建共治、智治、众治城市治理新格局，推动城市治理由粗放向精细转变，市容环境水平显著提升。仅 2021 年就劝导疏散流动商贩 6000 余次，清理规范出店经营、占道经营 2500 余处。

"多想，站在碧蓝的高空

按下那云头，让白云的羊群

在这块绿地上来打个滚

我好趁机

搜寻花香的讯息

……"

2022 年夏天，酒泉诗人倪长录在肃州区锦玉公园漫步时，被眼前的美景打动，即兴在朋友圈创作了这样一首小诗。小诗的配图，是他当天随手拍的酒泉蓝天白云景色，引来朋友们纷纷点赞。

倪长录说："这两年，酒泉市对生态环境保护越来越重视，蓝天越来越多，空气越来越清新，更加适宜居住了。"

倪长录的感受，得益于酒泉市对大气环境持续的治理与呵护。

2018 年以来，酒泉市完成了 57 台 20 蒸吨及以上燃煤锅炉提标改造、淘汰关停和治理提标改造 10 蒸吨以下锅炉 898 台；完成了 10 家热力企业、4 家水泥企业和 1 家制药企业超低排放及烟气脱硫脱硝除尘设施改造；完成了酒泉城区及周边 17 处约 5000 余亩裸露土地整治工作，城区主干道机械化清扫率达 90% 以上。

与此同时，全市 90% 以上的建筑施工场地基本落实"6 个 100%"措施，餐饮油烟净化设施安装率达 83%；2741 辆出租汽车、410 辆公交车、901 辆教练车全部改为新能源纯电动汽车、燃气或油气两用汽车。

肃州区持续深化"减排、抑尘、控煤、限车、禁烧、增绿"六大防控措施，通过对城区裸地扬尘进行严格管控、开展露天烧烤油烟整治、加强城区道路洒水抑尘、狠抓建筑工地扬尘管理等多项措施，不断提高区域环境质量，全面开展环境污染治理，城市颜值不断提升。

数据显示，2016 年，肃州区大气可吸入颗粒物 PM10 年均浓度为每立方米 100 微克，到 2019 年 6 月底，可吸入颗粒物 PM10 年均浓度已降为每立方米 75 微克。2022 年上半年，肃州区城区空气质量优良天数 155 天，优良天气率85.6%，优良天数同比增加13天；二氧化硫、二氧化氮、臭氧和一氧化碳四项指标均达到国家环境空气质量二级标准。

肃州区着力加快湿地大景区建设。全区已完成湿地保护利用总体规划暨重点片区详细规划，花城湖国家湿地公园已经国家林业和草原局顺利验收，湿地景观大道建成通车，四坝海子、清水河、六分西湖、花城湖等湿地景区项目已开工建设，全区湿地面积达到19.48万亩。呈现了景区天蓝水碧，公园风光旖旎，绿植丛丛、湖水涟涟的湿地景观。

四

曾经寸草不生的戈壁滩，如今变成了生机勃勃的良田。不仅如此，日光温室里还布满了高、精、尖设备；刚才还在地里忙活的农妇，下一秒竟成了歌喉不俗的"明星"；清除垃圾，换来产业，酒泉将"环境整治"这盘棋下活了……

在酒泉市广袤的农村，这样的"新鲜事"还有很多。围绕乡村振兴战略总要求，依靠创新、融合、实干三件"法宝"，酒泉农村呈现出"经济发展、产业兴旺、乡村秀美、社会和谐"的喜人局面。2018年，全市农村居民人均可支配收入17104元，高出全省平均水平8300元。

"垃圾靠风刮，污水靠蒸发，家里现代化，屋外脏乱差。"曾经，这是酒泉部分农村生活环境的真实写照。面对"垃圾围村"困局，2017年以来，酒泉市累计投入19亿元，开展了农村道路建设、群众住房改善、重点区域垃圾清理等工程，乡村环境面貌发生了根本性转变。

美丽乡村建设，只有以产业为基，才有持久生命力。为此，酒泉市积极促进环境整治与文化旅游产业、戈壁生态农业产业、精准扶贫产业相融合，在融合中不断激发着乡村发展潜力。

为促进环境整治与文化旅游产业相融合，酒泉市组织邀请国内知名设计院所对全市特色小镇、田园综合体和新型业态村进行规划设计和评审，根据不同地域特色，规划建设了 20 个特色小镇、20 个田园综合体、54 个省级美丽乡村示范村，打造了敦煌市阳关镇、月牙泉镇和玉门市赤金镇铁人村等一批主题鲜明、氛围浓厚的民俗村落、精品村组、特色街区，提升了一批"农家客栈""乡村旅馆""农家乐"，激活了乡村旅游，推动产业融合发展，培育富民产业。

"这东西支起来就是挣钱的'机器'，别看不哼不哈，实惠着呢。"瓜州县广至藏族乡新堡村 11 组 9 号村民包建红指着自家屋顶上一排锃亮的多晶硅太阳能板自豪地说，这些发电板每天发电量在 15 千瓦时左右。而在一年多以前，包建红家的屋顶上却是一番杂乱不堪的景象，堆满了秸秆、木头等杂物。

在促进环境整治与精准扶贫产业融合发展的过程中，酒泉市落实帮扶资金 4.2 亿元，实施乡村道路建设、改良土地、渠道衬砌、危房改造、生态建设等互助资金项目 342 个，贫困乡村生产生活条件明显改善。同时，充分利用清理后的房顶院落和闲滩空地，推动光伏发电、设施农业、农业扶贫融合发展，打造了瓜州县、玉门市、金塔县等一批移民乡村分布式光伏发电示范点，贫困村集体经济光伏发电站项目基本实现全覆盖，每村每年可实现收入 5 万元以上，户均年增收 3000 元以上，有效提升了贫困乡村整体发展水平。

在肃州区银达镇，富裕起来的农民在文艺能人带动下，参与文化活动的热情从未间断。逢节有演出、月月有活动，"下地是农民、上台是演员"，成了银达农民的真实写照……

"我家有 10 亩地，平时种些蔬菜。爱人在外包地种洋葱，一年下来，能有个二三十万元的收入。"银达镇银达村村民党翠芳说，"这些年，大家手里有些钱了，搞文艺的热情也越来越足了。文艺演出不光给我们带来了快乐，还改变了大家的精神面貌。现在，喝酒、打架、赌博的人少了，所有人都铆足了劲干事业。"

改革开放进入新时代，围绕"经济发展、产业兴旺、乡村秀美、社会和谐"的总体发展思路，实现乡村振兴，已成为农民新的追求。

为此，酒泉市注重通过党建引领，深入挖掘地方特有文化基因，不断加快完善农村现代文艺文化服务体系，全市 68 个乡镇全部达到等级以上标准，437 个行政村基层综合性文化中心（乡村舞台）实现全覆盖。大力开展贴近群众生产生活实际的文化体育活动，扶持民办文艺团体，发展农民业余文艺演出队、自乐班，组织编排弘扬主旋律、歌颂新时代的文艺节目，在轻松愉快的氛围中开展政策理论、实用技术、法律知识的教育普及，让积极健康的文化思想在群众中扎根开花，提升推动发展、脱贫致富的能力，在推动乡风文明、乡村振兴、助力小康建设上发挥了强有力的作用。

"让农业成为有奔头的产业，让农民成为有吸引力的职业，让农村成为安居乐业的美丽家园"——如今在酒泉，乡村振兴的美好愿景正在这片广袤的大地上生根发芽，开花结果。

五

2021 年春耕时节，酒泉市肃州区总寨戈壁农业产业园中，农业生产如火如荼。不过，田间地头却未发现农民的身影。取而代之的，是水肥灌溉体系、温湿度监测系统。

"这里以前都是戈壁滩，是个'风吹石头跑，地上不长草'的地方。2009 年至今，我们在戈壁滩上建温室，用无土栽培增效益，在这片不毛之地上建成了占地 4860 亩的戈壁农业产业园区，建成 1304 座高标准日光温室。今后这片园区还将扩大到 2 万亩。"酒泉市肃州区总寨镇镇长杨国晓说。

近年来，酒泉市按照"产业兴旺"要求，强力推进戈壁生态农业建设，开拓了一条戈壁滩上发展现代农业、未利用土地上实施农业综合开发、人工设施内打造中高端农产品、跳出传统耕地实现农民增收的新路子，取得了农业产业提升、农村生态改善、农民增收致富"三效"并举的成果。截至目前，全市累计建成戈壁生态农业 6.7 万亩、戈壁生态农业产业园 90 个，已成为全国最大的戈壁生态农业示范基地。形成了较为成熟的"两大茬"或"一大茬、两小茬"周年化生产模式，以种植茄果类蔬菜为例，单座温室年均产量 2.5 万公斤，收入 8 万元，成为广大农民增收的新渠道。

依托戈壁农业这个"增长点"，酒泉农业走上了"创新驱动"的坦途。全市自主研发基质配方 9 个，认证无公害农产品 30 个、绿色食品 7 个、有机食品和地理标志农产品各 1 个，建成国家级蔬菜标准园区 1 个，省级蔬菜标准园区 7 个。戈壁农业产业园区生产的果蔬，口感鲜、品质优、耐存储，达到了绿色生态标准，打入了上海江桥、广州江南市场，深受消费者信赖。酒泉市还通过申请注册"戈壁雪润"区域公用品牌商标，实施商标品牌强农战略，打通向经济发达城市、农产品消费密集区域乃至中亚、西亚、欧洲等地外销通道，充分提高戈壁生态农业的知名度、美誉度和市场占有率。截至目前，已有 24 家经营主体，64 个合作基地，150 多个母子品牌商标，产品涵盖了蔬菜、瓜果、中药材、牛羊肉等 8 大类。

围绕戈壁农业这个"爆发点"，酒泉市各县（市、区）依托县域农业特色，以创建特色小镇、乡村旅游、田园综合体为载体，大力推进戈壁生态农业与旅游休闲、农耕体验、健康养生等产业深度融合。通过组织开展杏花节、桃花节、蜜瓜节、采摘节等农业节会，有力地带动了当地农业产业及服务业消费，不仅提高了农民收入，延伸了产业链条，还为酒泉 2000 多富余劳动力提供了就业岗位。2018 年，全市农民人均可支配收入中来自戈壁农业的达到 3500 元，占到人均可支配收入的 20%。

在促进环境整治与戈壁生态农业产业的融合中，酒泉市紧盯节水、高效、生态、品牌发展方向，建成戈壁生态农业产业园 39 个，与北京和上海合作供应蔬菜，推进戈壁农业标准化体系建设，打造"戈壁雪润"品牌，走出了一条戈壁现代农业发展新路子。

～～～～ 六 ～～～～

"要让人们望得见山、看得见水、记得住乡愁。"全市上下牢记习总书记的嘱托，强化保护治理，着力打好打赢污染防治攻坚战。

坚决打赢蓝天保卫战，深化"限排放、控煤质、控扬尘、控车油、严监管"五项措施，着力推动"六张清单"任务落实，严控过剩行业新增产能，全市共建成一级煤炭交易市场 8 个，二级配送网点 71 个，实现了优质煤配送中心 7 县（市、区）全覆盖；完成 63 台燃煤锅炉综合整治任务；建筑施工场地落实"六个百分之百"抑尘措施合格率达到 98.7%；全市 7145 家餐饮服务企业，油烟净化器安装使用率达 99%；完成 17305 户城乡居民小火炉、土炕、土灶改造任务；建成机动车尾气遥感监测网络项目；中央第一轮环保督察反馈的 47 台 20 蒸吨及以上燃煤锅炉提标改造问题全部按期完成整改。

着力打好碧水保卫战，建成处理规模 16.25 万吨 / 日的 8 个城市生活污水处理厂，实现了"县县建成污水处理厂"的目标，城市生活污水集中处理率达到 94% 以上；先后投资 2000 余万元，完成饮用水源地规范化建设 47 个；全市 3 个省级以上和 8 个市级及以下工业园区（集聚区）建成 12 套污水集中处理设施，园区工业污水得到有效处置；全力实施城镇生活污水处理厂提标改造，污水再生利用和污泥无害化处置全部达到一级 A 排放标准；建立了市县乡村四级河长制、湖长制管理体系，黑河、疏勒河流域水质得到明显改善。

扎实推进净土保卫战，深入推进全市土壤污染状况详查，完成 335 家重点行业企业调查点位质控工作和 18 家重点土壤污染监管企业土壤自测工作，建立了酒泉市土壤污染地块信息库；完成了瓜州白墩子和酒泉同福化工土壤污染治理与修复项目，城市生活垃圾无害化处理率达到 100%；全市打造美丽乡村示范点 56 个、环境综合整治示范村 215 个。

全市森林总面积达到 1133.7 万亩，湿地总面积达 1016 万亩，森林覆盖率达 5.29%；全市沙化土地、荒漠化土地面积分别较 2009 年减少 61 万亩和 118 万亩，城乡人居环境不断改善，人民群众的获得感和幸福感显著增强，对"蓝天白云、繁星闪烁，清水绿岸、鱼翔浅底，鸟语花香、田园风光"的美好愿景正在变为现实。

~~~ 七 ~~~

</div>

肃北县境内有党河、榆林河、疏勒河、石油河 4 条河流，年径流量 14.5 亿立方米，水能资源蕴藏量达 26 万千瓦。肃北县把饮用水源保护区的"划、立、治、测、管"作为保护水源安全的主要方式，通过扎实推进蓝天、碧水、净土三大保卫战，让肃北的山更绿、水更清、人更美。以党河峡谷为龙头的生态旅游业正在兴起。

肃北县依托网格空气自动监测站及网格员巡查，对重点区域开展精细化管理，力求完成控制指标。对施工工地和运输车辆落实"六个 100%"扬尘防控措施，对县城建成区裸露土地进行覆网。依托河长制，继续加强河流环境问题巡查。对肃北县城镇生活污水处理厂进行督促检查，力争尽快完成县城污水处理厂提标改造工程和两个乡镇的污水处理设施投入运行。2019 年，肃北县地表水断面水质全市排名第一。

2019 年，肃北县城区空气质量有效监测 352 天，优良天数 300 天，优良率 85.23%，环境空气质量综合指数为 2.73，在全市各县市区排名第一。

在肃北县境内的党河阿克塞取水口、榆林河水峡口、德勒诺尔湖等 3 个地表水监测断面，水质达标率均为 100%，优良水体比例为 100%。肃北县共有 4 个地下水型水源地，其中 1 个为县级城市集中式饮用水水源地，3 个为乡镇集中式饮用水水源地，水质均达到地下水质量三类标准限值要求，经过排查没有发现黑臭水体。

肃北县共设立城市声环境功能区监测点位 103 个，每年随机筛选 10 个点位进行监测，2019 年，检测结果均达到 1 类和 2 类标准。肃北县共有 5 家土壤重点监管企业，没有发生土壤污染问题。

生态环境保护既是攻坚战，也是持久战。肃北县牢固树立"绿水青山就是金山银山"的发展理念，坚决打赢污染防治攻坚战，加快建设大美肃北。

"要像保护眼睛一样保护生态环境，像对待生命一样对待生态环境。" 2021 年 1 月至 10 月，全县空气环境质量良好，地表水、地下水达标率、危险废物产生单位和经营单位规范化管理合格率均达 100%。完成春季造林绿化及重点防护林工程 6 项，新增人工造林 780 亩，完成义务植树 21 万株。

滔滔党河，奔流不息，造就了雪山的峻美和草原的博大，滋养着沿岸勤劳勇敢的人民。

在党河文明的种子里，不仅蕴藏着肃北"从哪里来"的密码，更标定了肃北"走向何方"的路标。

与转场的牧民一道，肃北也走上了一条高质量发展的"转场"之路，先后投入 1.5 亿元，全面完成 85 宗矿业权矿山环境恢复治理，争取矿权退出省级补助资金 2.24 亿元，完成 81 宗矿业权退出，县域生态功能逐步修复和恢复。

党河水见底的清、盐池湾无边的绿、肃北天空如洗的蓝，还有不断"归来"的野生物种……这些生态环境改善的标志性信号，都在诉说着党河的生态之变、生态之美。

党河是肃北赖以生存和发展的生命之源，也是雪域边城生态保护和绿色发展的见证。河湖长体系全面建立，人工造林、荒漠化治理、围栏封育草场等 61.9 万亩，森林覆盖率达 5.33%，肃北县构建好山好水好生态的步伐不断加快。

站在新起点，肃北县将全面贯彻习近平生态文明思想，牢固树立"绿水青山就是金山银山"理念，把生态环境保护摆在更加突出的位置，持续推进生态文明建设，为打造青山常在、绿水长流、空气常新的美丽酒泉增添一抹重彩。

碧水、蓝天、青山、净土，是最基本、最普惠的民生福祉，绿色发展理念已贯穿于肃北蒙古族自治县发展的各领域、全过程。

八

宽阔明亮的村道，美观整齐的院落，喜笑颜开的村民……在酒泉市肃州区泉湖镇四坝村 5 组，一幅新农村幸福画卷徐徐展开。这是酒泉市开展全域无垃圾专项治理行动的一个缩影。

"四坝村 5 组农村环境综合整治的典型经验值得学习借鉴"。2022 年 11 月 16 日，在全省全域无垃圾工作现场推进会观摩活动中，来自全省 14 个市州的全域无垃圾专项治理行动分管领导对四坝村 5 组农村环境综合整治工作给予了充分肯定。

南坝村是肃州区银达镇比较偏远的一个村，基础设施薄弱，年轻人大多外出务工，这些因素导致南坝村在环境整治中困难重重。

2021 年 2 月以来，帮扶单位调运车辆帮助南坝村清理陈年垃圾，修缮道路，修建村级文化阵地等，与此同时，村民每天清理自家院落卫生，每周清理公共区域卫生，南坝村面貌发生了巨变，增强了村民致富增收的信心。

"环境好了，心情舒畅了，生活也更有意义了。"南坝村村民运会清说。

南坝村的"脱胎换骨"，在一定程度上体现了酒泉市大力推进垃圾清除、农村治污和改厕、城乡基础设施建设、市容村貌整治、生态环境修复、城乡居民素质提升六大专项突破行动的阶段性成果。

酒泉市在全域无垃圾专项治理行动中共组织劳力 198 万人次，动用车辆机械 13.3 万台次，清运垃圾 111.3 万吨，拆除违章建筑 1587 处，改造农村房屋 7918 户，改厕 12177 户，回收废旧农膜 4.2 万吨，清理柴草 48 万立方米。投入村镇绿化、道路硬化、街道改造、垃圾污水处理等各类资金 17.95 亿元，完成造林绿化 15.47 万亩，硬化村组道路 937 公里、居民街道 390 条，架设路灯 4753 盏，改造粉刷居民点外立面 220 万平方米。

酒泉市城乡建设局办公室负责人介绍，从 2022 年开始，酒泉市 29 名市级领导分别包挂 7 个县市区、联系 20 个示范乡镇，823 个市、县直部门、驻酒单位，1350 名工作队员帮建 215 个示范村，随着行动不断深入和推进，市县乡村四级联动机制、村规民约和定期清扫、门前"三包"、垃圾清运、检查评比等长效机制逐步确立，资金投入逐渐增加，全市 66 个乡镇配备保洁员 2954 名，落实保洁经费 2243 万元。

葡萄美酒夜光杯，从历史走来，见证了雪山草原之变，见证了夜光杯的故乡新时代蓬勃发展的新面貌。

第六章　天下雄关

——一——

长城高与白云齐，一蹑危楼万堞低。

锁钥九边联漠北，丸泥四郡划安西。

清光绪三十二年（公元 1906 年）阴历二月二十六，诗人裴景福在经过河西嘉峪关地区时，写下了这首《登嘉峪关》。

嘉峪关依山而居，居高凭险，建筑雄伟。诗人被塞上雄浑壮阔的景色所振奋，在登上嘉峪关后，远眺俯瞰，借古抒怀，表达他眷恋祖国大好山河的殷殷之情和爱国之心。

嘉峪关位于河西走廊中西部的嘉峪山西麓的嘉峪塬上，自古是"丝绸之路"的必经之地，古有"西襟锁钥"之称。距今已有 645 年历史。

万里长城沿线上分布着许多关隘。其中规模最大的有两座：一座是东端的山海关，另一座就是西端的嘉峪关。嘉峪关比山海关早建 9 年，规模也比山海关宏大。所以嘉峪关是长城上最大的关隘，也是中国规模最大的关隘。

清代林则徐因禁烟获罪，被贬新疆，路经嘉峪关时有诗赞道："严关百尺界天西，万里征人驻马蹄。飞阁遥连秦树直，缭垣斜压陇云低。天山巉削摩肩立，瀚海苍茫入望迷。谁道崤函千古险，回看只见一丸泥。"又云："除是卢龙山海险，东南谁比此关雄。"指出这关真乃"雄关"。

嘉峪关所在地是甘肃省西部的河西走廊最西一处隘口（河西走廊继续向西延伸）。甘肃西部已属于荒漠地区，河西走廊夹于巍峨的祁连山和北山（包括马鬃山、合黎山和龙首山）之间，东西长达1000公里左右。一条古道穿行于祁连山北麓的戈壁和冲积平原上，这就是古代"丝绸之路"。

嘉峪关素有"中外钜防""河西第一隘口"之称。明初，征虏大将军冯胜在班师凯旋途中，选址在嘉峪塬西麓建关。外城正中大门额刻"嘉峪关"3个大字。嘉峪关地势天成，攻防兼备，与附近的长城、城台、城壕、烽燧等设施构成了严密的军事防御体系，被誉为"天下第一雄关"。

二

西域悠久的历史，孕育了灿烂的古代文化，沿着古老的丝绸之路往西，雄伟壮丽的长城、遍地的文物遗迹、浩繁的典籍文献、精美的石窟艺术、神秘的奇山异水……使这条苍茫古道至今仍流光溢彩。长城第一墩自然景致壮观，东临酒泉，西连荒漠，北依嘉峪，南望祁连。讨赖河水滔滔东去，朝阳里，宛若银练飞舞在戈壁之上；夕阳下，又如飞龙游走于山涧之中。极目南眺，山峰终年洁白，衬映着蓝色天空，更觉清新如画。

"四时大雪，千古不消，凝华积素，争奇献秀，氤氲郁葱，凌空万仞，望之如堆琼垒玉。"晨曦初起，彩霞横抹天空，天高野阔，千岭万壑竞披红装，婀娜多姿。雨后，祁连山中长云如练，缠绕山腰，或化作各种离奇物形，或变作铁马甲兵；或雨过天晴，彩虹横挂山川。正所谓："余收远岫和云湿，风度疏林带舞飘。"

"从荒无人烟的戈壁滩，到一座绿树成荫、空气清新，蓝天、白雪、碧湖、绿地交相辉映的新兴现代化工业旅游城市，嘉峪关的今昔巨变有目共睹。"甘肃省嘉峪关市林草局副局长王丽红介绍说。

甘肃嘉峪关是一座因国家使命、国家战略、国家需要应运而生的城市，因矿建企、因企设市、因关得名。1958 年因"酒泉钢铁公司"的建设而发展起来的新兴现代化工业旅游城市，1965 年设市，1971 年经国务院批准为省辖市。

王丽红说，嘉峪关市境内属温带大陆性荒漠气候，干旱少雨，年均气温 6.7—7.7℃、降雨量 85 毫米、蒸发量 2149 毫米、日照 3 千小时。生态环境薄弱，自然条件恶劣，属国家土地荒漠化严重地区。"风吹石头跑，遍地没有草，树上没有鸟"是多年前嘉峪关生态环境的真实写照。

建市初期，沙漠、戈壁、厂房是城市的主要景观，戈壁滩上零星分布着芨芨草、骆驼刺、野芦苇、白刺等戈壁沙区干旱植物。1966 年起开始植树造林，直至改革开放初期，生态环境建设仅仅停留在原始的、以防风固沙为目的的单一绿化模式，树种主要以杨树、沙枣树等防风固沙树种为主，仅有的绿地分布在公路两侧、酒钢厂区、单位庭院及农田边缘；建成区中公共绿地、专用绿地、街头绿地所占比例很小，城市绿化覆盖率仅为 4.9%。

"绿"成为了这座西北戈壁城市的追逐目标。建市以来，在昔日荒凉的戈壁滩上，一座跨河而建、南北并重、布局合理、功能完善的新兴城市已经拔地而起。

自 1995 年起连续开展"绿化年"活动，坚持不懈在戈壁荒滩植树种草、建湖蓄水，先后建成公共绿地 110 多处、2696 公顷，城市公园 14 座、人工湖 20 余座。目前，建成区绿地率、绿化覆盖率分别达到 39.2% 和 40.3%，人均公园绿地面积 36 平方米，人均水域面积 27 平方米，城市居民"出门见绿、伸手触水"。

"坚持生态修复，让湿地复青春。"王丽红说，山水林田湖草是一个系统工程，湿地是"地球之肺"。湿地面积增加 12%，植被覆盖度增加 17%—20%，土壤含水量增加 4%—6%，湿地公园的生态服务功能逐步恢复，2017 年生态服务价值达到 3.73 亿元。

2018 年 12 月，嘉峪关新城草湖国家湿地公园正式命名批复，填补了嘉峪关市无国家湿地公园的空白。目前，湿地公园现有野生植物 25 科 48 属 66

种，野生动物 5 纲 27 目 49 科 142 种，组成了一个较为完整的生物多样性综合体。

王丽红说，草湖湿地是嘉峪关市水资源储存丰富的区域之一，发挥着防风治沙、控制污染、改善气候等重要生态功能，是嘉峪关市乃至河西走廊区域绿色生态屏障的重要组成部分、高原禽类及候鸟的停留地、栖息地，对构建当地生态经济系统框架、改善城乡人居环境具有十分重要的意义。

$$\sim\!\!\sim\!\!\sim \ \ \Xi \ \ \sim\!\!\sim\!\!\sim$$

在嘉峪关关城东南一公里处，国道 312 与兰新路交叉口的左侧，8 棵大白杨一字排开，挺拔高俊，枝干粗壮，人不能合抱。杨树面朝天下雄关，背依祁连山脉，栉比鳞次，似城市哨兵，如公路守护者，春去秋来，冬寒夏暑，历经冰雪风雨，树木巍然屹立，枝叶葱郁繁茂。

曾经的"八棵树"，如今已经被林木葱茏的绿色包围。在嘉峪关市，可以毫不夸张地说，"嘉峪关绿"的生命成长史正是从这"八棵树"开始的。

从"八棵树"到"满眼绿"，八棵大白杨见证着嘉峪关人与天斗、与地斗的豪迈、悲壮和顽强，见证着嘉峪关"绿色奇迹"的抗争、不屈和不朽；更见证着嘉峪关"艰苦奋斗、开拓创新、开放包容、敢为人先"精神的奋进史和蝶变史。

每当 90 多岁的郑占乾老人坐着轮椅来到八棵树旁，望着一排曾经用汗水浇灌过的"绿色城墙"，他的内心总是难以平静。作为新中国第一代养路人，郑占乾自己也没有想到，昔日的戈壁荒滩，如今和江南水乡一般被绿色环绕。

嘉峪关市地处戈壁荒漠，风沙、盐碱、干旱相当严重，年降水量为 88.4 毫米，而年蒸发量达 2002 毫米，植树造林十分困难。

在如此荒凉之地，怎能有如此旺盛生命力的八棵杨树？这要追溯到 1952

年初春，风沙弥漫，乍暖还寒，新中国第一代养路人郑占乾工作之余，号召职工和家属在简陋的道班工房前种了一排杨树，以阻挡风沙对房屋的侵害，他们用炉棍和铁勺挖开坚硬的砂土，把刚刚返青的杨树枝条埋了进去，不曾想，这些枝条从那时候起，就把稚嫩的根系扎进了戈壁，在一代代养路人的精心呵护下，逐渐长成了参天大树。岁月更替，几经沧桑，后来剩下了8棵。

这8棵白杨树，是老一辈嘉峪关人筚路蓝缕、艰苦创业的缩影，更是一代代嘉峪关人扎根戈壁、无私奉献、艰苦奋斗、甘当路石的精神传承。

"一滴水对准一块石头，目标一致，矢志不移，日复一日、年复一年地滴下去——这才造就出滴水穿石的神奇！"直到今天，在每年春季的2月20日到5月15日，秋季的10月20日到11月20日，嘉峪关人植绿的这一活动从未停止过。

"良好的生态环境是最公平的公共产品，是最普惠的民生福祉。"数据显示：2019年上半年，嘉峪关空气优良天数为155天，比率达到85.6%，综合排名全省第四。这一良好生态效果的取得无疑与嘉峪关几十年如一日持之以恒播绿、护绿的奋斗息息相关。

"像保护眼睛一样保护生态环境，像对待生命一样对待生态环境。"这一理念，在嘉峪关早已形成共识。

在嘉峪关市园林绿化大队队长张东菊看来，植上了绿、播上了绿，更要管好绿、护好绿。

从"黑白灰"到"满眼绿"，其中的酸楚，与"绿"打交道33年的张东菊再明白不过了。每当天气突变，刮起大风，张东菊都会在心里暗暗祈祷："希望林木不被刮倒，树枝不被折断。"

"践职勋庸列，修躬志行彰。"嘉峪关打造绿色生态之城的每一个瞬间都与全市人民对美好生活的体验感、归属感、获得感息息相关。

退休老人陈先生提起嘉峪关生态环境，就有无限的喜悦："就说这东湖生态园吧，早晨起来来园里走一走，跑一跑，面迎朝阳，闭眼深呼吸，有泥土的芬芳深入鼻息，人会顿时浑身神清气爽起来，这种感觉是一种身心愉悦的感觉。吃过晚饭带着孙子一起来到湖边散散步消消食，看看湖中夕阳照耀波光粼粼，孙子高兴，我也高兴。"与老人边走边欣赏湖景，看见湖中调皮的鱼儿不时探出个脑袋吐出一串串水泡泡，仿佛在饮着音乐伴奏，我眼前仿佛出现陈先生的孙子高兴得欢呼雀跃的可爱样子。老人望着远处气象观光塔不时变换出的梦幻颜色，神情犹如顽童般，他指着观光塔，兴奋地说："你看那多像一只跳出海面直冲云霄的海豚，它头顶顶着一个皮球呢！"我顺着老人的手势，看见一头即勇敢又顽皮可爱的海豚，它正从上空俯瞰东湖生态园。我想，它一定看见了这犹如绿色花环、美丽迷人的生态园。说着话我俩就到了生态园中央，这里的湖水如一面镜子镶嵌其中，映照着天上变幻的云彩，不禁使人想起王母娘娘的瑶池仙境。

如果说，厚重历史与工业气息是嘉峪关的 A 面，那么它的 B 面则是一座国家园林城市所代表的绿色生态。

嘉峪关市地处戈壁内陆，属典型的温带大陆性荒漠气候，荒漠戈壁占总面积的 90% 以上，年均降雨量仅 85 毫米，蒸发量是降雨量的 25 倍，干旱少雨，缺水少土，自然环境十分脆弱。

据介绍，为打造出"城水互动、人水和谐"的魅力之城，嘉峪关市以水为媒，巧做"绿文章"，把水库建设与园林绿化、城市规划建设结合起来，引水进城，以水植绿，以绿润城。

在满足工农业生产需求的同时，嘉峪关市先后修建了 17 座调蓄水库，淡季蓄水、旺季用水，人均水域面积达到 27 平方米，累计投资 12.8 亿元对境内唯一的地表河流讨赖河进行综合治理，形成了"秀水绕城城如画、一步一景景醉人"的讨赖河风情线。

嘉峪关建成绿地 2783.67 公顷，人均公园绿地面积 29.2 平方米，绿地率和绿化覆盖率分别达到 39.54% 和 40.7%，森林覆盖率达 12.56%，草原植被盖度 16.5%。

"一个集公园绿地、道路绿化、小区绿化、街头绿地于一体，传统与现代交融为特色、量与质并举的城市园林绿化格局已经成形。"嘉峪关市生态环境局局长鱼新科说。

在酒钢集团宏晟电热公司，电子屏上排污流程、监测数据一目了然；在嘉峪关索通公司，从原材料到生产加工各个环节，环保理念贯穿始终……

2021 年，嘉峪关市优良天数达到 312 天，PM10 年均浓度 54ug/ 立方米，PM2.5 年均浓度 19ug/ 立方米，分别较"十二五"末下降 44.9%、36.7%。

一江碧水穿城过，半城草木半城湖。雪山映照碧如蓝，谁人识得戈壁城？蓝绿交织、空气清新、环境宜人，如一颗璀璨宝石镶嵌在西北茫茫戈壁，嘉峪关赢得了"湖光山色、戈壁明珠"的美誉。

四

嘉峪关的建关，就是因泉而置关，这段历史很多史书上都有记载，说明了嘉峪关建关选址的标准是水，有了水，具体地说，有了九眼泉，才有了嘉峪关。有了嘉峪关，绿洲得到了开发，荒漠得到了遏制。

有一种著名的植物叫左公柳，它的主角是一代名将左宗棠。从小生活在湘江之滨的左公，对绿树有着特殊的偏爱。据传，19 世纪下半叶他率领的湘兵来到西北大漠，深感气候干燥，寥无生气，而又水土不服，左公遂命令筑路军队，在大道沿途、宜林地带和近城道旁遍栽杨树、柳树和沙枣树，名曰道柳。从陕甘交界的长武县境起到新疆南疆，沿途广栽杨柳，长达数千里。左公柳，不仅阻挡了塞上古道的风沙，美化了环境，而且为后人立下了一块"保护环境、呵护生态"的历史丰碑。

追本溯源，嘉峪关的自然环境并不优越，相反，天上无飞鸟，地上不长草，是这里的真实写照。1958 年，当数万名建设者来到嘉峪关下的古战场，他们面对的是茫茫的戈壁，呼啸的北风，住的是地窝子，喝的是冰雪融水。但越是条件艰苦，人们越是充满了改造自然，改造环境的信心和决心。酒钢建设之初，就在驻地的戈壁滩上开辟了数百亩地的果园，成立了绿化队，当年的果树如今已是数发新枝，果实累累。也许是用人们辛勤的汗水所浇灌，戈壁上的果实分外香甜。多少年过去，当人们说起绿化队的苹果，都会竖起大拇指，因为那甜蜜的汁液中，饱含了建设者的心血。

毛主席说："天上的空气，地上的森林，地下的宝藏，都是建设社会主义所需要的重要因素。"在嘉峪关建市之初，建设者们深山挖矿，戈壁炼钢，充分利用当地的自然条件，因陋就简，丰衣足食，一座座工厂矗立起来了，一棵棵绿树也在春风中摇曳着坚强的身姿。

有一位诗人曾经很动情地说：嘉峪关，是一个人们用想象力和创造力在戈壁中打造的"海市蜃楼"，现代化的高炉与巍峨的雄关遥相呼应，苍茫蜿蜒的长城和葱茏摇曳的林带辉映生趣，涟涟碧波荡漾在漠漠黄沙之上，座座高楼掩映在郁郁绿荫之中。

曾经的戈壁荒漠、不毛之地消失了，取而代之的是鳞次栉比的高楼、宽阔平坦的道路、整齐划一的绿化林带、景色优美的花园小区，白色羽翼造型的体育场，欧式风格的大剧院，郁郁葱葱的森林公园，激情洋溢的水上欢乐园……还有集休闲、健身、观光、娱乐为一体的嘉峪关最具人气的雄关广场，这里亭台水榭造型各异，音乐喷泉水花飞溅，健身器械有益有趣，工作之余，人们三五成群，在这里享受着生活的轻松与惬意。

当人们走进这座美丽的城市，耳闻潺潺流水，手扶葱郁绿色，眼望广厦华栋，恍若置身秀美的江南水乡；夜幕降临时，璀璨灯火与点点星光交相辉映，酒吧、咖啡馆的霓虹灯牌熠熠闪烁，闲逸的人们在习习晚风中散步、聊天……俨然一幅时尚新城生活图。

一个城市的魅力和价值，绝不仅仅在于它林立的高楼和如画的美景，而更多的是源于生活在这里的人们内心真切的幸福感和来过这里的人们萌生的留恋。城市这棵"梧桐树"逐渐茂盛起来，栖息在这棵树上的鸟儿，才会有幸福欢快的叫声。生活在嘉峪关的居民和来到嘉峪关的游客，都有一种深切的感受：这是一座充满生机和活力的城市，是一座宜居宜游的生态城市。

花博园位于嘉峪关遗产公园的中部，浓缩了戈壁草原与城市公园的景观元素，融合了现代人工与历史生态的景观特点，贯彻并展现了景观过渡带的机理。花博园突出山、水、林、田、花、湖等景观要素。花博园内的植物品种数不胜数，让人眼花缭乱，有紫丁香、珍珠梅、金山绣线菊、紫花苜蓿、荷兰菊、波斯菊、美女樱、芍药、蜀葵、蒲公英、荷花、泽泻、芦苇荻、菖蒲、碱蓬、国槐、垂柳、碧桃、新疆杨、白蜡……数十万亩鲜花一起绽放，扮靓了美丽的嘉峪关。

树随路走、花伴人行。做到栽一棵树，就确保成活一棵，让树木长生；建一片绿地，就管好一片绿地，让绿色常在。向荒漠要绿洲、在戈壁建家园，累计建成 110 多处公共绿地，100% 的城市道路得到绿化，社区绿化率达到 30% 以上，形成"车在树下行、人在树下走"的良好生态格局。

在嘉峪关，种活一棵树比养活一个娃娃都难！即便如此，嘉峪关人民依然对改造生态环境充满希望。市民们每人每年贡献绿化费 224 元参与义务植树：每栽一棵树，挖开一米见方的大坑或沟槽，筛出细沙，再掺入从外地买来的土壤，隔 15 天浇一次水。如今，2000 多万棵枝繁叶茂的大树让嘉峪关市充满绿色的生机与魅力。

戈壁滩上没有基本土层，地表以下 100 米全部为沙砾结构，要植树种草，必须先深挖 1 米，运走砂石，再买来熟土和肥料进行回填，种活一棵树的成本高达 360 元。尽管如此，嘉峪关人却从没有停歇过播绿的步伐。2014 年春季，共栽植绿化苗木 299559 株，其中落叶乔木 20306 株、灌木 260083 株、常青树 4100 株、宿根花卉 15070 株。共完成土方更换 35000 立方米，铺设绿化输水管线 5600 米，安装喷灌 27500 平方米、滴灌 20000 米，新增绿地 45000 平方米。

2009 年 11 月 11 日，时任中共中央政治局常委、全国人大常委会委员长吴邦国在嘉峪关调研时，欣然题词"湖光山色、戈壁明珠"。

夜幕降临，嘉峪关少了白昼的酷热，当地民众三五成群来到东湖生态旅游景区，享受河水潺潺、清风徐来的"凉爽夜晚"。70 岁的李惠林带着孙子漫步其中，看到此景感慨万千，"谁曾想极度缺水的戈壁滩会有此番江南之景。"

"以前，嘉峪关就是一望无际的石头山和裸露的戈壁滩，'见绿'比登天都难。"李惠林回忆说，此前，狂风夹杂着沙石呼啸而过，人们都会寻找避风之处，躲避侵扰。而此情况隔三岔五便会上演一番，墨镜、纱巾、口罩、帽子成为家家户户必备品。

"天上不见鸟、地上不长草、风吹石头跑""往前看，戈壁滩，往后看，鬼门关，抬头看，灰色天"……李惠林对于年少时所听儿歌依旧记忆犹新。他说，调侃恶劣生态环境的儿歌、俗语早已"退出历史舞台"。如今，孙子唱响的儿歌已是"来到嘉峪关，看看好风景，春有花、夏有荫、秋有果、冬有绿"。

从前的讨赖河，由于长期无序采砂和倾倒垃圾，河道两岸砂石裸露，满目疮痍。从 2010 年开始，嘉峪关市委、市政府投资 8 亿元，开始实施讨赖河嘉峪关市区段生态环境治理工程。经过近 3 年建设，6.5 公里长的讨赖河市区段已形成连续水面景观，成了市民夜晚消遣纳凉的必去之地，更成为嘉峪关的游览胜地。雄关广场、体育馆、城市博物馆、气象塔、嘉峪关大剧院等城市标志性建筑和 4A 级东湖生态景区、迎宾湖园区、森林公园、龙王潭遗址公园、中华孔雀苑等景观引人注目。这些城市"绿色明珠"和周边雄浑的关城、瑰丽的黑山湖草湖湿地，以及祁连雪峰、蓝天白云交相辉映，构成一幅柔美、灵动又不失厚重的山水画卷。

"春有花、夏有荫、秋有果、冬有绿"，一年四季都有绿色的和谐景观。实施"绿起来、亮起来、净起来、美起来"工程，"一街一品、一路一灯"。主要街道两侧安装了树灯、灯箱广告牌，城市绿地、广场安装了电子爆竹灯、礼花灯、五彩花灯等各类灯饰，街道两旁主要建筑物安装了霓虹灯、射灯，改造 10 千伏以下电网 6.5 公里，构筑了一个"立体化"的亮化格局。

受制于戈壁环境，当外界谈起嘉峪关，对其印象便常常是"干旱、沙尘"。

"东湖生态旅游景区是嘉峪关生态变化的缩影之一。"东湖生态旅游景区园林工程师林晓云从 19 岁便在林草系统工作，她参与并见证着当地民众是如何在从戈壁滩上"植绿"的过程。

"当时，植绿最大问题是土和水。"林晓云介绍说，采用外运异地淤积土壤、施肥、加填充物和种植苜蓿等方法改良土壤，并借助周边水库建设管道引水入城，为种植耐旱植物提供适宜生长环境。

"真的，在嘉峪关种活一棵树所费精力不亚于养活一个孩子。"林晓云坦言，受制于特殊气候，外地苗木运至该地，不能存放，必须快速栽植，否则会影响其存活率。在向戈壁"要"绿洲过程中，一大批"林草人"吃住在"沙窝窝"中，特殊时期，甚至还不分昼夜奋战其中。

"处处见绿有效改变了'小气候'，但仍需坚守。"林晓云表示，除政策支持外，仍需引导、强化民众的"节水""护绿"等意识，营造出众人参与保护生态的氛围，从而持续改善嘉峪关生态环境。

提起嘉峪关，很多人并不知道嘉峪关有座草湖国家湿地公园，而是想到嘉峪关长城，不过没关系，它的风景足以让你不再忽略它，足以让你记住它。

清风吹拂到人身上很是舒适。放眼望去，眼前的一切都是如此开阔，最原生态的洁净空气呼吸进肺里，感到这世界是如此美好。湿地公园内的湖泊很多，但是都很浅，湖水清澈见底，可以看到水草在湖底波动，让人想起小石潭记。草湖湿地公园的生态环境很优越，这是一个远离人类工业化的静谧之地，丰富的动植物资源聚集在这里，其中动物以水禽为主，来到这里真像来到了一座动植物大观园。芦苇簇拥在湖畔随风飘荡，灵巧的水鸟掠过水面，这片土地生机勃勃。

站在关城上，向西望去，亘古的戈壁一片荒凉，永恒的祁连山、黑山依然如故。向东望去，一座现代化的新城拔地而起。

一座城市最吸引人的是它的文化内涵，文化并不仅仅是古迹，古迹只是文化的一部分。文化是一种生活氛围，无论如何发展，最后都要回到生活世界的美好

戈壁滩本身就是一流的旅游资源，现在旅游追求小桥流水，嘉峪关的优势在雄浑大气，荒凉也是一种美。

雄关漫道，戈壁滩上那种原始的永恒的荒凉和雄浑的力量，是天造地设的，站在悬壁烽火台上看到的是中国最美、最辽阔的大地之一，那种寸草不生的独特的美，不能用语言来形容，心中幻化出一句诗来："春风已度嘉峪关，祁连山外不荒凉。"

今天的嘉峪关，已成为闻名遐迩的全国优秀旅游城市，全国魅力城市，最具投资价值城市，国家卫生城市、全国环保模范城市……成为戈壁深处崛起的一座生机勃勃、绿意盎然、传奇般的现代都市。

第七章　戈壁绿洲

~~~~~ 一 ~~~~~

有人说，人这一生，一定要去一次敦煌，看看莫高窟的信仰，看看沙与泉的两厢厮守，看看玉门关的春风不度，看看曾经的汉唐。

位于河西走廊最西端的敦煌，是甘肃、青海、新疆三省交汇之地，在古时候，也被称作沙洲。无垠的戈壁大漠，连绵起伏的沙丘峰峦，寥寥勾勒了敦煌粗犷的轮廓，也孕育了它流传千年的神奇故事。

"当你捧起一把黄沙，故事就会在你的掌心里流淌。"恢弘气派的莫高窟九层楼，辽阔清澈的宕泉河，沙漠奇观鸣沙山月牙泉……《史记·大宛列传》，东汉应劭解释"敦，大也；煌，盛也"。敦煌，取盛大辉煌之意。

敦煌的历史古老而久远，历来为丝绸之路上的重镇，是国家历史文化名城。敦煌东峙峰岩突兀的三危山，南枕气势雄伟的祁连山，西接浩瀚无垠的塔克拉玛干大沙漠，北靠嶙峋蛇曲的北塞山，以敦煌石窟及敦煌壁画而闻名天下，是世界文化遗产莫高窟和汉长城边陲玉门关及阳关的所在地。在党河和疏勒河下游最大的绿洲上，敦煌是"丝绸之路"西出玉门关和阳关的主要门户。

茫茫戈壁，千年风云，敦煌到底有多重要？

~~~~~ 二 ~~~~~

敦煌绿洲，是躺在西湖湿地臂弯里的一个孩子。

敦煌西湖国家级自然保护区新闻发言人袁海峰指着正北的一湾湖水说："这就是盐池湖。过去，水域面积有 600 公顷，如今就剩下这一湾明水了。"

在这块不足 200 平方米的湖地上，盐碱泛起，看不见几株高过 1 米的植物，低等矮小的植被群也正在退缩。

库姆塔格沙漠，从西面逼近，由于西湖的阻隔，沙舌由南而东，从阿克塞哈萨克族自治县的多坝沟北部，断断续续延伸到了敦煌的鸣沙山。敦煌绿洲的东面，是和瓜州交界的黑沙窝，沙丘一部分来自库姆塔格的风沙，一部分是因为极度干旱。

袁海峰提供的调研数据是：敦煌绿洲南部，沙漠线已达 100 多公里，基本上贯通了全境；西部，沙漠线南北长达 50 公里；东部，沙漠线南北长 5 公里。

这是一组可怕的数据。

在敦煌这条线上，楼兰和罗布泊相继消失，如果绿洲拦不住风沙，敦煌消失就意味着河西走廊的全线覆没。

摆在人们面前的一个严峻事实是：敦煌绿洲生态水源被截、湿地严重退化、人口剧增后地下水抽取严重、库姆塔格沙漠扩展……而敦煌，已完全处在沙漠的三面包围中。

袁海峰拿出一张照片：一个军人端坐在一张简易的折椅上，他的面前是一片烟波浩渺的湖水。

"这是上世纪 50 年代的后坑。"袁海峰说。很多年来，他一直在寻找这名军人留影时所在的准确位置。但是，原来的湖对岸，凭空长出了很多棵胡杨树。这在相片中，是没有的。我们沿着汉长城的遗迹，走进了他锁定的大致范围。

这是湖南岸的一块高地，芦苇和红柳长势茂密。但是湖中已经不见水了。

上世纪 70 年代，中国科学院组织的一次科学考察活动中，这一块湿地就是其中之一。当时一位科学家在这里留有一张照片。那时候，这里还是一个湖泊，现在这里已经没有水了。湖泊消失后形成了这一片绿地沼泽，这片沼泽在每年的 3 月份有水，5 月份以后，基本上就干涸了。

后坑湿地，面积大概有 300 公顷，是敦煌西湖国家级自然保护区一块比较典型的沼泽湿地。西湖湿地这些年退化非常严重。以前大片的湖泊现在基本上消失了，很难看到明水。

2022 年 6 月 15 日，敦煌及周边地区发生强降水天气。次日凌晨 3 点，发生了一场百年一遇的特大洪灾。

在敦煌西湖国家级自然保护区范围内，据测算降雨量达到了 50 毫米。比敦煌年均降雨量 39.9 毫米高多了。这次降水后，洪水由保护区的南边流入，一直行进到了火烧湖一带。

"我们是在 6 月 22 日发现水头的。从南部进入火烧湖大概有 30 公里，降雨量如此之大，洪水竟然流了一周时间。"袁海峰说。干涸了几十年的西湖，沙窝连着沙窝，沙丘接着沙丘，要渗掉多少水量，才能流进火烧湖啊。

这次降水之后，敦煌的戈壁滩都变绿了，西湖的好多胡杨，柽柳都吐出了新绿。

"敦煌这个地方就是缺水。如果有水所有的戈壁都会变为绿洲的，引哈济党工程实施以后，通过有计划的补水，大面积的湿地都可以得到恢复，好多的风沙口都可以得到有效地治理，对于敦煌生态的保护可以说是一个历史性的转折点。"袁海峰充满了信心。

敦煌西湖湿地不是一场洪水能够挽救的。

看到敦煌西湖湿地一天一天在退化在消失，袁海峰的心情非常沉重。他说，西湖这一片湿地的存在，直接关系到敦煌的存亡。因为在西湖保护区向西就是罗布泊，大家都知道，罗布泊以前有一片很大的湖，在上个世纪因为人为对水资源的过度开发利用，罗布泊干涸了。敦煌西湖，目前也面临着这个问题。在上世纪六七十年代，随着双塔水库、党河水库的建立，敦煌西湖湿地没有了地表水源。西湖湿地面临着沙化、萎缩、消失的可能。如果不尽快加以保护，敦煌极有可能成为第二个楼兰。西湖湿地一旦完全消失，那么库姆塔格沙漠极有可能同塔克拉玛干沙漠吞并楼兰一样，吞并敦煌。

通过以前的一些资料、地形图以及一些卫星遥感影像判读，大概在上世纪五六十年代，湿地总面积有 15 万公顷左右。到 2000 年，通过敦煌西湖国家级自然保护区调查，湿地面积已经萎缩到 11.32 万公顷。2018 年，在过去了短短七八年时间后，西湖湿地的面积竟然又从 11.32 万公顷退缩到 9.8 万公顷。按照这个速度，再有半个世纪，西湖湿地就将消失，敦煌将完全陷入沙漠中。

三

敦煌生态问题引起了党中央、国务院的高度重视和各方面广泛关注。温家宝总理多次作出重要批示，明确提出："敦煌生态保护工作必须高度重视，科学规划，综合治理，加快进行。""一定要把敦煌保护好、管理好，把敦煌生态环境搞好。""要拯救两个地方：一是民勤，二是敦煌。它们都被沙漠包围着，决不能让它们成为第二个罗布泊和第二个楼兰。"

解决敦煌生态问题，关键是解决好水的问题。国务院批准了《敦煌水资源合理利用与生态保护综合规划》，国家拿出 47.22 亿拯救敦煌生态，成了敦煌、阿克塞、肃北、瓜州、玉门多个县市的民生大事、喜事、幸事。

针对水资源开发利用和生态环境保护中存在的突出问题，敦煌提出"南护水源、中建绿洲、西拒风沙、北通疏勒"的总体规划思路和"内节外调统筹、西护北通并举，水源绿洲稳定、经济生态均衡"的总体规划布局。大家认识到，生态保护要引水，还要把节水与引水相结合，建立一个节水型社会才是最终出路。从 2004 年开始，敦煌市政府就开始禁止开荒、打井、移民等"三禁"。此外，加大了农业节水力度，积极示范推广了以滴灌、小管出流、管灌、垄膜沟灌等灌溉模式为主，以种植葡萄、大枣、日光温室瓜菜等农作物为主的高效节水农业。节水农业推广的同时，敦煌市实施了灌区节水改造工程。

2013 年初，水利部部长办公会议研究通过敦煌生态规划"引哈济党"工程项目建议书，工程设计年调水量 1.0 亿立方米，总投资 39.53 亿元。"引哈济党"工程实施后，通过转换敦煌地区地下水，可实现向月牙泉及所在区域生态补水 4000 万立方米，增加党河进入下游西湖自然保护区水量 1745 万立方米，补给其他天然生态水量 3055 万立方米，阿克塞县生产生活供水 680 万立方米、人工生态供水 520 万立方米，对保护和恢复敦煌盆地的生态环境具有十分重要的意义。

作为敦煌生态的晴雨表，如今鸣沙山月牙泉管理处资源保护所所长李海江和工作人员每天有一项重要的任务，就是测量月牙泉的水位。

"敦煌水资源合理利用与生态保护综合规划启动实施以来，月牙泉水位与去年同期相比上升了 7.5 厘米。"李海江介绍，目前水位基本处于稳定水平。

2021 年，敦煌市贯彻习近平生态文明思想，把新理念融入经济社会全过程，贯彻到规划、管理等各领域，逐步完成各项体系建设。同年，敦煌市生态环境监管能力建设和生态环境治理资金投入 2.09 亿元，同比增长 4.78%。严格落实《酒泉市生态环境领域市与县财政事权和支出责任划分改革方案》，足额保障财政资金支出。

2022 年 4 月以来，敦煌气候温润，雨水较多，鸣沙山月牙泉景区草木葱茏，月牙泉水位持续上升，水域面积逐渐扩大，泉水已渗出月牙泉围栏之外近 1 米的距离。据悉，3 年前月牙泉泉水一直保持在围栏之内。近年来，敦煌市牢固树立"绿水青山就是金山银山"的发展理念，大规模开展绿化和防沙治沙行动，不断强化节水措施，生态环境建设取得明显成效。

2022 年改建干支渠 77.6 公里、建筑物 269 座、田间配套面积 5.76 万亩。项目实施后，节水效果明显。通过节水措施的实施，敦煌市总用水量控制在 3.4 亿立方米以内，农业节水灌溉面积由 17.4 万亩增加到 26.13 万亩，节灌率达到 67%。

敦煌市加快完成生态环境保护机构改革，完成生态环境保护综合行政执法队伍建设，所辖9个镇全部成立生态环境保护机构并明确专（兼）职人员，依法赋予乡镇12项生态环境保护执法权限，补齐生态环境保护监管短板。组建市委市政府调研员督导专班，跟踪督导中央、省市委生态文明建设部署和生态环境保护重点领域和关键环节任务落实。

敦煌以生态环境保护为根本，合理配置党河水系、苏干湖水系及疏勒河干流水资源，使月牙泉、敦煌西湖国家级自然保护区生态恶化趋势得以遏制，不再恶化；以经济社会可持续发展为目标，优化产业结构，发展优质高效型农业和节水环保型工业，促进工业发展、农业增效、农民增收，改善生态、保护绿洲，实现敦煌人口、资源、环境协调可持续发展。围绕敦煌水资源合理利用和生态保护，流域内各级地方政府和广大群众开展了敦煌市节水型社会建设、月牙泉应急治理等一系列工作，取得了良好成效。

四

出敦煌往西南就是"阳关"，是中国古代陆路对外交通咽喉之路，也是丝绸之路南线必经的关隘。作为"制御西域，总护南北道"的要地，中西文化的交汇点，敦煌深厚的文化底蕴，激发了一众文人骚客的创作激情。"劝君更尽一杯酒，西出阳关无故人。"阳关正是唐诗宋词中的塞外雄关。

敦煌古称"三危"。《都司志》载："三危为沙州望山，俗名羿雨山，在县城东南三十公里。三危耸峙，如危卵欲坠。故云。"至今敦煌市城东南有三个巍峨奇特的山峰，就是古代的三危。今仍称三危山。据地方志记载，唐代锁阳城一带千里沃野，饮马农场一带为"草丰水，宜畜牧"的沼泽性草湖，构成良好的生态环境。后期由于战争及疏勒河向东改道，使唐代农业绿洲很快变为风蚀地。

从汉到元朝，这片承载着古老文明的土地上商贾使者相望于道，各国使臣、僧侣往来不绝。而如今关隘已没有了兵马喧嚣，也不复昔日来往繁华。

敦煌享誉中外的不仅仅是家喻户晓的敦煌莫高窟，还有另一奇妙的景观——月牙泉。一个是文化的奇迹，一个是自然的创造，莫高窟和月牙泉名副其实地成为了"敦煌双绝"。

神秘的莫高窟中那一座座大小不一、形态各异的雕像，一幅幅色彩绚丽、精美绝伦的壁画，还有一箱箱神秘莫测、难以计数的书籍资料共同赋予了敦煌莫高窟永恒的生命和价值，使得这片了无人烟、漫天尘沙的黄土地成为了国内外游客争相前往的旅游胜地。

月牙泉则称得上是沙泉共处，妙造天成，给这片毫无生气的沙漠添加了一抹动人的明艳。

月牙泉作为敦煌重要的自然景观，素有"沙漠第一泉"之称，被称为"沙漠之中的海眼""沙海之中的一弯明月"。月牙泉村原先有许多小清泉，四处冒水。前些年各个村子都打井抽水，地下水位慢慢就降下去了。月牙泉村过去土井多，就是人工挖的井，七八米深，最多就是十几米深，用桩铲头就把井水搅上来了。可现在机井打几十米、上百米深都打不出水来。

月牙泉村主任丁孝介绍说，月牙泉村主要收入是搞旅游，家家户户在月牙泉拉骆驼挣钱。20 世纪 80 年代初承包的时候，这里树太少，很荒凉。现在月牙泉的变化可大了。我们的 1800 多亩地，基本上就是 1800 多亩杏树园子。

古人说，寸草挡丈风。有了树木，对生态的影响可大了。月牙泉，是敦煌地区水利和生态的晴雨表。

在月牙泉畔，正在观测水位变化的鸣沙山月牙泉管理处资源与保护室的工作人员说：今天的水位和昨天保持平衡。我每天的主要工作就是对月牙泉进行水位监测。平均水位在 1.31 左右，和 50 年代水位相比那就低多了。月牙泉的面积基本上缩小了一半。从这些年对月牙泉的检测发现，每年 11 月份结冰到次年的 2 月底，月牙泉的水位下降很快，到 3 月份地面开始解冻的时候，月牙泉水位又会慢慢上升。但是恢复不了结冰前的那个水位。每年到 7 月份左右月牙泉的水位也能上升一点。月牙泉管理处主任李进银介绍说，月牙泉在 60 年代水域面积有 22 亩，可到了 2007 年，水域面积只有 9.8 亩，水深只有 0.77 米。敦煌市聘请专家对月牙泉水位下降进行了应急处治：清淤、注水。这两项工程的实施对控制月牙泉水位下降的作用不是太大。后来就进行渗水工程。

渗水工程从 2007 年开始实施，耗时一年多时间。进行供水、输水、水处理、渗水以及覆树五大工程。五大工程的实施，就是想通过利用地表水和地下水对月牙泉进行渗水。

月牙泉输水、注水、渗水这些举措，从表面上看水位面积也有回升，但是这些举措只能应急，不能从根本上解决问题。要从根本上解决问题，就是要敦煌整个区域的水位回升。

敦煌的生态环境脆弱，是由来已久的。有历史的渊源，也有自然环境的退化。那么，在敦煌生态环境恶化的前提下，敦煌的生态屏障作用就显得更为重要。它不仅是保护好敦煌本身绿洲的问题，更重要的是整个河西走廊的重要的生态屏障。那么生态的退化问题的核心还是水资源的匮乏，沙化面积的增加。

敦煌生态现实确实到了一个迫在眉睫的解决时刻。市上出台一系列政策解决水的问题，特别是在科学用水方面，取得了令人称道的效益。

近年来，在酒泉市农科所的支持下，敦煌市在节水农业上进行了探索，把膜下滴灌技术这一节水灌溉措施，率先应用到了棉花作物的试验示范上，棉花膜下滴灌技术显示出了突出效果：膜下滴灌亩灌水量 225.6 立方米，比大田滴溉亩节水 241 立方米，节水 40.8%；膜下滴溉平均亩产籽、皮棉分别为 372.2 公斤、141.5 公斤。比同等条件下常规灌溉亩增加籽棉 33.7 公斤、皮棉 12.8 公斤，增产 10%；膜下滴灌示范亩施肥总量为尿素 20 公斤、云南磷肥 40 至 50 公斤、氧化钾 5 至 10 公斤，平均总量 72 公斤，比常规灌溉少施 20 公斤尿素，节省 21.7%。同时还提高了地温，促进了早熟，降低生产成本，提高劳动生产率。

五

阿克塞，有广袤的草原，牛羊成群，骏马奔腾。这里人口不多，广阔宁静。这里美丽富饶，矿藏丰富。这里云卷云舒、风景如画。天地有大美而不言。处在阿克塞怀抱里的大、小苏干湖，宁静、广阔、洁净，给人以美好的享受。

苏干湖省级自然保护区位于阿克塞县海子草原西北端，是甘肃省水域面积最大的高原湖泊。1982 年被批准为省级候鸟自然保护区，是"甘肃的鸟岛"。保护区分为大苏干湖和小苏干湖两部分，栖息繁衍的候鸟有白天鹅、黑颈鹤、斑头雁、楼雁、黄鸭、绿翅鸭等多达 25 种，3 万多只。

海子草原是一个秀美的盆地草原，草过马背，微风起时碧浪翻滚，确为"风吹草低见牛羊"之景。大、小苏干湖卧于这样的草原之上，似一双仙女的眼睛镶嵌在草原妩媚的脸庞；四周绿茵连天，犹如碧缎，草丛中百鸟转鸣；湖内碧波轻漾，清辉映月，水面上鸭嬉鱼跃，犹如人间仙境。

这里草原连成一片，牛羊候鸟成群。每当夏秋两季之时，湖畔绿茵铺地，骏马奔腾，"白色宫殿"式的毡房内温馨明亮，马奶飘香，歌舞欢快；白天鹅、楼雁、云雀等万余只候鸟成群展飞，野鸭游弋。

小苏干湖是甘肃省鸟类栖息繁殖的重要场所和候鸟自然保护区。距县城 55 公里，面积 8.5 平方公里。小苏干湖与大苏干湖相距约 20 公里，是一个淡水湖。海拔 2807-2808 米，水域面积 11.85 平方公里，平均水深 0.1-0.6 米，最深 2 米，蓄水 0.24 亿立方米。

小苏干湖水通过齐力克河流向大苏干湖。这里属高寒半干旱气候，年平均温度 -0.4 摄氏度，年平均降水量 77.6 毫米。

进入深秋后的 10 月下旬，数以万计的鸟类在此聚集，其中包括黑颈鹤、白天鹅、白鹭、赤麻鸭等稀有保护鸟类。据了解，它们聚集在这一片草原湿地、河流湖泊中做最后的迁飞准备。

春末，随着冰雪逐渐消融，小苏干湖湿地牧草虽然还没有返绿，但成群的候鸟已迫不及待的相约聚集来到这里开始新的生活了，往日宁静的草原湿地上又是一派生机盎然的景象。湿地，湖泊、水鸟与湖边金色的草地在阳光照射下，耀眼迷人。放眼望去，成千上万只国家野生保护动物大天鹅、白鹭、斑头雁、大雁、野鸭等珍贵鸟类已如约来到这里聚集邂逅，成千上万只候鸟集群飞翔，遮天蔽日，蔚为壮观。数十只国家二级野生保护动物白天鹅与斑头雁野鸭一起在水里嬉戏觅食，不远处更是有数万只候鸟在湖边栖息，它们时而展翅高飞，时而在水中游荡或煽动羽翅，小苏干湖畔再现万鸟翔集、天鹅起舞的如诗如画景象。

苏干湖为山间断陷盆地，海拔2700米—2800米，水源来自哈尔腾流域地表水的储集。地表水先注入小苏干湖，再由小苏干湖注入大苏干湖，因而小苏干湖为淡水湖，大苏干湖为咸水湖。为什么两湖相距这么近，而水却不一样呢？在海子草原的哈萨克牧民中，流传着许多关于苏干湖的故事，这些故事为苏干湖的美丽景色增添了不少人文色彩。

阿克塞县于2017年起对海子草原实施全面禁牧，为候鸟在这里繁衍栖息提供更好的生存空间，每年都有大量的黑颈鹤、斑头雁、白天鹅、白鹭等鸟类在此栖息，成为中国西部一道美丽的风景。这里鸟类的多样性，野生动物的多样性都逐年增加。小苏干湖湿地已被列入中国重要湿地名录，属于国家重点保护的湿地资源，海拔高度在2792—2881米之间。小苏干湖湿地保护区内有候鸟136种。遗鸥、猎隼、白尾鹞为国家重点保护鸟类；大天鹅、鹤、草原雕、灰背隼为保护重点。

西湖生态公园是敦煌西湖国家级自然保护区，位于敦煌城西100km、玉门关以西8km处，内有世界第三大胡杨林，宛如波涛的湿地苇海，温馨浪漫的罗布麻花海，亭亭若华盖的红柳沙包，还有野生黑枸杞、甘草林、盐角草、骆驼刺等沙漠生植物，风光清奇秀美，又有古朴的雅丹、悠远的烽燧、空旷的盐碱地、苍凉的戈壁点缀其间，多姿多彩。

红外相机首次在保护区拍摄到"荒漠猫",它是世界上唯一一种中国特产猫科动物,十分珍贵。此外,红外相机还拍摄到了大群野骆驼,一百多年前,斯文·赫定在穿越塔克拉玛干沙漠到达克里雅河的路上,第一次见到野骆驼,他称之为高贵的"沙漠王子"。

而如今野骆驼的种群处于下降趋势,已经成为红色濒危物种,现存数量更是少于国宝大熊猫,而且仅存于中国新疆、甘肃及这两个省(区)与蒙古国交界地带的荒漠戈壁这极狭小的"孤岛"地区。罗布泊北部嘎顺戈壁区域的野骆驼被认定是世界上仅存的纯基因野双峰驼种群,具有极高的科学研究和保护价值。罗布泊野骆驼国家级自然保护区,是他们最后的家园。

在敦煌市的二墩村,有一峰野骆驼名叫壮壮,是第一峰被人类收养的野骆驼,他的故事为无生机的罗布泊增添了一抹温情,连接了许多从未踏进罗布泊的陌生人与这片土地,人们的爱让壮壮健康长大。

因此契机,民间第一个野骆驼救助站即将落成,得到来自社会各界爱心人士的支持。

后坑是敦煌西湖国家级自然保护区的核心区。一群普氏野马正在后坑的一片草地上悠闲地啃食。普氏野马,是国家一级重点保护野生动物、全球极度濒危物种,是世界上最濒危的大型野生动物之一,被世界自然保护联盟(IUCN)濒危物种红色名录收录为濒危级别。

普氏野马原产于新疆准噶尔盆地北塔山及中国和蒙古国交界的马鬃山一带的干旱荒草原地带,因此又称准噶尔野马或蒙古野马,是家马的祖先,距今已有6000万年进化史,是比大熊猫(800万年进化史)历史还悠久的古老物种,也是当今世界上仅存的一种野生马。敦煌西湖国家级自然保护区是中国第二个普氏野马放归基地,管护中心工作人员介绍,从最初2010年到2012年放归的28匹普氏野马,到现在变成97匹普氏野马,现在有16个种群,包括11个繁殖群。

作为国家一级重点保护动物,20世纪60年代,普氏野马曾经走到灭绝的边缘。20世纪80年代,我国实施了"野马返乡计划",2010年和2012年,

28匹普氏野马分两批放归到敦煌西湖国家级自然保护区。十多年来，保护区持续加强放归普氏野马的监测和管护工作，优化普氏野马生存环境，种群数量不断扩大。

红外相机不断在保护区内拍摄到金雕、鹅喉羚、猞猁、沙狐、刺猬等多种野生动物。这些野生动物的出现，说明敦煌的生态环境逐年向好的方向发展。

西湖不仅有雄奇壮美的自然风光，还有深邃悠远的文化底蕴，汉长城的最西端在这里，可以看到分散的长城遗迹和屹立不倒的烽火台；古代丝绸之路西出玉门关第一站在这里；张骞、班超、玄奘等历史人物的故事，在这里口口相传。此外，西湖还有令人叹为观止的丹青画山，神秘莫测的沙海幽谷，蓬莱仙境般的银沙湾，神奇瑰美的红色戈壁，奇石琳琅的奇石滩，戈壁精灵鹅喉羚……这里生态环境多种多样，动植物资源物种丰富是天然的地质博物馆，这片土地是天赐的瑰宝，被誉为大自然的"天作之奇"。

敦煌西湖国家级自然保护区对于敦煌、对于世界文化遗产莫高窟都具有非常重要的意义，因为它的存在，才阻止了库姆塔格沙漠东移，避免敦煌重蹈楼兰覆辙——它是保护敦煌、保护莫高窟的最后一道绿色屏障，面积6.6千平方公里。

六

站在阳关眺望，碧蓝如洗的天空下，黄色沙地一望无际。紧挨着的库木塔格沙漠，每年以约4米的移动速度向敦煌逼近，这里的阳关林场是敦煌第一道防沙阻沙绿色屏障。而在敦煌总面积3.12万平方公里中，林场仅仅占到全市面积的0.028%，可谓是"沧海一粟"。为保护敦煌生态，助力"绿色长城"的建设，燕之屋开展"鲜活敦煌，燕舞东方"绿色公益活动，以燕之屋力量为敦煌大漠再添新绿。

2022年4月9日上午，敦煌市万亩公益造林母亲绿色工程2022年春季植树项目在国营敦煌阳关林场启动。计划2022年母亲绿色工程完成造林2500亩、总投资250万元。按照2019年签订的《敦煌市万亩梭梭公益造林协议》，遵照5年内建设10000亩的约定，根据国营敦煌阳关林场用地和水资源现状，实施该项目。启动仪式上NPO绿色生命组织理事长易解放女士发表致辞，她表示要深入贯彻落实习近平生态文明思想，牢固树立"绿水青山就是金山银山"的发展理念，牢记习近平总书记"林草兴则生态兴""持之以恒，久久为功"的嘱托，做生态文明建设的实践者，推动者。撸起袖子加油干，继续以植树造林，保护好祁连山绿色生态屏障安全为己任，绿化戈壁，让春风又度玉门关，建设好美丽敦煌，呼吁更多的志愿者积极参加植树造林。

燕之屋是一个因爱而生的企业，他们希望通过一些有意义的方式，"用爱滋养"回馈社会和大众。易解放女士，人们亲切地称她为易妈妈，她在公益植树这条路上已经走了20多年。完成植树800万棵，绿化沙漠戈壁3500亩，植树成活率达到85%—90%，她扛着"绿色生命"旗帜不停地往前走。总裁李有泉代表燕之屋向NPO绿色生命环保公益组织捐款人民币60万元，以实际行动支持环保公益事业。他说："一直以来，燕之屋都奉行天人合一，人与自然和谐共生的生态理念，以及'因爱而生，用爱滋养'的品牌理念。我们在这里种下的每一棵树，都将为敦煌增加森林面积、提高森林质量，为实现我国碳中和目标作出点滴贡献。"

据了解，每种植存活一棵梭梭树，可以防固10平方米的沙。一锹土，种下的既是树苗，也是绿色环保的期望，一浇灌，滋润的是大漠戈壁，也是无数人的初心。

敦煌市先后实施了肃州镇西戈壁、吴家沙窝、月牙泉镇黑山嘴、佛爷庙湾、党河两岸、阳关镇、阳关林场、敦煌农场等风沙口治理工程，治理面积3.5万亩，新建和改造周边防护林带80余条，共计300余公里，使敦煌95%的农田免受黄沙侵袭，遏制了风沙危害。

结合三北防护林建设工程，敦煌市每年新建、改造农田防护林网和绿色通道 3000 余亩，新植、改造农田林网约 1500 公里，林网控制率超过敦煌农田总面积的 90%。

敦煌市对北湖、东湖、南泉湿地的天然植被逐年进行分类抚育管理，共封育管护面积 160 余万亩。植被的自然修复，使绿洲沿缘的近 50 万亩流动沙丘基本得以固定，局部农田沙化的趋势得到了遏制，野生动物的种群数量有所增加。为保护湿地资源，敦煌市先后建成甘肃敦煌西湖、敦煌阳关国家级自然保护区，东湖、南泉湿地 2 个县级自然保护区。敦煌市保护区面积 1469 万亩，占敦煌国土面积的 31.4%。

玉门关保护站，是敦煌西湖国家级自然保护区的六个管护站之一。临近玉门关遗址。这里海拔仅仅 800 多米，进入盛夏后，保护站房间里的温度，超过了 30 摄氏度。

"我们玉门关保护站有 16 名护林员，每月在这里工作 21 天，才能轮流休息。"护林员唐玉说。

玉门关保护站护林员每月有三分之二的时间要入滩巡护。吃的蔬菜都是从敦煌市区拉来的，每十天拉一次。夏季高温天气多，蔬菜经常腐烂变质。没有蔬菜的日子，只能白水煮面条，生活异常艰苦。这里不通电，也看不上电视，年轻人的文化娱乐活动，就是看看从外面单位搜集来的过期的《酒泉日报》《飞天周刊》和打打扑克牌。

改善生态环境的同时，敦煌市积极发展民生林业，促进农民增收。近年来，敦煌市建成以葡萄、红枣为主的高效节水特色经济林 23 万余亩。2014 年，敦煌市农民人均林果收入 6435 元，占人均纯收入的 48%。敦煌市充分利用沙区丰富的光热水土资源，把防沙治沙与沙产业有机结合起来，初步形成了以新能源、经济林果、沙漠森林公园等为重点的沙区特色产业。

志愿者芦勇说："首先通过我们的身体力行，让我们的敦煌能够变得更好、更绿，也希望以后能通过我们带动更多的孩子，更多的年轻人来到这里植树，让我们敦煌变得更绿更好。"

　　敦煌市牢固树立和践行"绿水青山就是金山银山"的绿色发展理念，以"履行法定植树义务、共建宜居美丽敦煌"为主题，坚持"山水林田湖草沙"系统治理体系，积极推行"互联网＋义务植树"，组织动员适龄公民和社会力量积极投身到以"三沿一部"为重点的国土绿化行动中来，迅速掀起大规模国土绿化和义务植树新高潮。敦煌市平原绿化县建设、三北防护林建设、退耕还林、国家重点公益林管护、自然保护区建设、特色林果基地建设、风沙口治理……近年来，敦煌市开展了一系列重点林业工程，累计完成三北防护林造林作业面积25.6万亩，封育管护天然植被160余万亩，封育保护国家重点生态公益林109.4万亩，完成和巩固退耕还林工程14.5万亩，建成自然保护区4个，荒漠化得到有效遏制，敦煌生态环境得到了初步改善。保护治理措施的实施使得月牙泉变得更加"丰腴清丽"。数据显示，月牙泉水域面积由2012年约12亩扩大至2022年的24亩。月牙泉水位明显上升，至今保持在1.6米左右，最大水深保持在2.2米。经过保护治理，月牙泉周边生态环境趋于优良。

　　拨开黄沙风尘，将会有属于敦煌的更多骄傲，将会再现汉唐繁华，丝路荣耀。大漠尽头，人们种下一树繁华，承继敦煌绵延万里的璀璨文明，唤醒生生不息的美好，种下了绿色，也就种下了希望。

后　记

当我完成了整部书稿的那个午后，初夏的祁连山中落了小雨。雨后，山间空气清新，我坐在向阳的山坡上一块青色的岩石上，静静地凝望眼前的景色：高高耸立的青海云杉，随性生长的灌木丛，静静开放的马兰花，潺潺流淌的山溪水，漫山遍坡的青青绿草，草地上成群的蓝马鸡以及偶尔出现的马鹿、岩羊……我的眼睛湿润了。遥望巍巍的山峰，山峰上明净的积雪，郁郁葱葱的大森林，岩石上飞流而下的瀑布，我的心情难以平静。对于出生在祁连山草原的我来说，祁连山就是我的母亲，而山脚下的河西走廊就是我的朋友。

过去的日子里，我深入祁连山自然保护区，行进于她广袤辽阔的腹地，在惊叹于她的绮丽多姿时，更深深地感受到这里生态的变迁，人们观念的转变和对美好未来的憧憬。在绿色生态文明的洗礼下，齐心协力把生态环境保护好、建设好，给子孙后代留下天蓝地绿水净的美好家园，已经成为祁连山生态保护者的美好夙愿。普通而又平凡的劳动者，给予祁连山的是一份隽永的爱，而各级党委政府则把保护祁连山生态视为"国之大者"。

历时近四年，行程万余里，我欢乐着祁连山的欢乐，悲伤着祁连山的悲伤，当我的笔下流淌出那些美丽如画的祁连景色时，当我的笔端捕捉到那些感人的故事时，当我的心中汇集出各种数据时，我感觉我与祁连山乃至整个河西走廊的距离是那样贴近。

在保护站里，我与管护员倾心交谈，听他们起早贪黑，披星戴月，日复一日，年复一年，与大山相伴、听松涛歌唱，在寂寞的山坳里用心守护着祖国绿色屏障的故事。在中国著名的腾格里沙漠和巴丹吉林沙漠中，我看见植树造林者滚落的汗水和听见他们几辈人奋斗在沙地上的壮举。在停矿复绿现场，我看见昔日千疮百孔的山体长出的新苗，在山涧，我看见禁止排污后变得清澈见底的河流，在"山水林田湖草沙"生态保护与修复试点工程区，我看见那是一场场祁连山生态保卫战……

当开发的轰鸣声和尘埃渐渐散去，当鸟儿在树梢筑巢，当马鹿在林间散步，当雪豹在山头眺望，当人们寻找到人与自然和谐共处之道，当祁连山得以休养生息……几多美景，几多故事，构成了祁连山、河西走廊绚丽多彩的画卷，我没有理由不对祁连山膜拜，没有理由不向劳动者致敬。

在祁连山中、在河西走廊，我被一个个人物感动，被一个个事件感动，被一个个历史瞬间感动，被一个个伟大成就感动……采访、搜集资料、读媒体报道、看视频、创作……这一切就成了我几年来的生活状态。我力求作品语言朴实清新、生动活泼。力求史料详尽、数据准确。力求作品篇章布局合理、事件描写到位。力求地理特色显明、文笔生动流畅。但限于采访的范围与学识的欠缺，对事件、问题思考的高度与深度还很不够，难免有不足、遗漏或偏颇。敬请读者朋友鉴谅。

在采访、创作中，得到各级领导和相关工作人员的支持及帮助，得到各地林草、自然资源等部门的大力支持，特别是甘肃省肃南裕固族自治县自然资源局，各地环保局，他们提供了大量详实的资料，鼎力相助，同时，在图片征集期间得到省内外众多著名摄影家大力支持与无私奉献，他们无偿提供了三百余张相关的珍贵照片，但因文稿篇幅有限，只得捧珠遗爱，在书中呈现了极少部分。各地政府、群众不仅提供了大量资料、图片，还在工作、生活上给予了很多方便。特此致谢。

作品中的重大事件、领导活动等，参考了中央电视台、甘肃电视台、青海电视台报道的诸多视频资料，参考了新华网、人民网、各地融媒体记者的报道以及《人民日报》《甘肃日报》《青海日报》《张掖日报》等媒体的文字资料。特此致谢。

2023 年 7 月 16 日

主要参考资料来源

[1] 南如卓玛 . 甘肃日报 . 绿色发展新名片 .2019-06-20

[2] 金昌日报 . 惊叹！祁连山原来这么重要，你知道吗 .2017-06-27

[3] 张掖网 . 甘肃修改条例 . 加大祁连山生态保护力度，2017-11-30

[4] 锦绣人文地理 . 祁连山往事 .2022-10-27

[5] 甘肃日报 . 再访祁连山 .2022-10-12

[6] 王朝霞 . 甘肃日报 . 守护高山草原的那片绿茵 .2020-08-14

[7] 青海新闻网 . 拔地青松有远声 .2022-05-20

[8] 宋燕 . 新华网 . "千年马场"三年之变 .2022-06-09

[9] 贺卫光 . 裕固学 . 甘肃牧区牧民定居与草原生态环境保护 .2017-06-19

[10] 海晏县人民政府 .https：//baike.so.com/doc/5354123-5589587.html-refer_5354123-5589587-86348332016 政府工作报告 .2016-03-23

[11] 天水市生态环境局 . 祁连山保护区整治三年破与立 .2021-05-10

[12] 祁连县人民政府网 . 祁连县人民政府 . 祁连县 .2018-10-30

[13] 刘逸鹏 . 中国青年网 . 筑牢生态安全屏障 "小"县城的"大"决心 .2019-11-19

[14] 王超 . 人民日报 . 走进张掖山丹马场 .2020-08-09

[15] 周多星 . 甘肃日报 . 山丹马场 丝绸之路上的绿宝石 .2021-08-24

[16] 伊力扎提 · 依明 / 王宇晨 . 每日甘肃网 . 山丹马场"生态 +"文章越做越漂亮 .2022-06-09

[17] 张掖日报 . 山丹马场多种野生动物频现 见证生态之变 .2022-10-05

[18] 宋芳科.中国甘肃网.草原休养生息美如画.2020-07-28

[19] 肃南发布.青山绿水就是金山银山——肃南"十二五"生态文明建设综述.2016-02-17

[20] 伊力扎提·依明/王宇晨.从砂石连片到满山绿野.2022-06-07

[21] 煤炭资讯网.甘肃肃南各类生态环境问题整改效果显著.2020-11-23

[22] 高歌.肃南县康乐镇聚焦"一屏四城五区"加快"生态小镇"发展步伐.2022-03-03

[23] 程健.中国甘肃网.张掖肃南:既要绿水青山 亦要金山银山.2019-11-25

[24] 王强.肃南县三措并举下好生态工业转型升级先手棋.2022-02-21

[25] 李飞扬.甘肃张掖网.空山话语.2019-06-12

[26] 天祝融媒.从严开展环境综合行政执法 绘制美丽生态画卷.2022-08-25

[27] 唐学仁.西部商报.生态移民迁出新生活.2018-05-23

[28] 孔庆燕.天祝县融媒体中心.守护青山绿水 擦亮最美底色.2022-09-09

[29] 伏润之.甘肃日报.白雪连天千年画 浓雾锁山万里云.2020-04-06

[30] 每日甘肃网.昔日的天祝千马龙煤矿已经成为绿色山川.2019-06-20

[31] 海北新媒.一家老字号煤企的"绿色重生".2020-11-21

[32] 海北旅游订阅号.走进门源县"高原桃花源——东旭村".2020-10-31

[33] https://baike.so.com/doc/5647267-5859904.html-refer_5647267-5859904-9096195 历史文化.敦煌.2016-06-18

[34] 酒泉地情信息.https://baike.so.com/doc/5647267-5859904.html-refer_5647267-5859904-9096196 敦煌市.2016-06-18

[35] 甘肃省文物局.https://baike.so.com/doc/5647267-5859904.html-refer_5647267-5859904-16889377 国家级历史文化名城.2018-05-10

[36] 信息新观察.敦煌市不断健全完善生态环境保护体系建设.2022-02-12

[37] 敦煌水资源合理利用与生态保护综合规划（2011-2022 年）.2013-09-16

[38] 王素.敦煌与生态保护.2021-04-16

[39] 热点新闻.筑牢"绿色长城"燕之屋为大美敦煌添绿.2021-06-25

[40] 新华网 . 我国计划投入 47 亿多元保护敦煌生态环境 . 2011-06-24

[41] 张文静 . 中国绿色时报 . 用绿色守护美丽的敦煌 . 2015-07-24

[42] 陈思侠 . 甘肃林业 . 拯救敦煌绿洲 . 2021-05-01

[43] 沈文刚 . 嘉峪关新闻网 . "绿色雄关"似江南——嘉峪关市生态文明建设
纪实 . 2019-08-20

[44] 宋燕 . 新华网兰州 . 向绿而行: "戈壁钢城"嘉峪关 . 2022-06-09

[45] 艾庆龙 . 中国新闻网 . 甘肃嘉峪关人圆"绿之梦": 从漫天飞沙到绿植环
城 . 2019-08-06

[46] 兰州新闻网 . 甘肃也有水天一色的湿地公园,有优越原生态环境,是动
植物的天堂 . 2021-01-02

[47] 兰州新闻网 . 嘉峪关: 绿水青山润民生　生态发展谱新篇 . 2022-08-22

[48] 百科知识 . "金娃娃"的由来 . 2022-06-13

[49] 甘肃网 . 金川峡水库: 水清河畅风景美 . 2022-06-09

[50] 王宇晨 . 每日甘肃网 . 白鹭与苍鹭成群结队来花城金昌"安家落
户" . 2020-10-08

[51] 甘肃人大客户端 . 甘肃金昌: 倾心呵护蓝天碧水净土 . 2021-12-23

[52] 谢晓玲 . 甘肃日报 . 金昌: 碧水青山织锦绣 . 2021-10-19

[53] 焦旭玉 . 金昌日报 . 金昌将从 4 个方面做好生态环境保护工作 . 2022-05-17

[54] 信息新观察 . 金昌市生态环境问题排查整治典型案例 . 2022-04-09

[55] 每日甘肃网 . 逐绿前行起欢歌——金昌市生态文明建设综述 . 2022-09-13

[56] 每日甘肃网新闻 . 从城市建设看酒泉的发展与巨变 . 2022-04-17

[57] 新浪网 . 酒泉市科学推进乡村振兴纪实 . 2017-05-05

[58] 甘肃日报 . 酒泉全面推进河长制各项工作 . 2017-08-07

[59] 酒泉日报 . 酒泉市阿克塞全力保护草原生态环境 . 2017-07-21

[60] 甘肃生态环境网 . 酒泉市生态文明建设及污染防治攻坚工作纪实 . 2020-
07-11

[61] 甘肃日报 . 肃北生态环保治理效果明显 . 2018-11-21

[62] 范昊帆.酒泉日报.肃北：因水而生　与水同兴.2022-10-11

[63] 王荣.甘肃日报.彰显魅力酒泉新景象.2017-12-04

[64] 人民日报.甘肃古浪八步沙林场　六老汉治沙　三代人接力.2019-03-29

[65] 兰州新闻网.甘肃武威：重点生态环境项目推动全域生态文明建设.2022-06-13

[66] 武威日报.人不负青山　青山定不负人.2020-09-28

[67] 生态环境部.舍小家、为大家的生态环保铁军.2021-08-03

[68] 金奉乾.甘肃日报.推进生态补偿　守护碧水长流.2022-07-06

[69] 武威融媒.时间在延续，这个武威故事每听一遍，都会有新的感触.2022-05-12

[70] 人民日报.用汗水筑起绿色丰碑.2022-03-14

[71] 每日甘肃网.守住生态环保底线　构筑生态安全屏障.2020-01-14

[72] 天祝融媒.从严开展环境综合行政执法　绘制美丽生态画卷.2022-08-25

[73] 吕霞.甘肃经济日报.武威　生态优先构筑绿色高地.2019-09-04

[74] 马爱彬，武威日报.誓为沙漠披绿装.2019-03-27

[75] 人民日报.在武威有这样一群人，在荒漠上创造了一个世界奇迹.2017-9-8

[76] 周飞.每日甘肃网.治沙造林　武威精神筑起绿色生态屏障.2018-07-17

[77] 张掖市生态环境局.讲好张掖生态故事　展示张掖良好形象.2022-06-22

[78] 吕庚青.中国甘肃网.戈壁水乡演绎湿地和生命的传奇.2019-09-01

[79] 段晓梅.甘州融媒讯.绘就天蓝地绿水清美丽画卷.2022-04-11

[80] 甘州区融媒体中心.把"绿水青山"融入城市　生态红利日渐凸显.2022-04-14

[81] 郑鹏超／张磊.张掖日报.改善生态环境　绘就幸福底色.2020-12-24

[82] 屈雯.每日甘肃网.张掖国家湿地公园：从盐碱荒滩到绿色胜地的幸福嬗变.2022-06-09

[83] 陇右志.张掖湿地：生态安全天然屏障.2015-08-16

[84] 新华网 . https：//baike.so.com/doc/2576434-2720698.html-refer_2576434-2720698 -5970697 张掖历史建制沿革概况 .2016-11-13

[85] 范海瑞 . 甘肃日报 . 张掖市保护生态环境推动绿色发展纪实 .2022-05-09

[86] 杨静文 . 张掖日报 . 张掖市做足绿色文章绘就美好生态画卷 .2022-6-29